HARRY LUCK

Bamberger Hörnla

FRANKEN KRIMI

emons:

Bibliografische Information der Deutschen Nationalbibliothek
Die Deutsche Nationalbibliothek verzeichnet diese Publikation in der Deutschen Nationalbibliografie; detaillierte bibliografische Daten sind im Internet über http://dnb.d-nb.de abrufbar.

FSC www.fsc.org
MIX
Papier aus verantwortungsvollen Quellen
FSC® C083411

Umschlagmotiv: Hendrik Steffens
Umschlaggestaltung: Tobias Doetsch
Gestaltung Innenteil: César Satz & Grafik GmbH, Köln
Lektorat: Carlos Westerkamp
Druck und Bindung: CPI – Clausen & Bosse, Leck
Printed in Germany 2015
ISBN 978-3-95451-530-1
Franken Krimi
Originalausgabe

Dieser Roman wurde vermittelt durch die Literaturagentur Kai Gathemann, München.

Für Valentin,
den ersten gebürtigen Bamberger in der Familie

EINS

»Mein Name ist Müller.« Ich hatte mich von meinem Platz erhoben und schaute in mehrere Dutzend Augenpaare, die sich im »Gärtnerhüttla« auf mich richteten. Erklärend fügte ich hinzu: »Horst Müller.« Ich betonte den Vornamen, wie es der Kollege im Dienste seiner Majestät nicht besser hätte machen können.

»Horst wer?«, rief ein offenbar schwerhöriger älterer Herr, der in der hinteren Ecke vor einem halb vollen Kellerbier saß. Dieser Ausruf war zum geflügelten Wort geworden, seit ein bis dato völlig unbekannter Sparkassendirektor mit demselben Vornamen zum Bundespräsidenten ernannt worden war. Doch während von Horst Köhler heute kaum noch jemand sprach, war ich immer noch erfolgreich im Dienste von Vater Staat tätig.

»Mein Name ist Horst Müller, neunundvierzig Jahre alt. Beruf Beamter. Ich möchte Mitglied werden im Kleingartenverein ›An der Schwarzen Brücke‹, und ich habe mich um die freie Parzelle Nummer dreiunddreißig gleich am Eingang zur Anlage beworben.«

Meine schriftliche Bewerbung um die Aufnahme in den Schrebergartenverein hatte der Erste Vorsitzende Günther Bollmann längst vorliegen, und auch eine Besichtigung der freien Parzelle hatte bereits stattgefunden. Doch die Vereinssatzung aus dem Jahr 1999 sah es vor, dass über jede Neuaufnahme die Vereinsvorstandschaft zu entscheiden hatte, nachdem die Bewerber sich der Generalversammlung vorgestellt hatten.

»Müller? Aha. Ein Name, den man sich merken sollte«, grantelte der Kellerbiertrinker und lachte wie einer der Opis aus der »Muppet Show«. Er schien hier die Rollen von Waldorf und Statler in Personalunion zu übernehmen. Die Luft war stickig im Raum, an dessen Fenster braune Vorhänge befestigt waren.

Horst Müller war kein Name, den ich mir ausgesucht hatte. Ich konnte auch nicht mit einem zweiten Vornamen dienen, um mich als Horst Maria Müller oder mit einem schicken Buchstaben zwischen Vor- und Nachnamen von den zweihundertfünfundvierzig anderen Müllers im Bamberger Telefonbuch abzuheben. Es gab sogar noch einen zweiten Horst Müller in Bamberg, der vermutlich ähnliche Probleme hatte wie ich. Wer mich anrufen wollte, erkannte mich an dem Zusatz »Beamter«. Ich hatte mir schon oft vorgenommen, herauszufinden, welchen Beruf mein Namensvetter hatte. Irgendwann würde ich das mal machen.

Hoffentlich fragt mich jetzt keiner, was für ein Beamter ich bin, dachte ich. Denn ich wollte meinen künftigen Gartenkameraden nicht gleich auf die Nase binden, dass ich Hauptkommissar in der Bamberger Kriminalpolizeiinspektion war, zuständig für Verbrechen gegen die höchsten persönlichen Güter, wie es in der Behördensprache heißt.

»Wie Sie alle wissen«, sprach Bollmann in einem belehrenden Tonfall, »hat die Stadt Bamberg uns verpflichtet, bevorzugt junge Familien mit Kindern in den Verein aufzunehmen. In diesem Jahr haben wir nach langer Zeit erstmals die Situation, dass keine Familien auf der Warteliste stehen. Aus diesem Grund stellt sich Herr Müller uns heute als Bewerber vor. Erzählen Sie ein bisschen über sich, Herr Müller!«

Ich stand auf und trat an das Rednerpult. Rund achtzig der über hundert Mitglieder waren gekommen und saßen an langen Tischreihen. Ich holte Luft.

»Ich bin geschieden, habe zwei Kinder. Ich wohne seit etwa zehn Jahren am Markusplatz in einer Mietwohnung mit viel zu kleinem Balkon. Bei meinem Bürojob zieht es mich nach Feierabend oft in die Natur –«

»Immer pünktlich um halb fünf«, warf Waldorf/Statler lachend ein. »Dann lässt der Beamte den Griffel fallen. Haha.«

»Hannes, lass den Herrn Müller doch bitte in Ruhe erzählen«, rief ihn Bollmann zur Ordnung.

Ich nahm einen großen Schluck aus dem Glas Apfelschorle, das vor mir stand. Dazu hatte ich ein Griebenfettbrot mit einer Portion Dosenfleisch bestellt. Es fiel mir nicht leicht, vor so vielen Leuten zu sprechen, von denen mich einige mehr als kritisch beäugten.

»Sie wissen, Herr Müller«, fuhr Bollmann fort, »dass Sie als Pächter einer Parzelle nicht nur das Recht haben, dort Nutz- und

Zierpflanzen anzubauen, sondern auch die Pflicht, sich aktiv am Vereinsleben zu beteiligen und sich zu integrieren. Zehn Arbeitsstunden haben Sie im Jahr zu leisten. Wir müssen die Blumenbeete pflegen, die Hecken schneiden, den Rasen und den Spielplatz in Ordnung halten. Wir haben einen Thekendienst im Vereinsheim, und wir haben die Aufgabe des Kompostwartes neu zu besetzen. Was Sie noch wissen sollten: Mindestens ein Drittel der Gartenfläche muss für den Anbau von Obst und Gemüse genutzt werden. So sieht es das Bundeskleingartengesetz vor, und das wurde erst kürzlich gerichtlich bestätigt.«

Ich nickte und wunderte mich nicht, dass die deutsche Bürokratie das Schrebergartenwesen in einem Gesetz geregelt hatte.

»Ohne das freiwillige Engagement unserer Mitglieder wäre der Betrieb unseres gemütlichen ›Hüttlas‹ nicht denkbar. Und auch nicht unser jährliches Frühlingsfest.«

Wieder nickte ich und dachte nicht weiter darüber nach, dass die Bandbreite, was man alles als »gemütlich« bezeichnen konnte, groß war.

In wenigen Sätzen bekräftigte ich meine Absicht, mich aktiv am Vereinsleben zu beteiligen, und behauptete, über die Möglichkeit nachzudenken, den Posten des Kompostwartes zu übernehmen. Auch wenn ich mir tatsächlich noch nicht viel unter dieser Aufgabe vorstellen konnte.

»Vielen Dank, Herr Müller, für die kurze Vorstellung«, sagte Bollmann und übernahm wieder den Platz am Rednerpult. Dem kahlköpfigen Mittsechziger mit Rauschebart und roten Backen fehlte eigentlich nur eine Zipfelmütze, dann hätte er bei der Besetzung für Ottos ›Schneewittchen‹-Filme gute Chancen auf eine der männlichen Hauptrollen gehabt. Und damit meine ich nicht die des Prinzen. »Es gibt noch einen weiteren Bewerber, der sich heute vorstellen möchte, oder besser: eine Bewerberin: Frau …«, er schaute wieder auf den Zettel vor sich, »Nora Bloch.«

Die junge Frau Ende zwanzig mit schulterlangen dunkelblonden Haaren und einem verdammt engen ärmellosen Oberteil erhob sich vom Platz und trat ans Rednerpult.

»Holla, die Waldfee«, rief Hannes, dessen Bierglas jetzt leer war.

»Grüß Gott, ich bin keine Waldfee, sondern die Nora, neunundzwanzig Jahre alt, ledig, keine Kinder. Beruflich bin ich im künstlerischen Bereich tätig, ich wohne in der Hornthalstraße.«

Sie war wirklich hübsch. Ich versuchte den von der Midlife-Crisis geprägten Gedanken zu unterdrücken, der mich jedes Mal überfiel, wenn ich in das Gesicht einer jungen, schönen Frau blickte: Sie könnte meine Tochter sein. Vermutlich war Nora Bloch noch jünger als Judith, als ich sie damals kennengelernt hatte, bevor sie meine Frau und später meine Exfrau wurde. Beim Gedanken an Judith musste ich kurz schmunzeln. Sie würde es für einen schlechten Scherz halten, wenn sie wüsste, dass ich mich um die Mitgliedschaft in einem Schrebergartenverein bewarb. Während unserer fünfzehnjährigen Ehe hatte sie mir strikt verboten, mich ihren Geranien, Hortensien und was sie sonst noch im Vorgarten unseres Forchheimer Reihenhäuschens aufzog, auch nur zu nähern. Sie fürchtete, dass Pflanzen nur durch meine bloße Anwesenheit ihre Lebensgeister aushauchen oder eine rätselhafte Photosynthese-Insuffizienz erleiden könnten. Mein Ruf, keinen grünen Daumen zu besitzen, brachte aber auch Vorteile mit sich. Ums Blumengießen durfte und musste ich mich nie kümmern.

Frau Bloch plauderte ein wenig über ihre Hobbys und bedankte sich ausdrücklich für die Möglichkeit, auch als Alleinstehende die Chance auf einen Schrebergarten zu bekommen. Hannes murmelte etwas von unerlaubtem Männerbesuch für unverheiratete Damen in der Gartenlaube, aber niemand ging darauf ein.

»Vielen Dank, Frau Bloch und Herr Müller«, sagte der Vorsitzende. »Die Vereinsmitglieder haben sich jetzt ein persönliches Bild von Ihnen machen können. Sie werden demnächst schriftlich von uns Bescheid bekommen, wem der Vorstand den Zuschlag für Parzelle dreiunddreißig erteilt. Ich darf die Gäste nun bitten, unsere Versammlung zu verlassen. Wir setzen unsere Sitzung mit der Beratung von Vereinsinterna fort.«

Ich warf Nora einen aufmunternden Blick zu und signalisierte ihr mit einem Handzeichen zur Tür, dass wir das Lokal gemeinsam verlassen sollten.

»Puh«, sagte sie und holte tief Luft, als wir vor dem aus Holzbrettern errichteten Häuschen vor einem kleinen Spielplatz standen. »Ich hätte nicht gedacht, dass wir uns hier einem Casting stellen müssen.«

Ich versuchte ein befreiendes Lachen. »Mein lieber Herr Gesangsverein. Bamberg sucht den Super-Gärtner.«

»Sie wohnen am Markusplatz und sind Beamter?«, fragte sie.

»Ja«, antwortete ich und lachte verlegen. »Seit wann sind Sie in Bamberg? Und was für eine Kunst betreiben Sie?«

»Seit zwei Jahren. Ich bin wegen des Jobs hergekommen. Ich bin Musikerin.«

»Ach«, sagte ich. Bevor ich überlegen konnte, was für eine Art von Musik sie beruflich betreiben konnte, klärte sie mich auf.

»Ganz klassisch. Ich spiele Geige. Geboren bin ich in Coburg. Meine Mutter ist Fränkin, mein Vater stammt aus der Nähe von Aurich, kam aber auch schon als kleiner Bub nach Franken. Ich bin also Fränkin mit ostfriesischem Migrationshintergrund, wenn Sie so wollen. Sind Sie mit dem Wagen da? Dann könnten Sie mich nach Hause fahren.«

Ich hüstelte. »Ich habe gar kein Auto.«

Sie musterte mich von oben bis unten, als wäre ich ein Außerirdischer. Warum musste ich mich immer wieder dafür rechtfertigen, mir den Luxus zu gönnen, kein Auto zu besitzen? Während meiner Ehe mit Judith hatten wir vor unserem Reihenhaus mit Vorgarten zwei Autos in Garage und Carport stehen. Eins war immer in Reparatur oder verursachte allein durch seine Existenz derartige Fixkosten, dass ich kurz davor war, mir einen Nebenjob als Kaufhausdetektiv zuzulegen. In Bamberg kamen zu Steuern, Versicherung, Reparatur und Spritkosten ja auch noch die Parkgebühren hinzu, die meine freundlichen Kolleginnen und Kollegen von der Parkraumüberwachung so konsequent und gnadenlos eintrieben. In den letzten fünfundzwanzig Jahren hatte der PÜD 2,6 Millionen Knöllchen verteilt, das waren zweihundertfünfundachtzig pro Tag oder zwölf pro Stunde. Ich liebe Statistiken. Auf jeden Einwohner kamen in Bamberg im Jahr 1,5 Strafzettel. Und da waren auch Babys und Greise ohne Führerschein mitgezählt. Viele davon nahmen allerdings die Touristen als Souvenir mit nach Hause. Ich hatte den Eindruck, dass unsere Stadt die höchste Politessendichte pro gemeldetem Kfz in ganz Mitteleuropa hatte.

»Ich sehe es«, sagte Nora. »Darauf hätte ich auch selbst kommen können, dass Sie als Apfelschorle-Trinker ein Radler sind.« Sie deutete mit ihrem schwarz lackierten Fingernagel auf meine Hosenbeine. Ich hatte vergessen, die Fahrradklammern abzunehmen.

»Wir können noch ein Stück zusammen gehen«, sagte ich. »Hier direkt an der Gaustadter Hauptstraße ist eine Bushaltestelle.«

»Ich weiß«, sagte sie. »Die Linie fährt an der Konzerthalle vorbei. Vielleicht sehen wir uns mal dort? Würde mich freuen. Es gibt nächste Woche eine ungewöhnliche Premiere. Falls Sie sich für moderne Musik interessieren.«

»Ja, sehr gerne.« Ich wollte nicht unhöflich sein und zugeben, dass ich so musikalisch war wie ein Bamberger Hörnla.

ZWEI

Es war ein Geräusch wie das eines startenden Jumbojets, das unser Zweier-Büro erschütterte. Der riesige leere Karton lag auf dem Fußboden, daneben allerlei Verpackungsmaterialien aus Styropor, Pappe und Plastik. Meine Kollegin Paulina stand mit dem Bedienungshandbuch, das so dick war wie ein Konsalik-Roman, vor der gerade aufgebauten und angeschlossenen One-Touch-Cappuccino-Maschine, die offenbar mit der Technologie eines Spaceshuttles ausgerüstet war. Unter der Einspritzdüse füllte sich ein durchsichtiges Glas langsam mit einer hellbraunen Flüssigkeit, die an rostiges Wasser erinnerte, das aus einem lange nicht benutzten Wasserhahn floss.

»Guten Morgen, Horst«, begrüßte mich meine Kollegin, ohne von ihrem atomgetriebenen Kaffeekraftwerk aufzusehen, das ihr die Kollegen vom K1 zum dreißigsten Geburtstag geschenkt hatten. Dass Jura nicht nur ein Studienfach war, sondern auch eine Marke für Kaffee-Vollautomaten, hatte ich bislang nicht gewusst. Das Gerät hatte so viel gekostet wie ein Kleinwagen, und natürlich hatte ich mich bei der Spendensammlung, die unsere Chefin, Kriminalrätin Veronica Stadel, organisiert hatte, für meine Verhältnisse großzügig beteiligt. Allerdings hatte ich geglaubt, sie hätte sich diese Maschine für zu Hause gewünscht. Und gefragt hatte mich niemand, ob ich mein Büro künftig nicht nur mit der reizenden Kollegin, Frau Kriminalmeister Paulina Kowalska, teilen wollte, sondern auch noch mit dieser lärmenden Kaffee-Zapfsäule.

»Alles klärchen?«, fragte ich, während ich meinen schwarzen Aktenkoffer auf meinen Schreibtisch stellte. Ihr Blick, der sich schockiert auf das sich unter lautem Getöse füllende Glas richtete, machte deutlich, dass hier nichts klar war. Auch nicht das hellbraune Wasser, das eigentlich Kaffee sein sollte.

»Ähm, ich probiere noch«, sagte sie. »Angeblich soll diese One-Touch-Automatik ja selbsterklärend sein. Aber die deutsche Bedienungsanleitung klingt, als wäre sie von Google übersetzt worden. Ich probier es mal mit der polnischen Fassung.«

Paulina hatte zwar einen deutschen Pass, aber ihre Mutter stammte aus Krakau, war eine glühende Verehrerin des polnischen Papstes gewesen und hatte sie deshalb Johanna Paulina genannt. Weil die heranwachsende Tochter jedoch mit Kirche und Religion nichts am Hut hatte, hatte sie noch vor ihrem Austritt aus der Kirche aus Protest den zweiten Vornamen zum Rufnamen gewählt, ungeachtet der Tatsache, dass der heilige Paulus sicherlich nicht weniger fromm war als sein heiliger Kollege Johannes.

»Wo ist eigentlich die Filterkaffeemaschine?«, fragte ich und blickte mich im Zimmer um. Für mich gehörte es zum Ritual eines beginnenden Bürotages, eine Kanne Eduscho Gala Nummer eins zu brühen, die meinen Kreislauf bis zur Mittagspause auf Trab brachte.

»Im Schrank bei den ungeklärten Tötungsdelikten. Sagen Sie mal, verstehen Sie das? Um die Extraktion des Kaffees zu optimieren, muss das Adapting-System –«

»Moment mal«, unterbrach ich. »Was heißt das: im Schrank?«

Der Schrank, in dem die Akten mit den ungeklärten Tötungsdelikten lagen, befand sich am anderen Ende des Flurs im dritten Stock der Kriminalpolizeiinspektion, wo unsere Dienststelle untergebracht war. »Soll ich jetzt jedes Mal, wenn ich einen Kaffee brauche, dreißig Meter über den Gang marschieren und jedes Mal bei der Stadel vorbeigehen und winken?«

»Nein, wieso?« Paulina blickte mich ratlos und unschuldig an. »Hier in der Stadt passieren zum Glück so wenige Morde, dass im Schrank noch genug Platz ist. Und die Alte brauchen wir doch nicht mehr.«

Ich hatte gehofft, mit »die Alte« hätte sie die Stadel gemeint. Doch ich war leider sicher, dass sie von der Rowenta sprach, zumal Veronica Stadel die erste vorgesetzte Person in meiner Beamtenlaufbahn war, die a) weiblich und b) jünger war als ich. Den Punkt c) lasse ich jetzt mal beiseite. Sie ist nämlich auch noch mit einer Lebensgefährtin »verpartnert«, so heißt es ja offiziell. Die Kaffeemaschine hatte ich seit meinem Wechsel vom Zoll zur Kripo vor vielen Jahren mitgebracht, und sie leistete seitdem täglich tadellose Dienste. Wartungsfrei.

»Es wird nicht mehr lange dauern«, fuhr sie fort, »bis unsere neue One-Touch-Maschine in Betrieb ist, und dann wird es selbst für Sie kein Problem –«

»Das ist nicht unsere One-Touch-Maschine, sondern Ihre«, widersprach ich. »Und solange ich hier Dienst tue, werde ich keinen Schluck aus so einem neumodischen Vollidiotomaten trinken. Übrigens gehört Kaffee in Tassen und nicht in Gläser. Trinken Sie so viel von Ihrer To-go-Brühe, wie Sie wollen. Aber stellen Sie sofort meine Filterkaffeemaschine wieder auf!«

Möglicherweise hatte ich etwas überreagiert, denn Paulina wäre beinahe vor Schreck die Bedienungsanleitung aus der Hand gefallen.

»Schon gut, schon gut«, sagte sie beschwichtigend. »Ich hol sie ja schon. Sobald das hier aufhört zu fließen.«

»Tut mir leid, ich wollte nicht laut werden«, entschuldigte ich mich. »Aber ich kann diese Espressionisten nicht leiden, die den guten alten Filterkaffee verteufeln.«

»Schon in Ordnung, wir werden uns auch in dieser Frage arrangieren.«

Da hatte sie recht. Seitdem wir ein Büro teilten, waren wir Meister darin geworden, uns zu arrangieren. Denn bei unseren Auffassungen von effizientem und strukturiertem Büroalltag gab es kaum Schnittmengen. Während sich auf ihrem Schreibtisch die Papiere, Akten und Unterlagen stapelten und auf jeder freien Fläche in ihrer Reichweite kleine Krimskramsbiotope wucherten, war meine Arbeitsfläche täglich zum Ende des Arbeitstages leer geräumt, und alle Unterlagen waren korrekt in den dafür vorgesehenen Ablagen und Ordnern verstaut. Jeden Freitag nach Dienstschluss reinigte ich zudem mit einem akkubetriebenen Tischstaubsauger die Oberflächen meines Arbeitsplatzes. Ihr kreatives Chaos, wie sie es nannte, führte jedoch immer wieder dazu, dass sie mich um eine Schere, einen Klebebandabroller oder eine Büroklammer bat, weil sie mal wieder im Dickicht ihrer Unordnung die Orientierung verlor. Was sie natürlich nie zugegeben hätte.

»Dann hol ich mal Ihre alte Rowenta zurück, damit Sie Ihren Frieden finden.« Sie lächelte mich so freundlich an, dass ich mir die Aufforderung verkniff, dass sie doch bitte die Umverpackung unserer neuen Bürobewohnerin entsorgen solle. Ich wollte nicht wieder »Aufräum-Nazi« von ihr genannt werden.

Ich sortierte die Unterlagen, die im Posteingangskorb auf meinem Schreibtisch lagen. Die Staatsanwaltschaft hatte Anklage gegen einen Täter erhoben, der ein Schmuckgeschäft an der Kettenbrücke überfallen und die Beute dann dem Vorbesitzer zum Kauf angeboten hatte. Außerdem hatten die Kollegen vom Rauschgift in ganz Oberfranken Razzien gegen Cannabiszüchter durchgeführt und dabei ein Dutzend Hanfpflanzen sichergestellt. Ich befürwortete schon immer das harte Durchgreifen gegen Dealer und Konsumenten dieser vermeintlich weichen Einstiegerdroge und lehnte jede Verharmlosung des Kiffens strikt ab.

Während ich meinen Computer einschaltete, kam Paulina mit meiner geliebten Rowenta zurück. Außerdem hatte sie die Zeitung dabei. Den FT, wie die einzige Lokalzeitung, der »Fränkische Tag«, von den Bambergern schlicht genannt wurde, bekam immer zuerst Frau Stadel, die Leiterin des Kommissariats. Wenn sie mit der Lektüre fertig war, wanderte das Blatt durch die einzelnen Büros. Dass wir im K1 nur noch ein einziges Zeitungsabo hatten, war eine der unangenehmen Folgen des letzten Spardiktats des Ministerpräsidenten, der auch die Wochenarbeitszeit der Beamten wieder auf vierzig Stunden erhöht hatte. Durch das Abbestellen der Zeitungen sollte offenbar verhindert werden, dass die Staatsdiener die zusätzliche Arbeitszeit mit Zeitunglesen verbrachten.

Ich blätterte die Zeitung durch. Im überregionalen Teil, der inzwischen weitgehend im unterfränkischen Würzburg produziert wurde, fand ich nichts Aufregendes. Im Kulturteil war eine spektakuläre Uraufführung der Bamberger Symphoniker angekündigt. Das Werk eines modernen und sehr umstrittenen Komponisten namens Hanskarl Hansen mit dem befremdlichen Titel »Symphonie in Karminrot« sollte die Konzertreihe »Dissonanzen in Farbe« eröffnen. Ich muss zugeben, dass ich von jeder Musik, die nicht im »ZDF-Fernsehgarten« gespielt wurde, nichts verstand und die Bamberger Konzerthalle erst ein einziges Mal von innen gesehen hatte, und zwar bei einem Auftritt von Chris de Burgh. Das Konzert war komplett bestuhlt, was mir sehr sympathisch war. Ich mochte es überhaupt nicht, wenn erwachsene Menschen wegen eines Musikanten völlig ihre Beherrschung verloren und wie in Ekstase die Hände über ihren Köpfen zusammenklatschten. Aus diesem Alter war ich seit der Auflösung von ABBA heraus.

Ich wollte die Zeitung umblättern, als mir das Foto des Komponisten bekannt vorkam. Doch bevor mir einfiel, an wen er mich erinnerte, kam Paulina mit einer Tasse Filterkaffee ins Zimmer.

»Zur Wiedergutmachung, lieber Kollege«, sagte sie. »Ich hätte ahnen können, dass Ihnen Ihr Filterkaffee heilig ist. Mit Zucker und viel Bärenmarke. So wie Sie ihn am liebsten mögen.«

»Besten Dank.« Ich nahm einen Schluck und genoss die Geschmacksexplosion auf meiner Zunge. »Paulina, Sie sind die Beste! Und entschuldigen Sie mein Entgleisen vorhin!« Ich nahm einen zweiten Schluck und stellte die Tasse auf den Unterteller. »Ach ja, wenn Sie so lieb wären, noch den Verpackungsmüll hier zu beseitigen?« Ich deutete auf den großen Karton. »Ich kann so nicht arbeiten, das wissen Sie doch.«

»Ja, ja.« Sie lachte. Und ich bildete mir ein, ihre Gedanken hören zu können.

»Wollen Sie die Verpackung vielleicht lieber aufheben?«, sagte ich. »Falls während der Garantiezeit etwas mit der Maschine sein sollte und Sie sie einschicken müssen?«

Ihre einzige Reaktion war ein genervtes Augenrollen, was ich geflissentlich ignorierte.

In diesem Moment öffnete sich die Tür, und Kriminalrätin Stadel betrat das Zimmer.

»Grüß Gott«, sagte sie mit einem für diese Uhrzeit ungewöhnlich fröhlichen Säuseln in der Stimme. In der rechten Hand hielt sie ein Stück Papier in der Größe eines länglichen Briefumschlags. »Jemand Lust auf Kultur?« Sie blickte uns fragend an. Dann fiel ihr Blick auf die Zeitung vor mir. »Ah, Herr Müller, ich sehe, dass Sie sich schon über das bevorstehende kulturelle Highlight informiert haben. Das hätte ich Ihnen gar nicht zugetraut, dass Sie sich für Hochkultur interessieren.«

»Äh, ich –«, wollte ich einhaken.

»Dann werden Sie sich bestimmt freuen, dass ich wegen meiner

Schulung in Ainring mein B-Abo am Samstag nicht wahrnehmen kann. Viel Spaß, Herr Kollege, ein bisschen Kultur wird Ihnen guttun.«

Und schon lag ihre Abo-Karte der Symphoniker in einer durchsichtigen Plastikhülle vor meiner Nase, und von der Stadel blieb nur noch der süßliche Geruch ihres Parfüms zurück.

Ich schaute fragend erst auf die sich hinter ihr wieder schließende Bürotür, dann auf die Eintrittskarte, dann zu Paulina.

Nach einigen Sekunden des Schweigens lachte sie laut auf.

»Sie haben doch gehört, Horst: Ein bisschen Kultur wird Ihnen guttun!«

Ich schluckte erst eine bissige Bemerkung hinunter, dann einen heißen Schluck meines Filterkaffees.

***

Bald hatten Paulina und ich uns an die neue Situation gewöhnt, und die Rowenta sowie die Jura produzierten in friedlicher Koexistenz je nach Geschmack koffeinhaltige Getränke, mit und ohne aufgeschäumten Schnickschnack. Mehrere Stunden lang bildete jeder Gang zur Kaffeemaschine einen einsamen Höhepunkt im schnöden Büroalltag, der deutlich machte, warum ein Kriminalpolizist in der Tarifeingruppierung des öffentlichen Dienstes als Sachbearbeiter bezeichnet wurde. Polizeiarbeit bestand zu neunzig Prozent aus dem Lesen und Bearbeiten von Schriftstücken und dem Anfertigen von Aktennotizen. Weitere neun Prozent wurden von der Teilnahme an Dienstbesprechungen ausgefüllt, und dieses eine Prozent, das noch übrig blieb, bestand aus wilden Verfolgungsjagden und gefährlichen Schießereien mit Schwerverbrechern. Wobei das jetzt noch ziemlich großzügig geschätzt war. Mit dem schnoddrigen Herrn Schimanski aus dem Fernsehen hatte ich nur den Vornamen gemein, der mich aber eher mit dem freundlichen Herrn Tappert verband. Die Fälle von Oberinspektor Derrick hatten mich vermutlich schon in meiner Kindheit geprägt.

Bamberg war keine Hochburg des Verbrechens, auch wenn die feinen Oberbayern mit ihren Geranien-Balkonen und dem

Alpenpanorama gerne den Eindruck erwecken wollten, Nordbayern wäre ein deutsches Chicago. Tatsächlich hatten Statistiker festgestellt, dass man in Franken rein rechnerisch früher starb als in Altbayern. Aber dass man hier regelmäßig durch Tötungsdelikte im organisierten Verbrechen ums Leben kam, konnte wirklich niemand behaupten, und die hohe Sterberate führte zumindest mein Internist auf die fränkische Kost mit Bradwörscht und Schäuferla zurück. Aufgrund der fahrradfreundlichen topografischen Lage war unsere schöne Stadt eher ein Mekka der Fahrraddiebe, aber darum kümmerten sich die uniformierten Kollegen unten in der Zentralwache. »Kümmern« hieß in dem Fall meistens: Anzeige aufnehmen und abheften. Unsere hohe Aufklärungsquote von über zwanzig Prozent bei Fahrraddiebstahl kam nämlich nicht etwa daher, dass wir überall Zielfahnder unterwegs hätten, die Radler anhielten und die Rahmennummer mit der Diebstahldatei abglichen. Vielmehr ging uns gelegentlich ein osteuropäischer Lieferwagen ins Netz, der zwanzig oder dreißig geklaute Räder geladen hatte. Solche Zufallsfunde waren gut für die Statistik. Aber über die Existenz dieser organisierten Raddiebe, die meist aus Polen oder Tschechien stammten, durfte man ja nicht laut reden.

»Lange keinen Bankräuber mehr gehabt, stimmt's?«, sagte Paulina und riss mich aus meinen Gedanken.

»Äh, ja«, sagte ich. »Wie kommen Sie jetzt darauf?«

Sie deutete auf eine Aktenmappe. »Ich lese gerade die Berichte der Kollegen aus Bayreuth. In Oberfranken scheint ein Serientäter unterwegs zu sein. Coburg, Kulmbach, Kronach, Ebermannstadt. Überall hat er es auf kleine Sparkassenfilialen abgesehen und insgesamt schon über zweihunderttausend Euro erbeutet. Nur nach Bamberg scheint er sich bisher nicht zu trauen.«

»Ist doch gut so«, murmelte ich. »Bankräuber verursachen immer so einen heillosen Wirbel, wenn der Alarm ausgelöst wird. Man weiß nie, ob es Verletzte, Geiseln oder Tote geben wird. Und am Ende verschwindet er mit einem Bündel Geldscheinen in der Plastiktüte, und im nächsten Papierkorb finden wir eine Schreckschusspistole. Razzien gegen Kiffer sind mir lieber, die leisten so selten Gegenwehr.«

»Sie sind ein Zyniker, Horst!«

Das »hanseatische Sie« war auch einer dieser Kompromisse, mit denen wir unseren Büroalltag organisierten. Ich war davon überzeugt, dass sich das »Du« bei Erwachsenen außerhalb des Familien- und Freundeskreises auf Sportplätze und das Rotlichtmilieu sowie diese neuen Netzwerke zu begrenzen hatte, in denen sich die jungen Leute so gerne im Internet tummelten. Der Einzige, von dem ich mich außerhalb des Privatlebens duzen ließe, wäre Dieter Bohlen. Ein Kollege aus Hamburg hatte ihn mal wegen Beamtenbeleidigung angezeigt, weil er ihn geduzt hatte. Ein Gericht stellte dann fest, dass das Duzen zu Bohlens gewöhnlichen Umgangston gehörte. Doch in Bamberg gab es nur einen Domkapellmeister und keinen Poptitanen, daher blieb es beim Sie. Paulina hingegen war der Ansicht, dass man sich nach einem halben Tag Bürogemeinschaft schon verbrüdern konnte, weil man ja schließlich mehr Zeit miteinander verbringe als mit dem Lebenspartner. Und da wir aktuell beide ohne Lebenspartner waren, war unsere Bürogemeinschaft fast so etwas wie ein Ehe-Ersatz. Die ersten vierzehn Tage unserer Zusammenarbeit hatte ich es vermieden, sie direkt anzusprechen, weil mir das »Du« nicht über die Lippen kam. Als sie das bemerkt hatte – ganz dumm war sie ja schließlich nicht –, hatte sie das »Sie« bei Nennung des Vornamens vorgeschlagen, womit ich mich dann als Zeichen des guten Willens einverstanden gezeigt hatte.

»Es wäre mal wieder Zeit für ein Kapitalverbrechen«, räumte ich ein. »Sonst kommt irgendeiner von den Sparkommissaren noch auf die Idee, unsere Dienststelle zu schließen …«

»… oder wie im ›Tatort‹ eine Mordkommission Franken zu gründen«, sagte Paulina. »Mit Sitz in Nürnberg.«

Bamberg war als Dienstsitz bei vielen sehr beliebt. Wer als Polizeischüler seine Zeit bei der hiesigen Bereitschaftspolizei hinter sich hatte, wusste das behagliche Städtchen an der Regnitz mit der bezaubernden Altstadt, den gemütlichen Bierkellern und dem prächtigen Dom sehr zu schätzen. Man stellt sich vielleicht eine Polizeiinspektion mitten im Weltkulturerbe zwischen Klein-Venedig und dem Alten Rathaus vor, wie man es in den neunziger Jahren in der in Bamberg spielenden Krimiserie mit Günter Strack sehen konnte. Alles erfunden. Die Bamberger Kripo saß weit entfernt von jeglicher Idylle in einem zweckmäßigen Bürogebäude in der Schildstraße, das man für eine Krankenkasse oder eine Realschule gehalten hätte, wenn nicht in weißen Lettern auf blauem Grund ein Schild mit dem Wort »Polizei« am Haupteingang befestigt gewesen wäre. Unser Dienstsitz lag in einem eher unscheinbaren Stadtgebiet, Laufkundschaft gab es hier nicht, kein Weltkulturerbe oder sonstige Sehenswürdigkeit weit und breit, dafür das Arbeitsamt nebenan. Wer ohne Handschellen aus freiem Willen hierherkam, hatte ein besonderes Anliegen auf dem Herzen.

So wie der Herr im schwarzen Anzug, der in diesem Moment an die Tür klopfte und unser Büro betrat.

DREI

»Grüß Gott«, sagte der Mann. Und an dem kleinen weißen Quadrat am Kragen unter seinem Kinn konnte man sehen, dass er dies wörtlich meinte. »Mein Name ist Monsignore Dr. Johannes Momberg. Wie Domberg, nur mit M. Dompfarrer und Domkapitular«, stellte er sich vor. »Ich hoffe, ich bin bei Ihnen richtig. Es geht um …« Er räusperte sich und senkte seine Lautstärke, während er mit dem Kopf auf einen schuhkartongroßen Kasten deutete, den er mit beiden Händen vor seinem Bauch hielt. »… das hier!«

»Nehmen Sie Platz, Herr …« Ich überlegte kurz, welcher seiner vielen Titel wohl der wichtigste für eine Anrede wäre. Weil wir uns in einer sehr weltlichen Behörde befanden, entschloss ich mich für: »Herr Dr. Momberg. Was können wir für Sie tun?«

Der fast siebzigjährige Geistliche mit der spitzen Nase und dem schmalen Gesicht setzte sich auf einen der Besucherstühle, und ich glaubte in Paulinas Gesicht zu erkennen, dass sie sich bemühte, einen antiklerikalen Fluchtreflex zu unterdrücken.

»Es handelt sich um eine delikate Angelegenheit«, sagte der Dompfarrer, der mit zitternden Händen die Pappschachtel auf meinen Schreibtisch stellte. »Ich bitte Sie höflichst, diese Sache vertraulich zu behandeln. Ich möchte nicht, dass sie in die Öffentlichkeit gerät. Sie wissen ja, die Leute reden so viel. Bamberg ist ein Dorf. Und gerade bei uns am Domberg …«

»Schon gut, Herr Pfarrer«, schaltete sich Paulina ein. »Ihr Laden hat wirklich genug Skandale am Hals. Worum geht's denn überhaupt?«

»Sie können sich auf unsere Diskretion verlassen. Ein Beichtgeheimnis gibt es nicht nur in Ihrer Firma«, sagte ich und lachte. Ich hoffte, dass mein kleiner Scherz die Nervosität des Dompfarrers verringern würde.

»Nun gut«, sagte Momberg und atmete einmal tief durch. »Es geht um dieses Paket, das ich heute früh vor meiner Wohnung gefunden habe. Oder besser gesagt, die Frau Putzer hat es gefunden, meine Haushälterin.«

»Frau Putzer?«, wiederholte Paulina ungläubig. »So heißt Ihre Putzfrau?«

Momberg nickte. »Sie ist seit fünfundzwanzig Jahren bei mir. Ich habe mich an den Namen gewöhnt. Ich wunderte mich, weil der Paketbote selten vor Mittag bei mir ist.«

Ich schaute mir den Pappkarton genauer an. Auf einem weißen Aufkleber war mit Computer »J. Momberg« geschrieben. Der anonyme Absender hatte offenbar auch nicht gewusst, welche Anrede die korrekte war, und sie daher der Einfachheit halber ganz weggelassen.

Aus meiner obersten Büroschublade nahm ich ein Paar Einweghandschuhe und zog sie an. Dann öffnete ich vorsichtig den Deckel. Zunächst sah ich nur hellgraues Packpapier, das ich langsam zur Seite bewegte. Ich hatte mit allem gerechnet, aber nicht mit dem, was ich vor mir sah. Mein Blick wanderte vom Inhalt des Kartons zum Gesicht unseres Besuchers.

»Ich kann verstehen, dass Sie Angst haben«, sagte ich so einfühlsam wie möglich. »Es ist gut, dass Sie zu uns gekommen sind.«

»Ich fürchte um mein Leben«, sagte der Monsignore mit zitternder Stimme.

Paulina streckte neugierig den Kopf zu mir, um auch einen Blick in den Karton zu werfen. Ich nahm mit beiden Händen die zwei Teile der Tonfigur und hielt sie hoch: in der linken den Rumpf mit Beinen und Armen, in der rechten den bärtigen Kopf mit roter Zipfelmütze.

»Ein geköpfter Gartenwerg?«, rief Paulina. »Für Sachbeschädigung sind wir nicht zuständig.«

»Wohl aber für Morddrohungen«, sagte ich und überlegte, welches Formular für diese Strafanzeige wohl das richtige wäre.

***

»Jetzt mal ehrlich, Horst«, sagte Paulina, als Dompfarrer Momberg unser Büro wieder verlassen hatte. »Sie nehmen diesen Quatsch doch nicht wirklich ernst, oder? Haben Sie den Absender gesehen?«

»Wir sind verpflichtet, jeder angezeigten Straftat nachzugehen«, erwiderte ich, ohne Zweifel daran zu lassen, dass dies mein voller Ernst war. »Und dass der Absender W. Ichtel, Schneewittchenweg 7 in Zwergenstadt erfunden ist, darauf wäre ich auch allein gekommen.«

»Von was für einer Straftat reden Sie?« Paulina schüttelte den Kopf. »Vielleicht wollte jemand dem Pfaffen eine Freude machen und ihm für seinen Vorgarten diesen Gnom schenken, und leider ist er beim Transport zerbrochen. Das ist mir bei Amazon auch schon passiert, dass die Ware in Scherben angekommen ist.«

»Warum dann anonym?«, entgegnete ich. »Wenn es eine Freude sein sollte?«

»Oder es ist so eine Art Opfergabe«, mutmaßte Paulina. »So was gibt's doch in der Kirche, dass man nach einer schweren Sünde eine besondere Aufgabe bekommt zur Wiedergutmachung.«

»Dem Pfarrer einen Gartenzwerg zu schicken? Also bitte.«

»In der katholischen Kirche gibt es die verrücktesten Bräuche. Aber Moment mal«, sie fasste sich ans Kinn und dachte nach. »Für mich sieht das trotzdem mehr nach einem üblen Streich aus als nach einem Fall für die Kripo.«

In diesem Augenblick klopfte es wieder an der Tür. Dann betrat ein Mann den Raum, den ich aus der Zeitung kannte. Es war Oberbürgermeister Alfred Marienberg. Sein Gesicht war bleich, und mit beiden Händen trug er einen Pappkarton.

***

»Sie werden verstehen, dass ich nicht in offizieller Mission hier bin«, sagte Marienberg und schloss die Bürotür hinter sich. »Ich weiß, dass Sie, Herr Kommissar Müller, als der beste Ermittler der hiesigen Kripo gelten. Deshalb wende ich mich in dieser delikaten Angelegenheit an Sie.«

»Sie schmeicheln mir, Herr Oberbürgermeister«, entgegnete ich. Eine solche Würdigung meiner Person war mir jedenfalls vorher noch nie zu Ohren gekommen.

Marienberg war als selbstbewusster, sportlicher und sympathischer Politiker bekannt, mit seinen nicht mal fünfzig Jahren ein Hoffnungsträger der sonst nicht gerade vor Kraft strotzenden bayerischen SPD. Doch jetzt druckste er herum wie ein ertappter Schuljunge. »Ich bin inoffiziell hier und möchte nicht, dass mein Besuch ein Aktenzeichen bekommt, Sie verstehen?« Er räusperte sich. »Wäre es daher möglich, Herr Kommissar, dass wir diese Sache«, er blickte kurz auf Paulina, »unter vier Augen besprechen?«

Jetzt sagte ich einen der Klassikersätze aus drittklassigen Schundromanen: »Vor Frau Kowalska habe ich keine Geheimnisse.« Der OB seufzte, und ich fügte hinzu: »Und nun stellen Sie bitte die Schachtel mit dem geköpften Gartenzwerg auf den Tisch. Wir werden das Beweismaterial sichern.«

Marienberg schaute mich verdutzt an: »Äh, woher wissen Sie, dass …«

»Haben Sie nicht eben selbst gesagt, dass Kommissar Müller der beste Ermittler der Stadt ist?« Paulina grinste zuerst Marienberg, dann mich frech an.

»Also, ja, gut, wenn Sie das eh schon wissen, dann …« Das sonst so machtbewusste Stadtoberhaupt wirkte völlig verunsichert. »Nun, ich bitte Sie trotzdem um äußerste Diskretion. Sie wissen, wir stehen kurz vor der Kommunalwahl. Und als sozialdemokratischer Politiker kann ich es mir in keiner Weise erlauben, öffentlich mit einer solchen Sache in Verbindung gebracht zu werden.«

»Was meinen Sie mit ›solcher Sache‹?«, fragte Paulina. »Es ist kein Mord passiert.«

»Ich meine: mit einem Gartenzwerg! Unser Wahlkampf setzt auf Liberalität, Modernität, Toleranz und Weltoffenheit. Ein Gartenzwerg ist das Symbol für Borniertheit, Kleingeistigkeit und Spießertum. Damit möchte ich nicht in Verbindung gebracht werden. Bitte verstehen Sie mich! Wenn dieser Schmierfink vom FT davon erfährt, dann –«

»Oh, man spricht von mir!«, ertönte es, während die Bürotür ohne Anklopfen aufgerissen wurde und sich zwei Zentner geballte journalistische Kompetenz hereinschoben, verteilt auf bescheidene einhundertsechzig Zentimeter Körpergröße. »Bin ich hier richtig bei Hauptkommissar Müller? Oh, Herr OB, Sie auch hier?«

»Null Null Sieber«, stöhnte Paulina leise.

Theo Sieber, ein ehrgeiziger Reporter Anfang dreißig, war uns schon mehrmals mit seinen Recherchen in die Quere gekommen. Er musste überall seine Informanten haben, im Rathaus, am Domberg, bei Gericht und sogar innerhalb der Polizei. Zu neunzig Prozent stimmten seine Geschichten auch, aber mit einer zehnprozentigen Fehlerquote konnte er eine Menge Unheil anrichten.

»Für Interviews und Medienanfragen wenden Sie sich bitte an die Pressestelle, Herr Sieber«, sagte ich bestimmt. Doch dann sah ich, dass der Reporter nicht beruflich hier war. »Warten Sie und nehmen Sie Platz. Wir haben es offenbar mit einem Serientäter zu tun. Stellen Sie den Karton mit dem geköpften Gartenzwerg hierher. Ich glaube, wir sollten eine Soko gründen.«

***

Am selben Nachmittag saßen Paulina und ich im Büro von Veronica Stadel und besprachen mit unserer Vorgesetzten die vorliegenden Fakten. Man sah diesem Raum schon im ersten Moment an, dass er von einer Frau eingerichtet worden war. Eine gläserne Engelsfigur hier, eine kleine Vase mit einer einzelnen Blume dort. Überall waren mit dezenten Deko-Elementen Akzente gesetzt. Außerdem stand hier im ganzen Haus der einzige Bürostuhl mit einem roten Polster. Den süßlichen Duft ihres Parfüms fand ich übrigens nicht sehr passend für eine Amtsstube der Kriminalpolizei.

»Wenn ich das richtig sehe«, sagte Stadel, »dann haben wir es mit drei beschädigten Tonfiguren zu tun. Was kostet so ein Wichtel? Zwanzig Euro? Ergibt also einen Sachschaden von sechzig Euro. Wollen Sie mich beim Staatsanwalt lächerlich machen? Diese Sache wird wegen Geringfügigkeit eingestellt, noch bevor der Eingangsstempel der Anklagebehörde trocken ist.«

»Die Opfer sind nicht irgendwer«, wandte ich ein. »Der OB,

der Dompfarrer und ein stadtbekannter Lokalreporter. Sie fühlen sich bedroht und verlangen Polizeischutz.«

Stadel lachte laut auf. Sie war wie immer perfekt gestylt, ihre schwarzen Haare waren zu einem Pferdeschwanz gebunden. Ein Silberstecker glänzte in ihrer Nase. Kollegen, die sie mal am Wochenende im Saunabereich des Bambados gesehen haben wollten, behaupteten, an ihrem Bauch ein Nabelpiercing entdeckt zu haben. Das konnte und wollte ich mir nicht vorstellen. Meiner Tochter Andrea hätte ich eine solche Selbstverstümmelung verboten, wenn sie nicht mit ihrem Bruder Stephan bei meiner Exfrau Judith leben würde. Wie könnte ich es bei einer Vorgesetzten akzeptieren?

»Polizeischutz?«, wiederholte sie. »Das ist doch lächerlich. Das LKA verlangt von uns Unterstützung bei einer bayernweiten Aktion gegen die Rauschgiftszene.«

»Die Kiffer-Razzien«, murmelte Paulina leise.

»Und das Präsidium Oberfranken fordert personelle Hilfe bei der Jagd nach dem Serienbankräuber. Es soll eine regionale Ermittlungsgruppe gebildet werden. Auch wir sollen Personal bereitstellen, unsere besten Leute.«

»Äh, aber Sie dachten dabei doch nicht etwa …« Mir schwante Fürchterliches nach den Behauptungen des Oberbürgermeisters über meinen angeblichen Nimbus.

»Nein, wie kommen Sie darauf? Ich habe den Kollegen Schwerdtfeger vom K2 abgestellt.«

Ich atmete erleichtert auf.

»Doch das heißt nicht«, fuhr Stadel fort, »dass wir uns hier um solche Lappalien kümmern können. Wir sind die Kriminalpolizei und nicht die Vereinigung zum Schutz der Gartenzwerge. Solange sich der rechtmäßige Besitzer der Tonfiguren nicht meldet, haben wir es nicht einmal mit einem Versicherungsfall zu tun. Und nun bitte ich Sie, mich zu entschuldigen. Ich habe in fünf Minuten einen Termin bei Polizeidirektor Dr. Hubert Goos.«

Ihr Tonfall ließ keinen Zweifel daran, dass die Unterredung beendet war. Paulina und ich verließen wortlos das Chefbüro.

»Sieht so aus, als könnten wir die Protokolle in den Schrank zu den ungelösten Mordfällen legen«, sagte sie.

»Jetzt sprechen Sie auch von Mord«, sagte ich.

»Ich kann es nicht leiden, wenn die Stadel uns so abfertigt. Wir sollten jetzt aus Prinzip ermitteln.«

»Denken Sie, es steckt mehr dahinter als ein übler Scherz, Paulina?«

»Der Absender muss sich doch irgendwas dabei gedacht haben.«

»Ich meine, dass wir eine Strafanzeige nicht ohne Weiteres unter den Tisch fallen lassen können«, sagte ich, als wir wieder unser Büro betraten und an unseren übereck gestellten Schreibtischen Platz nahmen. »Wir sind verpflichtet zu ermitteln.«

»Gegen den Willen unserer Chefin?«

Ich beschloss, mich nicht in einen Loyalitätskonflikt stürzen zu lassen, ob ich meiner Dienstvorgesetzten oder dem Gesetz Folge zu leisten hatte. Der Blick auf die Uhr half mir bei der Vertagung des Problems.

»Feierabend«, sagte ich und legte die leere Butterbrotdose von Tupperware in meinen Aktenkoffer. »Vergessen Sie nicht, Ihre Maschine zu entkalken«, sagte ich noch zu Paulina mit Blick auf das nervöse rote Blinken einer Warnleuchte an der One-Touch-Anlage.

VIER

Ich war bis auf die Knochen durchnässt, als ich am nächsten Morgen meinen Drahtesel im polizeilichen Fahrradkeller abgestellt hatte.

Eigentlich sagte man ja nicht mehr Drahtesel, sondern bewegte sich auf Touring- oder Trekkingbikes mit Carbon-Rahmen und sonstigem Firlefanz fort. Alles Schnickschnack! Mein Fahrrad hatte eine Rücktrittbremse und eine Sieben-Gang-Nabenschaltung. Eigentlich hätten es auch drei Gänge getan, aber die gab es nur noch bei Kinderrädern, wie mir der freundliche Fahrradhändler an der Löwenbrücke sachkundig erläutert hatte. Das Gefährt, mit dem ich täglich die drei Kilometer vom Markusplatz zum Büro in der Schildstraße zurücklegte, hätten die meisten nicht einmal geschenkt genommen und es wohl eher als Rollator auf zwei Rädern bezeichnet. Aber das senkte zumindest die Diebstahlgefahr.

Ich parkte also meinen Drahtesel, vergaß nicht, die Klammern von den Hosenbeinen abzunehmen, und betrat das Dienstgebäude. Ich war zu Hause bei strahlendem Sonnenschein losgefahren und konnte nicht ahnen, in einen derartigen Wolkenbruch zu geraten. Aprilwetter mitten im März. Bei einer entsprechenden Wettervorhersage hätte ich natürlich meinen Regenanzug drübergezogen.

»Guten Morgen, Horst«, begrüßte mich Paulina, während ich meinen Helm an die Garderobe hängte und ein für solche Notfälle immer bereitliegendes Handtuch aus meiner untersten Schreibtischschublade holte. »Schon Zeitung gelesen?«

Doch statt zu antworten, stellte ich eine Gegenfrage, die sich auf das Glas mit Sprudelwasser bezog, das vor ihr auf dem Schreibtisch stand, und zwar genau an der Stelle, wo ich eigentlich einen dampfenden Cappuccino oder eine Latte irgendwas erwartet hätte: »Sie trinken keinen Kaffee um diese Zeit? Muss die neue Maschine vielleicht noch hochgefahren werden, oder ist sie schon in der Inspektion?«

»Schauen Sie, hier!«, entgegnete sie und deutete auf die erste Lokalseite des FT. Ich hatte den Eindruck, wir redeten im Moment aneinander vorbei.

»Was denn?«, fragte ich und wischte die Brillengläser am Ärmel meines karierten Oberhemdes trocken.

»Null Null Sieber hat wieder zugeschlagen«, sagte sie und schob mir die Zeitung rüber. Ich setzte mich und las.

»Zwergenterror in Bamberg«, lautete die Überschrift in fetten Buchstaben. Darunter etwas kleiner: »Prominente von Unbekannten bedroht. Schweben Stadt-Größen in Lebensgefahr?«

Ich zog die Augenbrauen hoch und warf meiner Kollegin einen entgeisterten Blick zu. Sie machte mir mit einer auffordernden Geste deutlich, dass ich weiterlesen sollte.

»Bisher hat der Irre mit dem falschen Namen W. Ichtel nur Gartenzwerge geköpft. Doch seine Botschaft ist deutlich und unmissverständlich: Die Empfänger der mysteriösen Pakete, die gestern an mehrere bekannte Bamberger Persönlichkeiten zugestellt wurden, müssen um ihr Leben fürchten. Betroffen sind bislang nach Informationen dieser Zeitung hochkarätige Vertreter der Stadt, der Kirche sowie ein …«, ich musste laut lachen, als ich weiterlas, »… Top-Journalist der Medienbranche. Aus Rücksicht auf die polizeilichen Ermittlungen halten wir die Namen der Opfer geheim. Die Polizei ermittelt nach offiziellen Angaben in alle Richtungen. Was nichts anderes bedeutet als: Ein Mordanschlag auf die kulturellen und politischen Stützen unserer Stadt wird nicht ausgeschlossen.«

Ich legte das Käseblatt zur Seite und sagte: »Der hat doch einen Knall. Ich kann auch nicht ausschließen, dass morgen Außerirdische auf dem Domplatz landen oder der Club Deutscher Meister wird. Steht das deshalb in der Zeitung?«

»Sie haben den Schluss nicht gelesen.« Jetzt nahm Paulina die Zeitung in die Hand. »Aufgrund der Absenderangaben, die sich auf das Märchen von Schneewittchen und den sieben Zwergen beziehen, ist davon auszugehen, dass es weitere Empfänger und damit auch potenzielle Opfer geben muss. Bisher sind nur drei Adressaten bekannt. Alle weiteren werden aufgefordert, sich im Interesse ihrer eigenen Sicherheit umgehend zu melden. Es bleibt zu hoffen, dass die Polizei diese Angelegenheit ernst nimmt und nicht als verspäteten Faschingsscherz abtut.«

Ich seufzte. »Dieser Schaumschläger! Weißt du, was mein erster Gedanke ist? Dieses journalistische Schwergewicht hat die geköpften Wichtel selbst verschickt, um danach eine Knüller-Story drüber zu schreiben.«

»Zuzutrauen wäre es ihm«, sagte Paulina. »Aber jedenfalls nimmt uns dieser Artikel die Entscheidung ab, ob wir aktiv werden oder nicht. Denn jetzt ist ein öffentliches Interesse da, und wir können nicht die Hände in den Schoß legen.«

»Gibt es ein Dezernat zur Aufklärung von grobem Unfug?«, fragte ich, ohne eine Antwort zu erwarten. »Aber jetzt sagen Sie endlich, Paulina, warum trinken Sie Wasser? Dass Sie die Fastenzeit einhalten, wäre mir neu. Oder ist das eine neue Diät aus einer Ihrer bunten Illustrierten? Die Glas-Wasser-zum-Frühstück-Diät? Sprudel dich schlank? Wirkt bestimmt, wenn man das den ganzen Tag durchhält.«

Sie hatte eine Diät nicht nötig, auch wenn sie sich wie die meisten Frauen in ihrem Alter trotz Kleidergröße sechsunddreißig für verrunzelt und adipös hielt.

Sie seufzte genervt. »Ganz einfach, Horst. Wir haben bei der Installation der neuen Maschine eins vergessen: Wir haben keine Bohnen, sondern nur Kaffeepulver.«

»Oh.« Ich lachte. »Ich kann Ihnen gerne einen Schluck von meinem –«

»Vielen Dank«, unterbrach sie mich. »Ich bleibe beim Wasser.«

***

Am Abend stand ich gleichzeitig vor meinem Kleiderschrank und einem Problem: Was zog man beim Symphoniker-Konzert an? Für das Büro besaß ich vier C&A-Anzüge in den Farben Hellgrau, Mittelgrau, Dunkelgrau und Anthrazit, alle Größe fünfzig. Mit meiner Körpergröße von eins neunundsiebzig entsprach ich auch in dieser Hinsicht exakt dem deutschen Durchschnittsmann. Und als Kripobeamter war ich so immer korrekt gekleidet. Denn niemals wusste ich am Morgen bei Dienstbeginn, ob mich meine

Arbeit in eine Autowerkstatt oder ins Erzbischöfliche Palais führen würde. Heute wusste ich: Ich würde den Abend auf Platz fünf, Reihe zwei, Block B in der Konzerthalle verbringen. Ich erinnerte mich an den Titel der heutigen Aufführung, was meine Kleiderwahl nicht vereinfachte: »Symphonie in Karminrot«. Für die konzertante Variante von »Fifty Shades of Grey« wäre ich zumindest modisch besser ausgerüstet gewesen. Für den zweiten Teil nach der Pause war eher Klassisches angekündigt: die Siebte Symphonie von Anton Bruckner, was mir kleidungsmäßig auch nicht weiterhalf.

Dann hatte ich den rettenden Einfall. Im Keller hing seit der Beerdigung meiner Großtante Margot unberührt ein schwarzer Anzug, zu dem ich problemlos noch ein weißes Hemd mit passender Krawatte finden müsste. Ich schaute auf den Digitalwecker, der auf dem Nachttisch meines zwölf Quadratmeter großen Junggesellen-Schlafzimmers stand. Die Minikammer hatte ich als Schlafgemach gewählt, weil die zwei übrigen Räume ihre nicht schallisolierten Fenster nach vorne hinaus zum Markusplatz hatten. Für Nicht-Bamberger, die jetzt vielleicht an Venedig denken und irgendwelche romantischen Vorstellungen haben: Dieser Platz war eher ein Linienbus-Knotenpunkt und nicht dem heiligen Markus geweiht, sondern nach einem Mediziner namens Dr. med. Adalbert Friedrich Marcus benannt, der im 18. Jahrhundert fürstbischöflicher Leibarzt und erster Direktor des Krankenhauses in der Unteren Sandstraße war. Statt eines »Caffè Florian« gab es am Bamberger Markusplatz eine Dönerbude unterhalb meines Wohnzimmerfensters. Und nachts befand sich hier die Partymeile grölender und zuweilen auch randalierender Jugendlicher, die mangels Nachtlebens in der Stadt ihrer Lebensfreude gerne auf offener Straße freien Lauf ließen. Und wenn im Sommer Sandkerwa war, musste man als Anwohner entweder rund um die Uhr mitfeiern oder ins Exil gehen, wenn man den Lärm des Autoscooters nicht ertragen wollte. Zumindest sollte man nach hinten raus schlafen, wenn man einem geregelten Bürojob nachging und wie ich Wert auf acht Stunden Schlaf legte.

Aktuell hatte meine Altbauwohnung einen unschlagbaren

Vorteil: Die wenigen hundert Meter zur Konzerthalle konnte ich gemütlich zu Fuß zurücklegen, sodass keine Gefahr bestand, mich mit Fahrradklammern am Hosenbein zu blamieren. Die roten Ziffern meines Weckers sagten mir, dass ich noch genug Zeit zum Umziehen und für eine gründliche Nassrasur hatte. Ich legte etwas »Old Spice«-Aftershave auf und benetzte mein schütteres Haupthaar mit einigen Tropfen Brennnessel-Extrakt. Zwar hatte ich die Hoffnung längst verloren, damit dem fortschreitenden Haarausfall entgegenwirken zu können, aber es gab mir zumindest das Gefühl, dem körperlichen Verfall nicht völlig tatenlos zuzusehen. Und es roch ganz angenehm. Inzwischen konnte ich mich zu meinen Geheimratsecken selbstbewusst bekennen und rasierte meine Haare regelmäßig auf Kaliber neun Millimeter. Ein Haarteil würde ich übrigens niemals tragen! Die Frage »Toupet or not Toupet« hatte ich für mich längst endgültig beantwortet. Ein Mann mit Toupet verliert seine Würde, davon war ich überzeugt.

Aufs Höchste gespannt, was mich erwarten würde, betrat ich um zwanzig Minuten vor acht das Foyer der modernen Konzert- und Kongresshalle, deren Architektur einen Gegensatz bildete zu den historischen Bauwerken in der mittelalterlichen Altstadt. Ich schaute mich um auf der Suche nach bekannten Gesichtern. Als ich die Stufen zur Garderobe hinabstieg, wurde ich bereits fündig: Null Null Sieber.

»Herr Sieber, der Top-Journalist der Medienbranche. Sie auch hier?«, begrüßte ich ihn freundlich. »Dass Sie sich noch aus dem Haus trauen, ganz ohne Personenschutz.« Es gelang mir nicht, meinen Sarkasmus zu zügeln.

»Aber dafür habe ich doch Sie, Herr Kommissar«, sagte er zu mir, während er lachte und mir seine kräftige Pranke entgegenstreckte. »Sie haben meinen Artikel also gelesen?« Von seiner Statur her hätte er auch »SieBÄR« heißen können. »Aber mal im Ernst.« Seine Stimme wurde leiser, er packte mich am Ellbogen und schob mich konspirativ zur Seite. »Seitdem mein Text heute früh erschienen ist, haben sich zwei weitere Opfer bei mir gemeldet.«

»Ach, wirklich?« Jetzt war ich tatsächlich überrascht. »Wer?«

»Qian Peng, der Imbissbudenbetreiber im Stadtrat, und Barbara Schauer …«

»Die Krimiautorin?«

»Ja, sie dachte zuerst, dass ein verrückter Leser ihr den geköpften Zwerg geschickt hat, weil sie erst vor ein paar Monaten einen Regionalkrimi veröffentlicht hat, der im Schrebergartenmilieu spielt.«

Ich erinnerte mich, das Buch mit dem Titel »Tod im Kompost« massenhaft in allen Bamberger Buchläden und große Rezensionen in allen regionalen Zeitungen gesehen zu haben. Gelesen hatte ich das Buch nicht, weil ich keine Krimis mochte. Ein Pizzabäcker hatte vermutlich auch in seiner Freizeit wenig Appetit auf Pizza. Ähnlich erging es mir mit Mord und Totschlag, davon habe ich nach Feierabend die Nase voll. Nur bei »Tatort« am Sonntag und alten »Derrick«-Folgen aus der Konserve machte ich eine Ausnahme.

»›Tod im Kompost‹ hab ich nicht gelesen«, sagte ich. »Aber vermutlich war der Gärtner eh der Mörder. Warum haben die beiden sich nicht bei der Polizei gemeldet?«

»Weil sie die Sache nicht ernst genommen haben. Erst durch meinen Bericht sind sie aufgerüttelt worden. Da sehen Sie mal wieder, welch wichtige Funktion die Presse in unserer Gesellschaft –«

»Papperlapapp«, unterbrach ich den Schreibtischtäter. »Man könnte Ihnen auch vorwerfen, mit Ihrem Geschreibsel Panik zu verbreiten und die Menschen zu verunsichern. Bislang haben wir keinerlei Hinweis darauf, dass ein Verbrechen geplant sein könnte.«

In diesem Moment ertönte der Gong, der die Zuschauer aufforderte, die Plätze im Konzertsaal einzunehmen. Wenigstens hier würde ich vor Verbrechen sicher sein.

FÜNF

Ich hatte einen hervorragenden Platz und beobachtete, wie sich die Symphoniker nacheinander auf ihre Stühle setzten. Aus dem »Lexikon der Klassik«, das ich mal von meiner Großtante Margot geerbt und in das ich bisher noch nie reingeschaut hatte, hatte ich mir ein paar kluge Sätze zu Bruckner und seiner Siebten Symphonie notiert, falls ich in die Verlegenheit kommen sollte, Smalltalk-Gespräche führen zu müssen.

»Wussten Sie eigentlich, dass das Adagio bei Hitlers Tod im Reichsrundfunk gespielt wurde? – Das Werk wurde dem bayerischen König, Ludwig II., gewidmet! – Bruckner war ja ein frommer Kirchenmusiker und sogar Kandidat für eine Heiligsprechung. Er wurde unter der Kirchenorgel von Sankt Florian in Oberösterreich begraben.« Mit diesen Sätzen könnte ich jederzeit ein gewisses Halbwissen simulieren. Der schwarze Anzug und das Klassik-Lexikon machten den heutigen Tag zu einem richtigen Großtante-Margot-Gedenktag.

Vor mir in der Mitte der ersten Reihe, laut Nummerierung an den Stühlen war es die nullte Reihe, saß Oberbürgermeister Marienberg und unterhielt sich angeregt mit seinem Sitznachbarn, dem Erzbischof. Als alle Platz genommen hatten und Ruhe eingekehrt war und eine junge Frau mit Violine die Bühne betrat, sah ich ein bekanntes Gesicht: Nora Bloch, meine Kleingartenbekanntschaft. Diesmal waren ihre Fingernägel jedoch nicht mehr schwarz lackiert. Und auch sonst sah sie ganz anders aus, hatte die Haare streng zusammengesteckt und war wie alle anderen Symphonikerinnen komplett in Schwarz gekleidet. Die Männer waren wie Pinguine in Schwarz-Weiß mit Frack und Fliege aufgelaufen. Sie nahm auf dem letzten freien Stuhl des Orchesters Platz. Dass sie dies unter Beifall des Publikums tat, deutete ich als Hinweis darauf, dass sie nicht einfach zu spät gekommen war, sondern eine Sonderrolle spielte. Vermutlich so was wie die erste Geige. Dann ließ sie mich durch ein fast unmerkliches Nicken merken, dass sie mich auch erkannt hatte.

Dass ein Mitglied der weltberühmten Bamberger Symphoniker mit Gummistiefeln und Harke Radieschen pflanzte oder Unkraut jätete, war eine Vorstellung, die mir bislang nicht in den Sinn gekommen war. Aber warum auch nicht? Symphoniker waren doch auch Menschen, die sich wie alle anderen die Zähne putzten, ihre Hühneraugen behandelten oder eben sich im Kleingarten beschäftigten. Und auch wenn ich in einer Statistik gelesen hatte, dass das Alter des durchschnittlichen deutschen Kleingärtners bei über sechzig Jahren lag und man heutzutage aus Altersgründen eher das Papstamt aufgab als einen Schrebergarten, so wusste ich auch, dass sich immer mehr junge Leute auf die Wartelisten für ein ökologisches Kleinod setzen ließen. Warum also nicht auch eine hübsche Geigerin?

Kurz darauf gab es wieder Applaus, diesmal für den Dirigenten, der mit schneidigen Schritten die Bühne betrat, sich kurz vor dem Publikum verbeugte, während die Musiker sich kurz von ihren Plätzen erhoben, und sich an seinem Pult mit einer energischen Handbewegung mit seinem Taktstock Respekt und Ruhe verschaffte. Wenige Sekunden herrschte gespannte Stille, und mit einer kräftigen Handbewegung ließ der Dirigent die ersten Töne der »Symphonie in Karminrot« erklingen.

Was da ertönte, kann ich mit meinen laienhaften Worten kaum beschreiben. Ich war wie gesagt kein Kenner klassischer Musik, aber ich hatte schon mal den »Türkischen Marsch« von Mozart gehört, und so manches von Rondò Veneziano, André Rieu oder Richard Clayderman. Es waren immer schöne und gefällige Melodien, wo ein Ton gut zum anderen passte und die auch beim Laien ein musikalisches Wohlbefinden auslösten. Doch was ich jetzt hörte, klang wie die Geräusche, die man vernahm, wenn man sein altes Radio bis zum Anschlag der Senderskala drehte. So als hätten alle Musiker die Noten verschiedener Stücke vor sich. Oder als würden die Instrumente noch gestimmt. Das mit den »Dissonanzen« im Titel der Konzertreihe war also ernst gemeint. Aber ich merkte, dass ich nicht als Einziger im Saal irritiert war. Nach mehreren Minuten setzte ein allgemeines Tuscheln ein, und ich beobachtete, wie der Oberbürgermeister den Kopf schüttelte. Der Erzbischof wirkte, als sende er ein verzweifeltes Stoßgebet gen

Himmel, um eine sofortige Sintflut zu erflehen, die das Orchester zum Verstummen brächte. Vielleicht rief er auch einen Heiligen an, der als Schutzpatron für Ohrenschmerzen zuständig war.

Dann hob der Dirigent plötzlich den Taktstock, und alle Instrumente verstummten auf einen Schlag. Auf eine weitere Bewegung des Dirigenten holten alle Blasmusiker kleine bunte Flöten aus ihren Taschen, mit denen sie im nächsten Moment Geräusche produzierten, wie ich sie von Fastnachtströten kannte. Das war der Moment, als die ersten Buh-Rufe ertönten und einige Besucher zum Teil unter deutlich hörbaren Unmutsbekundungen aufstanden und den Saal verließen.

Als ich davon sprach, dass ich in der Konzerthalle wohl vor Verbrechen sicher wäre, hatte ich nicht an dieses akustische Vergehen an den zahlenden Zuhörern gedacht.

Und als einer Fagottistin urplötzlich zuerst ihr Instrument aus der Hand scheppernd zu Boden und schließlich sie selbst vom Stuhl fiel, wobei ihr ganzer Körper von krampfhaften Bewegungen durchzuckt wurde, hielten zunächst alle im Saal dies für einen Teil der bizarren Performance. Auch als die anderen Musiker nach und nach zu spielen aufhörten und mehrere Streicher sowie der Dirigent auf die Fagottistin zutraten und ihr zu helfen versuchten, gingen die meisten wohl immer noch von einer einstudierten Panne aus.

»Aufhören, schämen Sie sich!«, rief einer von der Empore. Und kurz fragte ich mich, ob die Wörter Empore und Empörung miteinander verwandt waren. Von meinem Platz aus konnte ich sehr gut den Gesichtsausdruck der Musikerin erkennen. Ich spürte sofort, dass dies kein Spaß war, und fühlte mich bestätigt, als zwei Malteser-Sanitäter nach vorne stürmten und sie vorsichtig hinter die Bühne trugen. Der Dirigent wandte sich an das Publikum und rief: »Ist ein Arzt im Saal?«

Sofort meldete sich ein Mittfünfziger aus der vierten Reihe mit Halbglatze und Metallbrille. Ich erkannte ihn als Professor Prestel, den Chefarzt des Klinikums am Bruderwald. Im Publikum herrschte jetzt große Unruhe, mehrere Minuten geschah nichts, die Saalbeleuchtung wurde erhellt wie zur Pause. Ich weiß nicht genau, wie viel Zeit verging, bis Professor Prestel wieder herauskam, direkt auf mich zuging und mich leise ansprach. Er musste mich wohl vorher schon im Saal gesehen haben.

»Herr Kommissar Müller, darf ich Sie bitten, mit hinter die Bühne zu kommen? Wir brauchen Sie jetzt dringend.«

Ich schaute ihn kurz fragend an, dann beugte er sich zu mir herunter und flüsterte mir zitternd ins Ohr: »Wir haben es mit Mord zu tun.«

***

Während ich mit Professor Prestel über den seitlichen Eingang hinter die Bühne ging, bat der Dirigent das Publikum um etwas Geduld, das Konzert werde nach einer kurzen Unterbrechung fortgesetzt. Wusste er noch nicht, was geschehen war?

In einem fensterlosen, von Neonröhren erhellten Raum direkt hinter dem Bühneneingang lag die Fagottistin leblos auf einer Pritsche. Der Mediziner schloss die Tür hinter uns, atmete tief durch, zog die Augenbrauen hoch und sagte: »Da ist nichts mehr zu machen, Herr Kommissar. Die Frau ist tot.«

»Sie sprachen von Mord«, sagte ich. »Wie kommen Sie zu dieser Schlussfolgerung?«

Der Professor runzelte die Stirn. »Vielleicht war ich etwas vorschnell mit dieser Aussage. Ich weiß ja, dass juristisch nicht jedes Tötungsdelikt als Mord bezeichnet werden kann. Aber ich werde auf dem Totenschein eindeutig das Kreuz bei ›unnatürlicher Tod‹ machen.« Er kratzte sich nachdenklich am Kinn. »Wissen Sie, wenn man als Mediziner mit Patienten mit Vergiftungserscheinungen zu tun hat, dann meistens erst, nachdem sie die ersten Symptome erlitten haben. Wenn eine Vergiftung akut eintritt, ist man selten als Augenzeuge dabei. Man sieht immer nur die Folgen. Wie bei einem Verkehrsunfall, verstehen Sie?«

»Sie meinen, Frau …«

»Meier ist ihr Name. Marianne Meier. Meier mit E-I.«

Wäre sie noch lebendig, hätte ich sie um diesen Allerweltsnamen bemitleidet. Mit dem Namen Meier war sie noch mal härter bestraft als ich mit Müller, denn man musste ihn jedes Mal buchstabieren.

»Frau Meier wurde also vergiftet? Sie sind zu hundert Prozent sicher?«

»Hundert Prozent gibt es in der Medizin nur im Himmel.« Das war sicher eine Standardfloskel aus Prestels Patientengesprächen. »Aber was sich eben vor unser aller Augen abgespielt hat, das war wie aus dem toxikologischen Lehrbuch: Atemnot, Übelkeit, Krämpfe und letztlich Atemlähmung innerhalb weniger Augenblicke. Sehen Sie die hellrote Färbung der Haut? Sie ist dadurch verursacht, dass venöses Blut weiterhin mit Sauerstoff gesättigt ist, weil dieser wegen einer Blockade der inneren Atmung von den Zellen nicht verwertet werden kann.«

Ich nickte, ohne ein Wort zu verstehen.

»Natürlich müssen wir die Obduktion abwarten, aber ich bin sicher, wir werden in Kürze, ähnlich wie bei einer Kohlenmonoxidvergiftung, leuchtend rote Leichenflecken beobachten. Und was mich in meiner Vermutung bestätigt ... das kann auch der nicht sachkundige Laie wahrnehmen.« Sein Blick machte klar, dass ich gemeint war. Dann schnüffelte er wie ein Kaninchen. »Riechen Sie das?«

Ich atmete tief durch die Nase ein.

»Bittermandel«, kam er meiner Antwort zuvor. »Der Geruch von Bittermandel deutet auf Blausäure hin, wie jeder Agatha-Christie-Leser weiß. Es riecht übrigens nicht wie süßliche Mandelplätzchen, sondern wie frische Mandeln und ihre Blätter vor der Ernte. Bitter halt. Allerdings sind nur zwanzig bis fünfzig Prozent der Menschen genetisch bedingt in der Lage, diesen Geruch wahrzunehmen.«

Ich gehörte offenbar nicht dazu, denn ich roch nichts. In diesem Moment wurde die Tür aufgerissen, und ein großer und kräftiger Mann Anfang vierzig mit dunklen Haaren, einer randlosen Brille und einem vernarbten, kantigen Gesicht betrat den Raum. Er trug Jeans und T-Shirt. Seine Arme wirkten kräftig. Er roch nach Moschus.

»Entschuldigen Sie, aber wir müssen den Leuten langsam sagen, was los ist.«

»Erst mal müssen Sie uns sagen, wer Sie sind«, entgegnete ich und zeigte meinen Dienstausweis. »Müller, Kripo Bamberg.«

»Natürlich, mein Name ist Dellinger. Ich bin hier der Orchesterwart. Es ist auch die Presse im Saal, wir müssen irgendwas mitteilen, bevor Gerüchte entstehen und wir schlechte Schlagzeilen bekommen.«

»Das wird sich wohl nicht ganz vermeiden lassen«, sagte ich. »Im Moment muss ich Sie noch bitten zu warten, Herr Orchester*wart*.« Ich betonte die letzte Silbe besonders, weil sich das Wortspiel anbot. »Und zwar bitte vor der Tür.« Ich ließ keinen Widerspruch zu und bugsierte den Zwei-Meter-Mann hinaus. Dann holte ich mein Handy aus der Sakkotasche und wählte die Nummer von Paulina.

»Hallo, Horst«, meldete sie sich nach dem zweiten Klingeln. »Ist schon Pause, oder haben Sie vorzeitig die Flucht ergriffen?« Im Hintergrund glaubte ich, die Geräusche eines Presslufthammers zu hören. Ich fragte mich, was sie Samstagabend auf einer Baustelle machte.

»Zwangspause«, antwortete ich. »Dem Orchester ist während der Aufführung eine Musikerin abhandengekommen. Und zwar, wie es ausschaut, durch Mord.«

Paulina kannte mich gut genug, um zu wissen, dass ich in solchen Dingen nicht zu scherzen beliebte. Ohne jede Rückfrage versicherte sie, in spätestens einer halben Stunde in der Konzerthalle zu sein. Als Nächstes wählte ich die Nummern des Kriminaldauerdienstes und der Spurensicherung. Dann schaute ich auf meine Tchibo-Armbanduhr, um später den genauen Beginn meiner außerplanmäßigen Überstunden dokumentieren und den Wochenendzuschlag abrechnen zu können.

SECHS

»Chef, wie ist die Lage?«, fragte Paulina, als sie zwanzig Minuten später auftauchte. Ihr Outfit sah nicht nach Baustelle aus. Sie trug einen Rock, der kürzer war, als die Polizei erlaubte, darunter schwarze Netzstrümpfe und Stiefel bis zu den Knien. Ihre Lederjacke wirkte viel zu eng, um den Hals hing glitzernder Klunker, ebenso an ihren Handgelenken. Ihre Lippen waren rot wie ein Stoppschild, wobei ich mir nicht sicher war, ob das Signal nicht das Gegenteil bedeuten sollte. Ihr Gesicht war so stark mit Make-up bedeckt, dass sie heute vermutlich allein durch Abschminken ein Pfund abnehmen würde.

»Was gucken Sie so wie ein Auto?«, sagte sie. »Wenn ich erst zum Umziehen heimgefahren wäre, hätte es noch länger gedauert.«

»Sie waren also auf ... wie sagt man ... auf der Piste, ja?«

»Ich war auf dem Weg zum Pio-Club in Hallstadt«, antwortete sie. »Ist es okay, dass ich mich mit dem Taxi habe herfahren lassen?«

»Passt schon. Rechnen Sie die Fahrtkosten über das Formular ›Eigenbeleg‹ ab«, sagte ich. »Schön, dass ich Sie überhaupt erwischt habe. Da will man sich einmal Kultur gönnen, und dann so was.«

Ich fasste kurz zusammen, was passiert war, und informierte Paulina über die erste Einschätzung von Professor Prestel.

»Dadadadaaaaa«, hörte ich in dem Moment aus dem Konzertsaal. Und im selben Augenblick kam Dellinger, der Orchesterwart, vorbeigelaufen.

»Beethoven, stimmt's?«, fragte ich ihn.

»Fünfte Symphonie. Exakt. Wir haben kurzfristig umdisponiert. Winterstein hat das angeordnet, damit keine Unruhe aufkommt. Wir wollen auf keinen Fall –«

»Winterstein?« Paulina blickte mich fragend an, ich zuckte mit den Schultern.

»Ansgar Winterstein ist der Intendant des Hauses«, klärte Dellinger uns auf. »Wir haben dem Publikum mitgeteilt, dass die Fagottistin wegen einer Magenkolik nicht weiterspielen konnte.«

»Das kann ja wohl nicht Ihr Ernst sein!«, rief ich entgeistert. »The show must go on, oder wie? Hier liegt eine Leiche hinter der Bühne!«

»Sie wissen vielleicht, Herr Kommissar, dass die Fünfte Symphonie von Beethoven auch als Schicksalssymphonie bezeichnet wird. Das Dadadadaaaa bedeutet das Klopfen des Schicksals an der Tür. Das ist doch sehr passend heute, oder? Wir haben die Fünfte vergangene Woche in Erlangen gespielt. Daher war's kein Problem. Bruckner sieben kommt jetzt nach der Pause.«

Ich schüttelte nur den Kopf und sagte: »Dudeln Sie, was Sie für richtig halten. Hatte Frau Meier hier eine eigene Garderobe?«

»Jeder Musiker hat einen eigenen Spind im Stimmzimmer«, antwortete er und deutete einen langen fensterlosen Flur entlang.

»Dürfen wir uns den mal anschauen?«, fragte ich und bedeutete Paulina, mir zu folgen.

»Ermitteln Sie jetzt wirklich wegen Mord?«, antwortete Dellinger mit einer Gegenfrage. »Es hat sich hinter Bühne wie ein Lauffeuer herumgesprochen. Stimmt das Gerücht?«

»Was ist Ihre genaue Aufgabe als Orchesterwart?« Gegenfragen stellen konnte ich auch.

»Kommen Sie mit, da vorne sind die Spinde. Die Fagottspieler sind im Bläserzimmer. Ich habe einen Generalschlüssel.« Er ging voran. »Der Orchesterwart ist eigentlich ein Mädchen für alles. Ich sorge dafür, dass vor einem Konzert jeder Notenständer und jeder Stuhl an der richtigen Stelle steht, dass die richtigen Noten aufgeschlagen sind. Bei auswärtigen Auftritten bin ich für die gesamte Logistik verantwortlich. Ich fahre die Instrumente mit dem Lastwagen durch ganz Europa.«

»Und wie wird man Orchesterwart?«, fragte Paulina. »Haben Sie auch eine musikalische Ausbildung?«

Dellinger lachte. »Ein gewisses Interesse an klassischer Musik gehört freilich dazu. Aber ich kann selbst kein Instrument spielen. Ich bin eher über Umwege und zufällig zu diesem Job gekommen. Gelernt habe ich Schreiner, dann war ich lange im Wein-

und Gartenbau beschäftigt, und seit jetzt schon fünf Jahren bin ich hier. Man muss für diese Arbeit vor allem praktisch veranlagt sein, einen Lkw-Führerschein und nichts gegen unkonventionelle Arbeitszeiten haben. Aber Letzteres gilt sicher auch für Sie.«

Paulina und ich nickten. Dann waren wir im Bläserzimmer angekommen, in dessen Mitte ein langer, schmaler Tisch stand, auf dem mehrere geöffnete Instrumentenkoffer lagen. Drum herum war ein Dutzend Stühle, die aussahen wie Bürostühle ohne Rollen, dafür mit vier Beinen. An der linken Seite befanden sich zwei alte Sofas, darüber hing ein Regal mit einem Kerzenständer, einer Schneekugel, einer merkwürdigen Puppe und einem Wackeldackel. Durch die Fensterfront konnte man auf die Mußstraße blicken, an zwei Seiten des Raumes befanden sich siebzehn schmale, etwa zwei Meter hohe Spinde. Dellinger zog einen Schlüssel aus seiner Hosentasche und öffnete den Spind, an dem ein Schildchen mit dem Namen »M. Meier« klebte.

Was uns entgegenpolterte, hatten wir an anderer Stelle schon mal gesehen.

»Horst, sehen Sie das?«, schrie Paulina hysterisch auf.

»Ich bin ja nicht blind«, sagte ich und versuchte, mir meine Überraschung nicht anmerken zu lassen. »Nicht anfassen!«, sagte ich ruhig. »Auch wenn ich nicht glaube, dass Herr Ichtel Fingerabdrücke hinterlassen hat.«

Ich holte ein Stofftaschentuch aus meiner Anzugtasche, hob den geköpften Gnom auf und nahm ihn vorsichtig in Augenschein.

Ich wusste nicht, was ich denken sollte. Aber ein Zufall konnte das nicht sein.

»Herr Dellinger«, wandte ich mich an den Orchesterwart. »Haben Sie dieses kopflose Teil schon mal gesehen? Wissen Sie, wie dieser Zwerg in den Spind von Frau Meier gekommen ist?«

Dellinger verneinte, während Paulina den übrigen Inhalt des Spindes untersuchte: ein Stapel Frauenzeitschriften, eine Flasche Frostschutzmittel fürs Auto, zwei Paar Schuhe sowie zwei Päckchen Capri-Sonne mit Kirschgeschmack. »Ich habe dieses Ding noch nie zuvor gesehen«, sagte Dellinger. »Glauben Sie, das hat etwas mit dem … Tod von Marianne zu tun?«

Daran hatte ich nun kaum noch Zweifel. Doch ich sagte: »Warten wir ab, was die Ermittlungen bringen. Was können Sie uns über das persönliche Umfeld von Marianne Meier sagen?«

»Können wir hochgehen in die Kantine?«, fragte Dellinger. »Ich brauche jetzt etwas zu trinken.«

***

Wenig später saßen wir in der Orchester-Kantine. Der Raum im zweiten Stock der Konzerthalle war wie ein kleines Büro-Bistro eingerichtet. Um vier eckige schwarze Tische waren je vier moderne Polsterstühle gruppiert. Außerdem gab es noch ein paar Stehtische, von denen aus man auf die Regnitz und das gegenüberliegende »Welcome Hotel« schauen konnte, das im Dunkeln noch mehr aussah wie ein am Ufer gestrandetes Kreuzfahrtschiff. Hinter einem Tresen befand sich eine blaue Küchenzeile mit Mikrowelle und Kaffeeautomat, an der Wand hingen Zinnteller, eingerahmte Schallplatten und andere Auszeichnungen, die das Orchester in den vergangenen Jahrzehnten eingeheimst hatte. An der gegenüberliegenden Wand waren zahllose eingerahmte Schwarz-Weiß-Fotos zu sehen, die offenbar Dirigenten, Konzertmeister und andere Künstler vergangener Zeiten darstellten. Dellinger holte sich einen Whisky, mir reichte er eine Apfelschorle, Paulina einen Johannisbeersaft.

»Also«, sagte Dellinger, nachdem wir uns an einen der Vierertische gesetzt hatten und er einen ersten großen Schluck genommen hatte. »Sie werden es früher oder später eh erfahren. Die Marianne war nicht nur eine hervorragende Solo-Fagottistin, sie war auch die Lieblingsmusikerin unseres Chefdirigenten. Sie verstehen, was ich meine?«

Ich ahnte es, schüttelte aber den Kopf. »Sie müssen schon Klartext reden, wenn Sie eine Aussage machen wollen. Also?«

»Na ja, es war ein offenes Geheimnis, aber niemand hat laut drüber gesprochen, dass der Henning, also Chefdirigent Henning de Boer, und die Marianne auch außerhalb der Dienstzeiten gerne mal … Sie wissen schon.«

»Sie wollen sagen, der Dirigent hat seine Fagottistin gevögelt?«, fiel ihm Paulina ungeduldig ins Wort. »Dann sagen Sie es doch einfach, Herrgottszeiten.«

Dellinger und ich erschraken gleichermaßen über Paulinas klare Wortwahl.

»Chef vögelt Angestellte. Das kommt doch überall vor«, fuhr Paulina fort.

Dellinger war immer noch sprachlos, sein Blick blieb zuerst an Paulinas Bluse hängen, wanderte dann über ihren Rock zu den Beinen hinunter, dann wandte er seinen Kopf zu mir, und ich ahnte sofort, was er dachte.

»Natürlich nicht bei der Polizei«, wandte ich ein. »Wer wusste alles von der Affäre de Boers mit Marianne Meier?«

»Es war wie gesagt ein offenes Geheimnis. Er hat sie immer seine ›Fagöttin‹ genannt. Und man muss auch mal sagen, dass es nichts Ungewöhnliches ist, dass es innerhalb eines Orchesters zu der einen oder anderen nichtdienstlichen Verbindung kommt. Wir verbringen viel Zeit miteinander, gehen zusammen auf Tourneen. Sie glauben gar nicht, was sich auf so einer Konzertreise alles im zwischenmenschlichen Bereich abspielt. Im Positiven wie im Negativen. Wir haben mehrere Paare in unseren Reihen, und fast noch mehr Expartner.«

Der Whisky schien Dellinger in Plauderlaune zu versetzen.

»Die beiden waren also nicht offiziell ein Paar?«, fragte Paulina.

Dellinger lachte laut. »Na ja, so offiziell, wie es sein kann, wenn einer von beiden verheiratet ist. De Boers Ehefrau Marieke ist eine sehr renommierte Professorin für Molekularbiologie an der Universität Leuven in Belgien. Sie sehen sich eher selten. Sie ist in der ganzen Welt unterwegs und hält Vorträge. Angeblich ist sie auch für den Nobelpreis im Gespräch. Aber vielleicht ist das auch nur Geschwätz. Es wird ja so viel geredet.«

»De Boer ist Belgier?«, fragte ich.

»Ja, bevor er nach Bamberg kam, dirigierte er die Koninklijke Filharmonie van Vlaanderen, das belgische Nationalorchester.«

»Und ich dachte, aus Belgien kommen vor allem Pommes und Pralinen«, sagte Paulina. »Und André Rieu.«

»Der ist Holländer«, korrigierte ich. »Was aber jetzt nichts zur Sache tut.«

»Wie schreibt man den Namen der Ehefrau?«, fragte sie, während sie ihr Smartphone aus ihrer kleinen Handtasche zog. Ich bevorzugte nach wie vor altmodische Notizblöcke, aber Paulinas elektronischer Zettelkasten hatte den Vorteil, dass sie ihn immer dabeihatte. Dellinger buchstabierte den Namen der belgischen Biologin.

»Hielt Herr de Boer sein Verhältnis zu Frau Meier vor seiner Gattin geheim?«, wollte ich wissen.

»Das müssen Sie ihn schon selbst fragen«, antwortete Dellinger, während sich die Kantinentür öffnete. »Da kommt er schon. Es ist Pause.«

»Herr de Boer«, rief ich ihm zu. »Dürfen wir Sie kurz sprechen?«

Der Chefdirigent war etwa eins neunzig groß und braun gebrannt, seine Haare waren grau meliert. Ich merkte, dass er in Sekundenbruchteilen mit seinen stechend blauen Augen meine Kollegin von oben bis unten musterte. Er begrüßte zuerst sie mit einem Handkuss, dann reichte er mir seine Hand. Er wirkte nicht wie jemand, der um einen geliebten Menschen trauerte.

»Wir haben nicht viel Zeit, in zehn Minuten ist die Pause zu Ende«, sagte er. Seine Stimme klang angenehm. Ich konnte mir vorstellen, dass Frauen ihm allein deshalb verfielen, selbst wenn er nicht wie der George Clooney von Bamberg ausgesehen hätte. Ich stellte Paulina und mich vor, verzichtete auf das Vorzeigen der Dienstausweise.

»Darf ich gleich zur Sache kommen?«, sagte ich. »Sie kannten die Tote näher?«

De Boer zögerte keinen Augenblick mit der Antwort. »Richtig, ich kannte sie näher. Wir schliefen miteinander.« Er griff in die Innentasche seines Fracks und holte ein silberfarbenes Metalletui heraus, dann zündete er sich ganz selbstverständlich einen Zigarillo an. Als er unsere verwunderten Blicke angesichts des in der gesamten Konzerthalle an fast jeder Tür auffällig plakatierten Rauchverbots bemerkte, blies er eine Rauchwolke über unsere Köpfe hinweg und erklärte: »Ich bin hier der Maestro. Ich möchte denjenigen sehen, der mir das Rauchen untersagen will.«

Ein wahrer Sympathieträger, dachte ich. Vermutlich brauchte man dieses Selbstbewusstsein in seiner Position.

»Was heißt das: Sie schliefen miteinander?«, fragte Paulina.

»Das erkläre ich Ihnen gerne nach der Vorstellung im kleinen Kreis.« Er grinste obszön, während er sie mit lüsternen Blicken auszuziehen schien.

Na prima. Seine Geliebte wurde gerade in die Rechtsmedizin abtransportiert, und der Maestro baggerte bereits die Nächste an. Ich wusste, dass Paulina nicht auf George Clooney stand. Sonst hätte ich sie wegen Befangenheit sofort von den Ermittlungen abziehen lassen müssen.

»Sie wissen sicher, dass ich verheiratet bin.« Er hob die rechte Hand und zeigte einen goldenen Ring. »Meine Frau und ich führen eine offene Beziehung, was bei der Distanz auch nicht anders geht. Sie ist Wissenschaftlerin in Belgien, wir lassen uns gegenseitig unsere Freiheiten.« Er machte einen tiefen Zug an seinem Zigarillo. »Ich sage das nur, damit Sie nicht auf falsche Gedanken kommen und ein Eifersuchtsmotiv konstruieren. In dem Fall hätten meine Frau und ich schon einige Morde verüben müssen.« Ein gutturales Lachen verließ seine Kehle.

»Hat Frau Meier die … äh … Beziehung zu Ihnen auch so locker gesehen?«, fragte ich.

»Natürlich.« Seine Antwort fiel knapper aus als seine bisherigen Ausführungen.

»Wenn Sie Eifersucht als Motiv ausschließen, hätten Sie dann eine andere Vorstellung, warum man ein Mitglied der Symphoniker vergiften könnte?«, wollte ich wissen.

»Dafür gäbe es vielfältige Gründe. So ein Orchester ist ein soziologisches Gebilde, in dem Sie alles finden, was zwischen Menschen möglich ist. Freude und Zorn. Liebe und Hass. Mitgefühl und Missgunst. Mit allen erfreulichen und weniger erfreulichen Konsequenzen. Und jetzt entschuldigen Sie mich bitte. Ich muss wieder aufs Podest. Die Zuschauer haben teuer für ihre Eintrittskarten bezahlt, sie sollen auch ein gutes Konzert bekommen. Von ihnen kann schließlich niemand etwas dafür, was vorgefallen ist.«

De Boer stand auf und ließ eine Rauchwolke zurück.

»So ist er, der Maestro«, sagte Dellinger, der die ganze Zeit über stumm an seinem Whiskyglas genippt hatte. Wir schickten die befragten Zeugen zu den uniformierten Kollegen, um die Personalien aufnehmen zu lassen, verließen die Kantine und stiegen die Treppe hinab.

»Ein wirklich sympathischer Chef«, meinte Paulina mit triefender Ironie, als wir durch die Verbindungstür ins Foyer traten. »Was macht der denn da?«, rief sie und deutete mit dem Finger nach vorn.

Die Gestalt, die sie meinte, war Theo Sieber, der Skandalreporter. Er lief mit seinem Handy nervös vor der gläsernen Front des Foyers auf und ab und schien sich zu ärgern, dass er niemanden erreichte.

»Null Null Sieber in seinem viel zu engen Konfirmationsanzug«, sagte Paulina. »Allein für diesen Anblick hat sich der Einsatz schon gelohnt.«

»Warum ist er nicht im Konzert? Der wird doch nicht etwa …« Mir schwante Übles.

»Fragen wir ihn doch einfach«, schlug Paulina pragmatisch vor. Wir gingen auf Sieber zu. Als der Reporter uns kommen sah, steckte er rasch sein Mobiltelefon in die Sakkotasche und schritt uns hektisch entgegen.

»Gut, dass Sie da sind. Darf ich Sie gleich um eine Stellungnahme bitten? Wie bewerten Sie –«

»Sie kennen doch meine stets gültige Antwort auf Ihre Fragen: Wenden Sie sich bitte an die Pressestelle!«

»Die wird um diese Zeit genauso wenig besetzt sein wie meine Lokalredaktion«, seufzte er. »Aber zum Glück ist heute Samstag, und die nächste Zeitung erscheint erst übermorgen.«

»Woher wissen Sie überhaupt, was hier passiert ist, Sieber?« Ich versuchte, ihn so streng wie möglich anzuschauen.

»Na ja, dass hier etwas nicht in Ordnung war, konnte jeder im Saal mit eigenen Augen beobachten. Der Leichenwagen draußen steht da sicher auch nicht als Vorsichtsmaßnahme. Und … äh … der Rest ist Betriebsgeheimnis.«

Dass Sieber den Polizeifunk abhörte, vermutete ich schon lange. Möglicherweise hatte er ein frisiertes Handy mit Radio-

Tuner, mit dem er unseren Funkverkehr abfangen konnte. Leider arbeiteten wir in Oberfranken immer noch mit einem analogen Steinzeit-Funknetz, das in etwa so abhörsicher war wie Antenne Bayern. Viele Beamte verständigten sich daher inzwischen auch im Dienst mit ihren Privathandys. Ich überlegte, ob über die Sache mit dem geköpften Gartenzwerg im Spind der Toten über Funk gesprochen worden war. Ich wollte mir gar nicht ausmalen, wie Siebers Artikel aussähe, wenn er davon Wind bekommen hätte.

»Wir könnten einen Deal machen«, schlug Sieber vor. »Ich sag, was ich weiß. Und Sie sagen mir, was hier Sache ist. Eine Hand wäscht die andere.«

Ich zeigte ihm einen Vogel. Ich wusste nicht, wie oft ich den Spruch mit den sich gegenseitig waschenden Händen hier in Bamberg schon gehört hatte. Es musste die Stadt mit den saubersten Händen weit und breit sein.

»Ich bin jedenfalls sehr gespannt auf die Zeitungslektüre am Montag«, sagte Paulina.

Und was wir wissen, hören Sie doch eh im Polizeifunk, fügte ich in Gedanken hinzu.

»Was glauben Sie denn zu wissen, das uns weiterhelfen könnte?«, fragte Paulina.

»Nun«, Sieber machte ein verschwörerisches Gesicht, »ich würde mich an Ihrer Stelle mal genauer mit dem Liebesleben der Toten auseinandersetzen. Sie hatte ein Verhältnis mit –«

»Mit de Boer. Das wissen wir längst, Herr Sieber.«

»Wenn ich Sie wäre, würde ich die Gattin des Chefdirigenten genauer unter die Lupe nehmen.«

»Danke für Ihre wohlwollenden Hinweise«, sagte ich, »aber jetzt machen Sie Ihre Arbeit, und wir machen unsere. Einverstanden?«

Ohne eine Antwort abzuwarten, nahm ich Paulina zur Seite, und wir ließen Sieber stehen.

»Ich habe eben Frau de Boer gegoogelt«, sagte Paulina, als Sieber außer Hörweite war.

»Und?«

»Sie werden es nicht glauben. Vielleicht ist es auch ein Zufall.«

»Was denn? Machen Sie es nicht so spannend!«

»Marieke de Boer ist an diesem Wochenende auf einem Biologenkongress.«

»Ja, und?«

»Raten Sie mal, wo der Kongress stattfindet!«

»Sie machen mich wahnsinnig, Paulina. Wo?«

»In Nürnberg.«

»Ach, wirklich?« Das war tatsächlich eine interessante Neuigkeit. »Warum hat er uns das nicht gesagt?«

»Der Kongress dauert von Freitag bis Montag. Es ist also anzunehmen, dass die überhaupt nicht eifersüchtige Ehefrau ganz zufällig nur eine Autostunde entfernt weilt, während die Geliebte ihres Ehemannes vergiftet wird.«

Ich behelligte Paulina nicht mit der Statistik, wonach die Mehrzahl der Giftmorde durch weibliche Hand verübt wurde.

»Wir sollten auf jeden Fall mit Frau de Boer reden«, sagte ich und schaute auf die Uhr. Denn vorher wollte ich noch mit einer Bekannten reden. Dazu musste ich warten, bis die Schicksalssymphonie ausgeklungen war.

SIEBEN

Ich wartete auf Nora Bloch am Künstlerausgang hinter der Bühne. Sie erblickte mich sofort, als sie mit ihrer Violine in der Hand in den Backstagebereich kam.

»Ein unerwartetes Wiedersehen, Herr Müller«, sagte sie. »Ehrlich gesagt, hatte ich nicht damit gerechnet, Sie so schnell wieder zu treffen.«

»Und ich hätte nicht erwartet, dass wir so schnell beruflich miteinander zu tun haben würden. Denn jetzt kann ich Ihnen verraten, was für ein Beamter ich bin.« Ich zeigte meinen Kripo-Ausweis. »Marianne Meier ist tot. Verdacht auf Vergiftung.«

»Dann stimmt es, was schon die ganze Zeit getuschelt wird?« Sie war weiß im Gesicht geworden und wirkte in ihrer schwarzen Kleidung noch blasser. »Ich kann es nicht glauben. Wer macht so etwas?«

»Können wir uns irgendwo ungestört unterhalten?«, fragte ich. »Ich wusste gar nicht, dass Sie hier die erste Geige spielen.«

Sie nickte und führte mich in einen Nebenraum, wo sie sich auf einen klapprigen Plastikstuhl setzte und sich ein Glas Wasser eingoss. Ich schloss die Tür und setzte mich auf einen zweiten Stuhl. Einen Augenblick lang schaute sie durch mich hindurch und schien völlig abwesend.

Dann sagte sie: »Ich habe geahnt, dass irgendwann so etwas Schreckliches passieren musste.«

Ich blickte sie fragend an in der Hoffnung, dass sie weiterredete.

»Was meinen Sie?«, sagte ich, als sie nur fast unmerklich den Kopf schüttelte. »Was genau haben Sie geahnt?«

»Marianne hat sich in eine Situation gebracht, die zu keinem guten Ende führen konnte.«

»Meinen Sie ihre Affäre mit dem Chefdirigenten?«

Sie seufzte. »Ach, das war eine dieser Liebschaften, wie sie hier an der Tagesordnung sind. Ich glaube, de Boer braucht das für sein Selbstwertgefühl. Vielleicht auch für seine künstlerische Inspiration, keine Ahnung. Es ist mir auch egal. Solange sich diese Geschichten nicht aufs Orchester auswirken, sind sie Privatsache.«

»Und diese Geschichte hat sich auf das Orchester ausgewirkt?«

»Marianne war eine geniale Tutti-Fagottistin, keine Frage. Und sie war sehr ehrgeizig. Als vor einem halben Jahr erstmals die Stelle einer Solo-Fagottistin frei wurde, hat sie sich darauf beworben. Es hat sich aber auch Lea Tossner dafür interessiert.«

»Auch eine … äh … Tutti-Fagottistin?«

»Ja, viele hielten sie für die Beste im Orchester. Sie hätte die Solo-Stelle verdient gehabt. Nur leider hatte sie die falsche Haarfarbe. De Boer steht auf Blond.«

»Ach so. Kann der Chefdirigent die Solo-Stellen allein besetzen?«

»Wir sind da sehr demokratisch organisiert. Die Mitglieder des Orchesters entscheiden mit Mehrheitsbeschluss, wer ein Probejahr bekommt und wer dauerhaft angestellt wird. Der Chefdirigent hat aber ein Vetorecht. Sie können sich vorstellen, dass die Solo-Stellen sehr begehrt sind. Nicht nur wegen der künstlerischen Bedeutung, sie sind auch sehr lukrativ. Man verdient mehr und hat weniger Dienstzeit.«

»Wie bitte? Das klingt nicht logisch«, wunderte ich mich.

Sie lachte. »Ja, ich gebe zu, das muss sich in Ihren Ohren merkwürdig anhören. Die Solo-Zulage ist mit der höheren musikalischen Herausforderung begründet. In der Praxis heißt das aber: Man hat mehr Freizeit, in der man sich einerseits auf seine Konzerte vorbereiten kann. Zugleich hat man aber auch mehr Zeit für andere musikalischen Solo-Projekte, womit man dann noch mehr Geld verdient. Die meisten Solo-Künstler machen das.« Sie zögerte kurz und fügte dann etwas leiser hinzu: »Das kann natürlich zu Rivalitäten führen.«

Ich glaubte jetzt zu verstehen, was de Boer damit gemeint hatte, als er von Neid und Missgunst im Orchester sprach.

»Aber wenn de Boer sich die Solo-Musiker nicht selbst aussuchen kann, sondern das Ensemble mit Mehrheit entscheidet, wieso wurde dann nicht Lea Tossner gewählt?«

»Ich will niemanden beschuldigen oder verdächtigen, ohne

etwas beweisen zu können.« Sie schaute auf den gefliesten Fußboden.

»Jede Spur ist wichtig, Frau Bloch. Auch jeder Verdacht.«

Sie schwieg noch einen Augenblick, dann sagte sie: »Ich glaube, dass sie ihre Beziehung zu de Boer als Druckmittel eingesetzt hat, um Stimmen für sich zu gewinnen. Die Entscheidung ist denkbar knapp ausgefallen. Nur mit zwei Stimmen Mehrheit. Und wie ich schon sagte: Am Ende hat der Chefdirigent immer das letzte Wort.«

»Und jetzt nach dem Ableben von Marianne Meier rückt Lea Tossner automatisch auf die Solo-Stelle auf?«, erkundigte ich mich.

»Ich glaube nicht. So einen Fall hatten wir noch nie. Ich nehme an, dass die Stelle wieder ausgeschrieben werden muss. Aber sicher hätte Lea nun die besten Chancen.«

»Würden Sie Lea Tossner einen Mord zutrauen?«, fragte ich ganz direkt.

Sie überlegte kurz, antwortete dann: »Ich weiß es nicht. So gut kenne ich sie nicht. Sie ist eigentlich eine eher ruhige und unauffällige Erscheinung. Aber man weiß ja nie, was in einem stillen Wasser so brodelt unter der Oberfläche, nicht wahr?«

Ich nickte. »Kann ich sie sprechen? Ist sie heute hier?«

»Nein. Diese Aufführung war nur für drei Fagotte, das Orchester hat vier. Deshalb hatte sie heute frei. Sie müssen wissen, das ist bei uns ganz strikt geregelt mit Arbeitszeiten und Dienstplänen.«

»Ach ja?«, staunte ich. »Sie sind als Symphoniker fest angestellt mit Vertrag und Dienstplan? Und ich dachte, Künstler wären immer freischaffend, ganz im Gegensatz zum Beamten.«

Jetzt lachte Nora Bloch leise. »Na ja, wir sind zwar nicht verbeamtet, aber es geht in die Richtung. Wir sind angestellt bei der Stiftung Bamberger Symphoniker, werden nach Tarif bezahlt, analog zum öffentlichen Dienst. Wir bekommen Reisezeiten in Form von freien Tagen vergütet. Und wenn wir Instrumente spielen müssen, die nicht im Vertrag stehen, wie heute diese Okarinas, dann gibt's dafür auch eine Zulage. Die Symphoniker wurden 2003 zur Bayerischen Staatsphilharmonie ernannt, und finanziert werden wir durch öffentliche Mittel des Freistaats, der Stadt, des Bezirks und des Landkreises.«

»Also alles Steuergelder«, sagte ich und fragte mich zugleich, warum die Eintrittskarten dann noch so teuer waren. »Sie wollten also sagen, dass Frau Tossner heute Abend frei hat?«

»Richtig. Sie spielt am nächsten Samstag die Neunte von Gustav Mahler. Eins unserer Meisterstücke.« Sie zögerte kurz und sprach dann weiter. »Wobei ich nicht weiß, ob wir wirklich noch auftreten sollten, wenn wirklich ein Mord in unseren Reihen passiert ist.«

»Vielleicht besser nicht, solange er nicht aufgeklärt ist«, sagte ich und dachte mir, das könnte ein guter Ansporn sein, den Fall schnellstmöglich zu klären. An Verdächtigen und Ermittlungsansätzen mangelte es jedenfalls nicht. »Dann vielen Dank erst mal, Frau Bloch. Haben Sie eigentlich schon etwas vom Kleingartenverein gehört?«

»Nein«, antwortete sie. »Die scheinen sich Zeit zu lassen. Aber sie haben eine Einladung geschickt zum Frühlingsfest mit Live-Musik, Kaffee, Kuchen und Bratwörscht. Kommen Sie auch?«

»Mal sehen«, sagte ich und gab ihr meine Visitenkarte mit der Bitte, die nächsten Tage erreichbar zu bleiben. Dann suchte ich Paulina, um das weitere Vorgehen zu besprechen.

***

Ich fand meine Kollegin im Gespräch mit dem Pförtner in seinem Glaskasten am Bühneneingang, wo er der Herr über zahlreiche Überwachungsmonitore, Schlüssel und Schalter war. Ich hielt es für eine gute Idee, ihn zu befragen. Schließlich musste er hier jeden kommen und gehen gesehen haben. Als Paulina mich entdeckte, klappte sie ihr elektronisches Notizbuch zu und kam auf mich zu.

»Es hat vor und während der Vorstellung niemand den Bühneneingang passiert, der nicht zum Team der Symphoniker oder der Konzerthalle gehört.« Sie deutete mit dem Kopf auf den Pförtner. »Das sagt jedenfalls Herr Klein.«

»Wenn er mal nicht während der Vorstellung auf seinem Monitor heimlich ›Musikantenstadl‹ geguckt hat«, erwiderte ich leise. »Kommen Sie mit, gehen wir hoch in die Kantine und trinken noch etwas. Ich habe einen ganz trockenen Hals vom vielen Reden.«

Die Kantine war leer, auf dem blauen Tresen und auf einigen der Bistrotische standen leere Gläser, Tassen und einige Flaschen. Ich beschloss, im Kühlschrank nachzusehen, ob ein alkoholfreies Bier vorhanden war, und das entsprechende Entgelt in die dafür vorgesehene Münzbox zu werfen. Eine solche Box hatten wir auch mal eine Zeit lang in der Kantine der Polizeiinspektion gehabt. Sie wurde jedoch wieder abgeschafft, als nach einem halben Jahr die Summe von neunundvierzig Euro fehlte. Ich bin heute noch fassungslos darüber, was für eine kriminelle Energie auch bei Polizisten herrscht, wenn die Sicherheit, nicht entdeckt zu werden, doch groß genug ist. Im Kühlschrank sah ich nur Kulmbacher und Jever, nicht alkoholfrei. Enttäuscht klappte ich die Kühlschranktür wieder zu.

»Kaffee scheint es auch nur aus dem Vollautomaten zu geben«, grummelte ich, was Paulina zu der Bemerkung veranlasste: »Schauen Sie mal, da oben im Schrank steht eine Flasche Eierlikör.«

»Kein Alkohol im Dienst, das wissen Sie doch«, entgegnete ich.

»Ich würd's auch niemandem verraten. Und so kurz vor Feierabend …«

Ich überging ihren kleinen Spott über mein einziges alkoholhaltiges Lieblingsgetränk.

»Ich zieh mir jetzt einen Cappu«, sagte Paulina. »Möchten Sie ein Glas heißes Wasser? Hier gibt's auch Teebeutel. Pfefferminz, Kamille, Kräuter, Earl Grey. Was das Herz begehrt.«

Ich nahm ihr Angebot dankend an und wählte natürlich gemäß meiner Lieblingsfarbe Earl Grey. Dann setzten wir uns auf ein antikes gepolstertes Sitzmöbel, das an der Wand neben der Tür stand und über dem historische Musikinstrumente aufgehängt waren. Die hier platzierten Möbel passten überhaupt nicht zur übrigen Einrichtung des Raumes, sondern eher in ein Antiquitätengeschäft. Vermutlich hatte sich jemand etwas dabei gedacht, etwa die Verbindung von Klassik und Moderne.

»Und nun?«, fragte sie und schien ihre Hände an der Cappuccino-Tasse zu wärmen, obwohl es sehr warm und stickig in dem Raum war. Ich hob und senkte mit gleichmäßigen Bewegungen aus dem Handgelenk den Teebeutel in meinem Wasserglas und runzelte die Stirn.

»Verdächtige mit einem Motiv gibt's genug. Angefangen beim Chefdirigenten de Boer …«

»Falls diesem Frauenheld seine Affäre gefährlich zu werden drohte. Oder Frau de Boer hat sich eine Nebenbuhlerin vom Hals geschafft.«

»Das scheint mir wirklich ein merkwürdiger Zufall zu sein, dass sie ausgerechnet jetzt in Nürnberg ist«, stimmte ich zu. »Als Nebenbuhlerin könnte auch Lea Tossner gelten. Man weiß nicht, wozu ehrgeizige Frauen fähig sein können.«

»Herr Kommissar«, entgegnete sie empört. »Diese unsachliche Bemerkung will ich überhört haben!«

»Ich nehme sie mit dem Ausdruck des höchsten Bedauerns zurück. Bevor Sie mich bei der Frauenbeauftragten anzeigen.« Ich grinste sie an. »Es wäre mir ehrlich gesagt am liebsten, wir hätten es hier mit einem ganz normalen Eifersuchtsmord zu tun«, sagte ich nachdenklich. »Dann würden wir alle Alibis überprüfen und hätten den Fall vielleicht rasch gelöst. Reine Routine.«

»Wenn die Gartenzwerge nicht wären, nicht wahr?«

Ich nickte und kratzte mich am Kinn. »Ich denke, wir sollten für heute Feierabend machen und die Obduktion abwarten.«

»Des Gartenzwergs?« Paulina lachte.

»Von Marianne Meier natürlich«, sagte ich.

ACHT

Es war fast drei Uhr in der Früh, als ich müde und erschöpft die knarzenden Stufen der Holztreppe zu meiner Wohnung im ersten Stock am Markusplatz emporstieg. Ich machte mir keine Gedanken, ob ich die alte Frau Ringelmann aus dem Erdgeschoss aufwecken könnte. Aus dem Briefkasten holte ich das »Wobla«, den jährlichen Brief mit den Informationen zum Stand der Pensionskasse und die Einladung zum Frühlingsfest der Kleingärtner. Ich schloss die Wohnungstür auf, und mein erster Blick fiel auf das rot flackernde Lämpchen des Anrufbeantworters. Ich vermutete den wöchentlichen Anruf von Andrea. Meine Tochter meldete sich jedes Wochenende, um mich auf dem Laufenden zu halten, was ihre Schulnoten oder das Liebesleben ihrer Teenie-Idole betraf. Vielleicht würde sie mir eines Tages auch über ihr eigenes Liebesleben berichten, aber ich wusste gar nicht, ob ein Vater das wirklich alles hören wollte. Mir war bei Andreas Anrufen auch nie ganz klar, ob sie sich wirklich meldete, weil sie mit ihrem Vater reden wollte, oder ob Judith sie dazu nötigte, Kontakt zu halten. Denn möglicherweise interessierte meine Exfrau mehr, was es bei mir Neues gab, als meine Tochter.

Ich hängte meinen Mantel an den Kleiderhaken hinter der Tür, zog die Straßenschuhe aus und die Hausschuhe an und beschloss, erst mal zur Ruhe zu kommen. Ich konnte mich nach so einem Tag nicht sofort ins Bett legen, sondern musste langsam abschalten. Dabei half mir eine gelbe 0,7-Liter-Flasche, die immer im Spirituosenfach meiner Wohnzimmerschrankwand stand.

Mit Eierlikör ist nichts zu schwör, dachte ich und füllte ein Gläschen mit dem köstlichen Trunk. Es handelte sich nicht um den teuren Marken-Eierlikör von Verpoorten, der mir zu dickflüssig war. Am besten schmeckte mir seit Jahren der billige Advokat, den ich beim Norma am ZOB kaufte, der Hauptverteilungsstelle für Hochprozentiges für Personen ohne festen Wohnsitz. Ich ließ mich in meinen Fernsehsessel fallen und schaltete aufs ZDF, wo die nächtliche Wiederholung des »Traumschiff«

ausgestrahlt wurde. Eigentlich fand ich diese Serie unerträglich, aber sie gehörte zu meinem Leben wie »Tatort« oder früher »Wetten, dass …?« und die »Schwarzwaldklinik«. Das war lange her. Noch vor dem Mauerfall jedenfalls, ich war noch junger Zollbeamter in Lichtenberg, bevor ich Anfang der Neunziger zur Kripo wechselte, weil die Planstellen an der Zonengrenze alle überflüssig geworden waren.

Ich öffnete den Brief von der Pensionskasse, die mich über Veränderungen in den gesetzlichen Bestimmungen informierte. Das Schreiben erinnerte mich daran, dass ich die Halbzeit im Berufsleben schon überschritten hatte. Das heißt, ich hatte schon länger gearbeitet, als ich noch bis zur Pensionierung vor mir hatte. Eine Vorstellung, die gemischte Gefühle in mir auslöste.

Während Sascha Hehn als Schiffskapitän auf dem Bildschirm Frauenherzen brach, versuchte ich, meine Gedanken und Eindrücke des heutigen Tages zu ordnen und das Vorgehen für morgen zu überlegen.

Zu besonderen Erkenntnissen kam ich allerdings nicht. Denn noch bevor das »Traumschiff« in den nächsten Hafen einfuhr, musste ich in einen tiefen Schlaf gefallen sein. In meinen Träumen stand Sascha Hehn im Frack auf der Bühne der Konzerthalle und dirigierte ein Ensemble von tanzenden Gartenzwergen, die alle auf Kommando ihre Köpfe abnahmen und sich verneigten.

Erst das sonntägliche Kinderfrühprogramm von ZDFtivi mit seinen grellen Bildern und quäkenden Stimmen weckte mich auf. Das wiederum erinnerte mich daran, dass ich den Anruf meiner Tochter abhören wollte. Ich griff zur Fernbedienung und brachte den seit fünfzehn Jahren tadellos funktionierenden Röhrenfernseher zum Verstummen. Ein Blick aus dem Fenster zeigte mir, dass der Morgen schon dämmerte. Ich blinzelte, rieb mir die Augen, stand langsam auf. Dann drückte ich die Wiedergabetaste des Anrufbeantworters.

»Eine neue Nachricht«, ertönte die blecherne Frauenstimme, die man auch von Bahnhofsdurchsagen oder Navigationsgeräten kannte. Aber die Nachricht, die dann abgespielt wurde, war nicht von Andrea.

»Herr Hauptkommissar Müller, guten Abend, hier spricht

Polizeidirektor Goos. Ich bin heute aus dem Urlaub zurückgekommen.« Seine Stimme klang scharf und bestimmend, nicht nach Erholung und Urlaub. »Ich möchte Sie morgen um neun Uhr im Büro sehen. Es ist wichtig. Und bevor Sie fragen: Ja, ich weiß, dass morgen Sonntag ist. Auf Wiedersehen.« Nach einer kurzen Pause wurde die Chefstimme leiser. Dr. Goos sprach fast ängstlich weiter: »Herr Müller, ich bin in Gefahr.«

Ich beschloss, dass Zeit war für eine heiße Dusche.

***

Am nächsten Morgen, oder besser: vier Stunden später, saßen Paulina und ich an unseren Schreibtischen.

»Sie hatten sich Ihren Sonntagmorgen auch anders vorgestellt, stimmt's?«, fragte ich, während ich die ersten Vernehmungsprotokolle überflog, die Paulina bereits getippt hatte. Normalerweise hatten wir im Dezernat Schreibkräfte für solchen Papierkram, aber die hatten am Wochenende leider keinen Bereitschaftsdienst. Paulina hatte bereits die dritte Tasse aus ihrer Maschine geholt, meine erste Kanne aus der Rowenta ging ebenfalls bald zur Neige.

»Es wäre auch okay gewesen, wenn ich mich gestern Abend von einem netten Typen hätte abschleppen lassen, der mir jetzt ein schönes Frühstück gemacht hätte. Oder besser in ein paar Stunden.«

»Das wäre Ihnen wirklich lieber, als mit mir zu dieser gemütlichen Stunde die vertraute Zweisamkeit in unserem beschaulichen Büro zu genießen? Ich meine, bei so einer Zufallsbekanntschaft aus der Diskothek wissen Sie doch gar nicht, worauf Sie sich einlassen.«

»Stimmt.« Sie lachte. »Bei Ihnen weiß ich jeden Tag genau, worauf ich mich einlasse. So stelle ich es mir vor, fünfundzwanzig Jahre verheiratet zu sein. Und trotzdem komme ich immer noch gerne zur Arbeit. Merkwürdig, oder?«

Ich überlegte, ob ich beleidigt sein sollte angesichts dieser kleinen Unverschämtheit. Ich beschloss, sie zu ignorieren.

»Ach ja, was ich noch gar nicht erwähnt habe«, sagte ich stattdessen. »Der Doc will mich sprechen. Gleich um neun.«

»Der Polizeidirektor? Heute, am heiligen Sonntag? Aber da sitzt der doch im Dom in der Frühmesse. Und überhaupt: Hat der nicht noch Urlaub am Tegernsee?«

»Er ist wohl seit gestern zurück und hat mich gleich zu Hause angerufen. Er sei in Gefahr. Ich soll um neun zu ihm ins Büro kommen.«

Doch darauf musste ich nicht warten. Denn in diesem Augenblick öffnete er ohne anzuklopfen unsere Bürotür.

»Herr Hauptkommissar Müller, schön, dass Sie schon da sind!« Dr. Goos wirkte aufgeregt. In der rechten Hand trug er einen schwarzen Aktenkoffer. »Darf ich eintreten? Guten Morgen, Frau Kriminalmeister Kowalska. Sie sind auch da?« Er zog sich den Besucherstuhl zwischen unseren übereck stehenden Schreibtischen hervor und setzte sich dort, wo wir ansonsten Verdächtige in die Zange nahmen und zu überführten oder geständigen Tätern machten. Den Koffer stellte er neben sich auf den Boden.

»Wir sind im Dienst«, erläuterte ich. »Wir hatten heute Nacht einen Einsatz, haben Sie das noch nicht gehört? Ein Tötungsdelikt.«

Goos holte tief Luft und tupfte sich mit einem Taschentuch die hohe Stirn. Sein knapp eins sechzig großer Körper, mit dem er heute an den Einstellungskriterien für den Polizeidienst gescheitert wäre, rutschte nervös auf dem Stuhl hin und her. Er reckte seinen fast unsichtbaren Hals nach oben. Er hatte auf Paulinas Schreibtisch etwas entdeckt.

»Und, äh, was hat es damit auf sich?« Er deutete mit zitternder Hand auf den Karton mit dem geköpften Zwerg, den wir in Marianne Meiers Spind gefunden hatten.

»Das ist ein Beweisstück vom Tatort«, sagte ich.

»Beweisstück? Tatort?« Goos wurde kurzatmig. Niemand hätte ihn in diesem Moment für den ranghöchsten Polizeibeamten Bambergs gehalten. »Wollen Sie damit sagen, dieses Ding steht im Zusammenhang mit einem … Tötungsdelikt?«

»So ist es«, sagte ich bedeutungsschwer. »Der nicht zu leugnende Zusammenhang besteht darin, dass dieser Wicht im Besitz einer Fagottspielerin war, die offenbar vergiftet wurde.«

»Vergiftet?« Goos wurde schlagartig ganz weiß im Gesicht,

als hätte er in dieser Sekunde selbst auf eine Zyankalikapsel gebissen.

»Das vermuten wir jedenfalls«, sagte ich. »Wir warten stündlich auf das Obduktionsergebnis aus Erlangen.«

»Aber jetzt sagen Sie mal, Herr Dr. Goos, warum Sie so aufgeregt sind«, schaltete sich Paulina ein.

Goos nahm seinen Koffer auf seinen Schoß und ließ mit den Daumen die beiden Schlösser aufschnappen. Dann holte er den Torso eines Gartenzwergs hervor und legte den dazugehörigen Zipfelmützenkopf daneben auf meinen Schreibtisch.

»Das hier«, sagte er mit gewichtiger Stimme, »war bei mir in der Post. Sie wissen, was das bedeutet?«

***

»Wollen wir dem Polizeichef Polizeischutz anbieten?«, fragte Paulina, als Goos unser Büro wieder verlassen hatte.

»Also, mir kommt das immer noch sehr merkwürdig vor«, entgegnete ich. »Was ist, wenn das mit dem Zwerg im Spind von der Meier ein großer Zufall war? Vielleicht gibt es noch Hunderte weiterer Zwerge in der ganzen Stadt, und sie haben gar nichts mit unserem Todesfall zu tun.«

In dem Moment machte es »pling« in meinem Computer. Da ich normalerweise sonntags kaum dienstliche E-Mails bekam, durfte dies der Bericht der Erlanger Gerichtsmedizin sein. Ich öffnete das Mailprogramm.

»Der Obduktionsbericht von Professor Reißer ist da«, rief ich über den Schreibtisch und klickte erst auf Öffnen, dann auf Drucken. Ich weiß, dass diese Angewohnheit nicht dem überall beschworenen Prinzip des papierlosen Büros entsprach, aber ich wollte alles, was ich bearbeitete, gerne schwarz auf weiß zum Anfassen und vor allem zum Abheften vor mir haben. Gerade im Polizeidienst konnte sich jeder Vermerk und jede scheinbar belanglose Nachricht noch Jahre später als wichtig herausstellen. Und dann wollte ich bei einer gut strukturierten Ablage einfach nur den richtigen Ordner aus dem Regal ziehen müssen. Einem elektronischen Archiv traute ich nicht. Und selbst unsere EDV-

Experten wollten für die digitale Archivierung von Daten nur zehn Jahre lang garantieren.

In diesem Fall druckte ich den Bericht natürlich gleich zweimal aus, denn auch Paulina sollte ihn lesen.

Beide hatten wir uns längst angewöhnt, aus dem Fachchinesisch der Rechtsmediziner die entscheidenden Sätze und Aussagen herauszufiltern. Ich überflog den Text und murmelte: »... toxikologische Analyse des Mageninhalts ... abweichende Pupillengröße ... hellrote Leichenflecke ... isotherme Destillation ... perorale Intoxikation mit KCN.«

Das war der entscheidende Satz. »Die Vermutung von Professor Prestel am Tatort war wohl richtig. KCN ist die Summenformel für Kaliumcyanid.«

»Zyankali oder Blausäure in der Umgangssprache«, sagte Paulina. »Ich glaub, das ist mein erster Giftmord.«

»›Die Giftbeibringung durch fremde Hand stellt ein besonders heimtückisches Vorgehen dar, weil das Opfer in besonderem Maße ahnungs- und wehrlos ist‹«, sagte ich auf. »Das mussten wir auf der Polizeischule auswendig lernen. Habe ich nie vergessen.«

»Die tödliche Dosis beträgt hundertvierzig Milligramm«, sagte Paulina, während sie auf ihrer Tastatur klapperte. »Wikipedia«, fügte sie als Quellenangabe hinzu.

»Das ist eine Messerspitze«, sagte ich. »Dann sollten wir jetzt überlegen, wer nicht nur ein Motiv hat, sondern auch die Möglichkeit, an Blausäure zu gelangen.«

»Auf Ebay gibt's das jedenfalls nicht«, sagte Paulina. »Habe ich gerade mal geschaut. Dazu müsste man schon in so eine Sterbehilfe-Organisation eintreten, um sich eine Zyankalikapsel für den letzten Gang zu bestellen. Marieke de Boer wohnt übrigens im Nürnberger ›Congress‹-Hotel. Das habe ich heute früh schon recherchiert.«

»Hervorragend«, lobte ich meine flinke Kollegin. »Als Biologin hätte sie gewiss keine Schwierigkeiten, an hundertvierzig Milligramm Kaliumcyanid zu kommen. Dann fahren wir mal los zu unserer Verdächtigen Nummer eins.«

NEUN

Die A73 Richtung Nürnberg war erfreulicherweise völlig frei, ausnahmsweise machte der Frankenschnellweg seinem Namen alle Ehre.

»Hätten wir nicht die Nürnberger Kollegen bitten sollen, Frau de Boer vorläufig festzunehmen?«, fragte Paulina, die den Dienstwagen, einen dunkelblauen VW Golf Variant, zielsicher stets knapp über der zulässigen Höchstgeschwindigkeit Richtung Frankenmetropole steuerte und dabei auf ihrem Pfefferminzkaugummi kaute, während im Radio das unerträgliche Pop-Gedudel von Antenne Bayern einen Klang-Patchworkteppich aus Werbung und sinnlosem Geplauder knüpfte.

»Dafür haben wir zu wenig gegen sie in der Hand«, antwortete ich. »Wir vernehmen sie als Zeugin, nicht als Beschuldigte. Und sie ist bekanntlich nicht die Einzige mit einem Motiv.«

Etwas später parkten wir auf dem Taxi-Warteplatz direkt vor dem »Grand Hotel Le Méridien« gegenüber dem Hauptbahnhof. Wir betraten das ehrwürdige, über hundert Jahre alte Traditionshaus, über dessen Haupteingang die deutsche und die europäische Fahne gehisst waren. Hinter einer sich automatisch öffnenden Glastür wurde auf einer Tafel mit Kreide ein »Murder Mystery Dinner mit der Erfolgsautorin Barbara Schauer« angepriesen.

»Da sind wir ja richtig«, sagte ich. Durch eine weitere Glastür betraten wir die dunkle Lobby. Hier fehlte jedes Tageslicht, dafür erstrahlte das prunkvolle Interieur mit Marmorsäulen, wertvoll aussehenden Gemälden und eleganten Sitzmöbeln umso mehr. Rechts warteten hinter der Rezeption aus dunklem Holz drei freundlich blickende Hotelbedienstete, die sich nicht anmerken ließen, ob sie meinen C&A-Anzug von der Kleidung unterscheiden konnten, die Gäste hier üblicherweise trugen. Vielleicht hielten sie mich auch für einen Taxifahrer, der einen betuchten Gast abholte. Wie einem ausgehängten Auszug aus der über hundertjährigen Gästeliste zu entnehmen war, hatten hier schon

Majestäten und königliche Hoheiten, die brasilianische Fußball-Nationalmannschaft – allerdings lange vor der Demütigung bei der letzten WM – und die SPD-Spitze mit Gerhard Schröder und Rudolf Scharping genächtigt.

Wir fragten den mittleren Rezeptionisten nach Frau de Boer, und erst das Vorzeigen meines Dienstausweises schien ihn von seiner Schweigepflicht zu entbinden. Auswendig und ohne in einem Verzeichnis oder Computer nachschauen zu müssen, wählte er de Boers Zimmernummer und meldete ihr unseren Besuch. Dann deutete er mit der Hand auf die andere Seite des Eingangsbereichs zu einem Durchgang, über dem in goldenen Lettern »Brasserie« stand, und bat uns, dort zu warten.

Fünf Minuten später saßen wir mit einer attraktiven Mittvierzigerin an der Bar des Restaurants, wo die letzten Langschläfer ein dekadentes »Petit déjeuner« einnahmen. Der Geruch von frischem Gebäck, Speck und Eiern wurde begleitet von einem Pianospieler, der gerade »Candle in the Wind« zum Besten gab. Marieke de Boer hatte ihre dunkelblonden Haare zu einem Pferdeschwanz gebunden, war dezent geschminkt, trug eng anliegende Designerjeans mit weißen Leinenturnschuhen, eine hellblaue Bluse und dazu eine Perlenkette. An ihren Handgelenken baumelte teuer aussehender Goldschmuck.

»Sie sprechen Deutsch?«, stellte Paulina eine Eingangsfrage, an die ich bisher gar nicht gedacht hatte.

»Ja, selbstverständlich«, antwortete sie mit leichtem Linda-de-Mol-Akzent und bestellte an der Bar einen Latte macchiato.

»Für mich bitte einen Filterkaffee«, erwiderte ich auf den fragenden Blick des livrierten Barrista, der daraufhin ratlos mit den Schultern zuckte.

»Haben wir nicht. Ich kann Ihnen einen normalen Kaffee machen.«

»Was ist ein normaler Kaffee für Sie?«, fragte ich.

»Ein großer Cappuccino, bei dem ich den Milchschaum weglasse. Oder ein Milchkaffee ohne Milch.«

Ich resignierte und bestellte einen schwarzen Tee, während Paulina auch einen Latte macchiato orderte.

»Sie wissen, warum wir hier sind?«, fragte ich mit ernster

Miene und machte durch das Aufklappen meines Notizbuches deutlich, dass die Vernehmung begonnen hatte.

»Ja, mein Mann hat mir eine SMS geschickt. Ich habe daher mit Ihrem Besuch gerechnet.«

Ich notierte zunächst die Personalien.

»Sie waren gestern den ganzen Tag hier in Nürnberg?«

»Ja. Und ich habe etwa dreihundert Zeugen dafür, dass ich von zehn bis zwölf Uhr einen Vortrag gehalten habe. Anschließend habe ich mit dem Tagungsleiter zu Mittag gegessen, den ganzen Nachmittag über fanden Workshops statt und abends wieder ein gemeinsames Abendessen. Wenn Sie mich fragen würden, wie das Wetter gestern war, könnte ich es nicht beantworten, weil ich den ganzen Tag hier in den fensterlosen Tagungsräumen verbracht habe.«

»Kannten Sie Frau Meier persönlich?«

»Meier?« Sie legte den Kopf zur Seite. »Ist das der Name der Toten? Keine Ahnung, nein, mein Mann hat mir seine Liebschaften nie vorgestellt. Und wenn er mal einen Namen genannt haben sollte, so habe ich ihn mir gewiss nicht gemerkt.«

»Das heißt, Sie haben seine Affären geduldet?«, fragte Paulina.

»Hat er Ihnen das gesagt? Nein. So würde ich das nicht darstellen. Mir war es lieber, Bescheid zu wissen, als ihn zu Heimlichtuerei und einem aufwendigen Doppelleben zu zwingen. Das wäre albern und Kindergarten. Ich habe es auch lange gar nicht so genau wissen wollen, was er auf seinen Konzertreisen im Einzelnen getrieben hat. Und mit wem. Ich war lange genug mit mir selbst und meiner Karriere beschäftigt. Doch als er vor einiger Zeit anfing, seine Geliebten mit unserer gemeinsamen goldenen Kreditkarte zu finanzieren, habe ich ihm ein Ultimatum gestellt.«

»Ein Ultimatum?«, wiederholte ich in Derrick-Manier.

»Ja, ein Ultimatum. Ich gab ihm drei Monate, unsere Finanzen gerecht zu separieren, oder ich reiche die Scheidung ein.«

»Wann war das?«, fragte Paulina.

»Vor drei Monaten«, antwortete sie. »Um genau zu sein: vor drei Monaten und einer Woche.«

»Und?«, hakte ich nach.

»Wir haben uns für kommende Woche verabredet, um ergebnisoffen zu bereden, wie es weitergeht«, sagte sie.

Ein Ehepaar, das sich verabreden muss, wenn beide mal in der Nähe sind. Was für eine seltsame Art von Fernbeziehung, dachte ich und stellte die für mich naheliegende Frage: »Haben Sie Zugang zu Kaliumcyanid?«

»Selbstverständlich«, antwortete sie, ohne mit der Wimper zu zucken. »Es gibt zahlreiche Einsatzmöglichkeiten dafür in der Wissenschaft. Wurde sie damit ermordet?«

Ich nickte.

»KCN wird im Labor durch Erhitzen von Blutlaugensalzen und Schwefelsäure hergestellt. Die so entstehende Blausäure wird mit Kalilauge neutralisiert. Auch die Herstellung durch die Reduktion von Kaliumcyanat bei höheren Temperaturen ist möglich.« Dann machte sie eine wegwerfende Handbewegung. »Aber ich will Sie nicht mit Fachchinesisch langweilen.«

»Das heißt, jeder mit Fachkenntnissen könnte das Gift theoretisch selbst im Labor herstellen?«, fragte Paulina.

»Mit den richtigen Zutaten und dem entsprechenden Wissen können Sie jede chemische Substanz selbst herstellen. Aber ich kann Ihnen versichern, dass ich mich noch nie praktisch mit der Herstellung von tödlichen Giften befasst habe. Weder zu beruflichen noch zu privaten Zwecken. Und mal ganz davon abgesehen: Es kränkt mich ein wenig, dass Sie mir unterstellen, dass ich eine kleine Orchesterschlampe meines Mannes umbringen würde. Das Problem, das ich zu beseitigen hätte, wäre nicht seine Geliebte, sondern mein Mann selbst.« Sie lächelte, als hätte sie uns den Weg zur Bushaltestelle erklärt. »Diese Ausführungen waren rein theoretischer Natur. Ich bin Wissenschaftlerin, keine Mörderin.« Dann deutete sie auf mein Notizbuch. »Schreiben Sie auf, dass ich nicht beabsichtige, meine Ehestreitigkeiten auf illegalem Weg zu beheben.«

Ich bemerkte, dass Paulina mir mit ihrem Blick etwas mitteilen wollte. Offenbar hatte sie jemanden in der Brasserie entdeckt. Ich schaute mich unauffällig um, erkannte aber niemanden. Als Paulina klar wurde, dass ich sie nicht verstand, entschuldigte sie sich, stand auf und ging zu einem der Frühstückstische, wo eine Frau in den Fünfzigern mit rotblondem Pagenhaarschnitt allein vor einer Schüssel Birchermüsli saß. Ich sah, wie sie sich nach einem kurzen Wortwechsel dazusetzte. Von Frau de Boer ließ ich mir derweil zusichern, dass sie die nächsten Tage für uns erreichbar blieb. Dann verabschiedete ich mich freundlich und ging zu Paulina, neugierig, wen sie hier im Nobelhotel wohl getroffen hatte.

***

»Darf ich vorstellen?«, sagte Paulina, als ich auf den Frühstückstisch zukam. »Das ist mein Chef, Kriminalhauptkommissar Horst Müller. Und das hier ist Barbara Schauer, die bekannte Krimiautorin.«

»Ach, die Dame vom Mörder-Dinner? Sehr erfreut.« Ich streckte ihr die Hand entgegen. Obwohl sie saß, wirkte sie sehr groß für eine Frau. Sie war ganz in Schwarz gekleidet, einziger Farbtupfer war ein rotes Halstuch. »Das ist ja ein schöner Zufall. Haben Sie denn gar keine Angst?«

»Angst?« Erst blickte sie verwirrt, dann lachte sie. »Sie meinen wegen des Wichtels? Nein, nein.« Sie bückte sich unter den Tisch und öffnete eine schwarze Lederhandtasche. Sie holte einen Plastikbeutel hervor, in dem sich die zwei Teile ihres geköpften Gartenzwerges befanden. »Ein bizarrer Scherz, oder?«

»Sie haben den Zwerg hier dabei?«, wunderte sich Paulina.

»Ich erwäge, ihn in meine Lesung einzubauen. Sie wissen sicher, dass mein aktueller Roman im Schrebergartenmilieu spielt.«

»›Tod im Kompost‹«, sagte ich. »Ich hörte davon. Sie lesen hier im Hotel?«

»Ja, einmal im Monat findet das mörderische Krimi-Dinner statt. Es gibt ein viergängiges Gourmetmenü, und zwischen den Speisen werden Kurzgeschichten und Ausschnitte aus Kriminalromanen serviert. Ein schönes Konzept, finde ich.«

»Für siebenundsiebzig Euro pro Person«, stellte Paulina fest. »Haben die Leute danach noch Geld, um ein Buch zu kaufen?«

»Das will ich doch hoffen. Ich habe mein Manuskript dabei, weil ich nach dem Frühstück die Lesung vorbereiten wollte. Ein paar Szenen meines Buches spielen in Nürnberg. Die Leute lieben Lokalkolorit. Die Leser finden es toll, wenn die Straßennamen stimmen und sie den Briefkasten an ihrer Ecke wiedererkennen.«

»Ach, wirklich?« Ich staunte. »Und das ist in Franken auch so? Ich hatte bisher immer nur von Regionalkrimis aus der Eifel, dem Allgäu oder Ostfriesland gehört.«

»Ach was. Es gibt kaum noch ein Dorf im Land, das keinen eigenen Krimi hat. Angeblich werden inzwischen sogar neue Stadtteile gegründet, um Schauplätze für arbeitslose Schriftsteller zu finden.« Sie lachte wieder ihr künstliches Lachen, und ich war nicht sicher, ob sie einen Scherz gemacht hatte oder ernst meinte, was sie sagte.

»Es gibt Menschen, die auch so einen Zwerg bekommen haben, und dies als Morddrohung auffassen«, sagte Paulina.

Und ich fügte mit gewichtiger Stimme hinzu: »Und inzwischen ermitteln wir in einem Mordfall, in dem beim Opfer ein identischer Zwerg gefunden wurde.«

Ich merkte, wie Frau Schauer ein selbiger über den Rücken lief und ihr das Frühstücksei im Hals stecken zu bleiben schien.

»Sagen Sie das noch mal!«

»Es wurde eine Musikerin vergiftet, in deren Spind wir einen geköpften Zwerg gefunden haben. Er sieht genauso aus wie der Knabe hier auf dem Tisch.«

Barbara Schauer hielt sich die Hand vor den Mund und unterdrückte einen Würgereiz. Ich fürchtete, sie würde sich vor unseren Augen ihres gesamten Frühstücks wieder entledigen.

»Auch eine Künstlerin?«, sagte sie schließlich. »Und sie wurde vergiftet?«

»Mit Zyankali«, antwortete ich. »Können Sie sich vorstellen, dass jemand auch Sie bedrohen könnte? Haben Sie Feinde?«

»Ich?« Sie überlegte und massierte dabei ihr spitzes Kinn. »Kennen Sie das Buch ›Mord im Franken-Thüringen-Express‹ von Hartmut Knauer?«

Paulina und ich schüttelten den Kopf.

»Egal, müssen Sie auch nicht kennen. Er schreibt billigste Schundromane, behauptet allerdings immer wieder öffentlich, der erfolgreichste fränkische Krimiautor zu sein.«

»Und deswegen glauben Sie …« Wollte die erfolgsverwöhnte Autorin uns wirklich weismachen, dass ein Konkurrent hinter den Drohungen stand?

»Mein Verlag hat eine einstweilige Verfügung gegen seinen Verlag durchgesetzt, wonach er nicht mehr behaupten darf, der erfolgreichste fränkische Krimiautor zu sein, solange seine Verkaufszahlen nicht notariell nachgewiesen werden. Seitdem behauptet er nur noch, der erfolgreichste Autor von Frankenkrimis zu sein. Die Sache wird wohl bald vor Gericht ausgetragen, denn es gibt einen Schriftsteller aus der Nähe von Stuttgart, dessen Krimis in Coburg spielen und regelmäßig in der Spiegel-Bestsellerliste auftauchen. Aber er ist natürlich kein fränkischer Autor.«

»Hm«, sagte ich. »Ich dachte immer, Krimiautoren morden nur in der Phantasie?«

»Jeder der angeblich hunderttausend Leser von ›Mord im Franken-Thüringen-Express‹ konnte nachlesen, dass Knauer hier minutiös und detailliert einen Giftmord beschreibt.«

»Dann hätten wir also mutmaßlich hunderttausend weitere Verdächtige«, meinte Paulina.

»Ich will diesen Gnom jedenfalls nicht mehr sehen.« Dass sie auf den geköpften Zwerg deutete, machte klar, dass sie nicht den Schriftsteller meinte. »Nehmen Sie ihn mit und bringen Sie den Mörder hinter Gitter.«

»Wir tun, was wir können«, versprach ich und packte den Zwerg und dessen Zipfelmützenkopf vorsichtig wieder in die Plastiktüte.

»Wo wir gerade so nett geplaudert haben«, sagte Frau Schauer. »Darf ich mich an Sie wenden, wenn ich mal eine Recherchefrage an die Kriminalpolizei habe?«

»Jederzeit«, versprach ich.

***

Als wir wieder in den Dienstwagen einstiegen, sagte ich zu Paulina: »Sagen Sie mal, wir könnten doch auf der Heimfahrt einen Zwischenstopp in Erlangen einlegen, oder? Liegt ja auf dem Weg.«

»Äh, was wollen wir in Erlangen?«, fragte sie, als sie den Motor startete und sich gleichzeitig anschnallte.

»Wissen Sie eigentlich, warum so viele Theologen in Erlangen studieren?«, fragte ich. Immer wenn ich an Erlangen dachte, fiel mir einer der wenigen Witze ein, die ich mir merken konnte. »Weil schon in der Bibel steht: Du sollst das Reich Gottes zu erlangen suchen.«

»Schenkelklopfer«, war Paulinas ausgesprochen witzlose Reaktion.

»Universitätsstraße 22«, sagte ich und tippte es in das Navigationsgerät ein. »Institut für Rechtsmedizin. Fahren Sie los!«

»Aber wir haben den Bericht doch schon vorliegen.« Sie fädelte in den fließenden Verkehr auf der Bahnhofstraße ein. »Außerdem ist Sonntag.«

Ich suchte in meinem Mobiltelefon die Handynummer von Professor Manfred Reißer.

»Ich werde ihn vorwarnen, Paulina. Ich habe noch ein paar Fragen an ihn, und ich denke, dass er uns behilflich sein kann. Also geben Sie Gas!«

»Zu Befehl, Boss«, erwiderte sie leicht genervt.

Etwa fünfundzwanzig Minuten später erreichten wir den weißbraunen Klotzbau in Erlangen. Im zweiten Stock erwartete uns Professor Reißer, mit dem ich schon seit Beginn meiner Bamberger Kripozeit immer wieder zu tun hatte. Er stand kurz vor der Pensionierung, und es gab nichts, was er nicht schon unter dem Seziermesser gehabt hatte. Ich vermutete, dass ihn meine heutige Bitte dennoch überraschen würde.

»Grüß Gott«, sagte der Professor mit dem schwarzen Haar und den Geheimratsecken. Seine Statur und sein schelmisches Grinsen erinnerten mich immer wieder an Mister Bean, was zu seiner ernsthaften und überlegten Art völlig im Widerspruch stand. Er geleitete uns in sein kleines Büro, das wie ein Arztsprechzimmer aussah. An der Wand hingen Plakate mit Querschnitten des menschlichen Körpers und vielen lateinischen Begriffen. Als ich seinen Besprechungstisch sah, zuckte ich zusammen. Und ich merkte, dass auch Paulina erschrak.

»Was ist das?«, rief sie entsetzt und deutete auf das Skelett, das auf dem Besucherstuhl saß, seinen Ellbogenknochen auf dem runden Tisch abgestützt hatte und zwischen den Fingerknochen eine Zigarette hielt.

»Sind wir hier in der Geisterbahn?«, fragte ich.

Reißer verzog keine Miene. »Das ist Oskar, ein alter Kamerad aus dem großen Vorlesungssaal. Meine Studenten haben ihn mir zum fünfundsechzigsten Geburtstag geschenkt. Wenn Sie genau hinsehen, hat er im Laufe der Jahre ein paar Rippen verloren. Alterserscheinungen. Jetzt leistet er mir in meinem kleinen Kämmerchen etwas Gesellschaft und genießt seinen Ruhestand mit einer letzten Zigarette.«

Der morbide Humor des Rechtsmediziners würde mir nach seiner Pensionierung fehlen.

»Ich hatte meinen Enkeln eigentlich für heute einen Besuch im Playmobil-Funpark versprochen«, fuhr er mit gespielter Empörung fort. »Aber ich weiß ja, dass Sie in Bamberg uns die Leichen nicht zur Schikane schicken. Was kann ich noch für Sie tun? Kaffee? Wasser? Ginger Ale?«

»Danke, danke«, wehrte ich ab. »Wir wollen Sie gar nicht lange belästigen. Zunächst habe ich noch eine Frage zu dem Gift, an dem Marianne Meier gestorben ist.«

»Kaliumcyanid?«

»Richtig. Stimmt es, dass man das mit entsprechenden Fachkenntnissen selbst herstellen kann?«

»Das ist gar nicht nötig«, sagte Professor Reißer. »Sie bekommen das Zeug in jeder gut sortierten Apotheke oder im Chemikalienfachhandel.«

»Wie bitte?« Ich schaute ihn ungläubig an. »Wie Kopfschmerztabletten?«

Er schaute ernst. »Natürlich nicht. Erstens müssen Sie dafür eine Endverbleibserklärung unterschreiben. Das gilt für alle Chemikalien, die für gefährliche Zwecke missbraucht werden können, etwa für die Herstellung von Sprengstoff, Drogen oder eben auch Gift. Das heißt, Sie müssen einen Verwendungsnachweis vorlegen und Ihre Identität belegen. Aber ein Apotheker zum Beispiel hätte ohne Weiteres Zugriff auf die erforderlichen Substanzen.«

»Gut, vielen Dank«, sagte ich, während Paulina die medizinischen Fachbücher in Reißers Regal begutachtete. Sie wollte offenbar demonstrieren, für wie überflüssig sie unseren Besuch hielt.

»Eine Bitte hätte ich noch, Herr Professor.« Mit beiden Händen legte ich die Plastiktüte mit dem geköpften Gartenzwerg auf den Tisch.

***

Den Nachmittag verbrachten wir mit der Befragung weiterer Zeugen und Angehöriger des Opfers, um uns ein möglichst breites Bild vom Leben Marianne Meiers zu machen. Dabei unterstützten uns auch die übrigen Kollegen des Dezernats sowie des Kriminaldauerdienstes. Doch ihre Aussagen brachten uns in keiner Weise weiter. An einer großen Magnettafel im Konferenzraum unserer Dienststelle befestigten wir die Namen und, soweit vorhanden, Fotos der entsprechenden Personen und versahen sie mit Pfeilen und Anmerkungen. Außerdem versuchten wir festzustellen, ob es Verbindungen zwischen den Empfängern der Gartenzwergfiguren gab – mit dem ernüchternden Ergebnis: Sie alle waren im weitesten Sinne Kulturschaffende oder Personen des öffentlichen Lebens. Das brachte uns im Moment nicht weiter. Und als am Abend die Bohnen für Paulinas Kaffeemaschine aufgebraucht waren, beschlossen wir, die Ermittlungen am nächsten Morgen fortzusetzen.

Erschöpft landete ich eine halbe Stunde später in meinem Fernsehsessel, wo ich die letzten fünfzehn Minuten des »Tatorts« anschaute, was vollkommen ausreichte, um die komplette Handlung zu kennen. In der anschließenden Talksendung wurde über Altersarmut und die Senkung des Rentenalters debattiert. Trotz dieses idealen Schlafmittels plagten mich hämmernde Kopfschmerzen. Ich hatte den ganzen Tag über zu wenig getrunken, was sich jetzt bemerkbar machte. Ich brauchte eine starke Kopfschmerztablette und durchwühlte meinen akkurat geordneten Arzneischrank im Bad. Die Tablettenschachteln waren sortiert in die Bereiche Magen/Darm, Atemwege/Erkältung und Schmerz/

Entzündungen sowie nach Verfallsdatum. Ich nahm eine Packung Ibuprofen 600 und drückte eine Tablette in meine Hand. Dabei fiel mein Blick auf das Preisschild der Apotheke, das noch auf der Schachtel klebte.

ZEHN

»Haben Sie einen Kater?«, fragte mich Paulina, als ich am nächsten Morgen das Büro betrat. Sie meinte nicht meine Augenringe, sondern deutete auf die Pappschachtel in meiner Hand. »Wie viel Eierlikör muss man eigentlich trinken, um so einen richtigen Rausch zu bekommen? Oder kann man das auch intravenös zu sich nehmen?«

»Sehr witzig«, sagte ich. »Am schnellsten wirkt's übrigens in Form von Pralinen. Zwei bis drei Schachteln sind aber nötig. Im Ernst: Die Kopfschmerztabletten habe ich wegen ihrer Verpackung mitgebracht.« Ich warf das Päckchen geschickt auf ihren Schreibtisch, sodass es mit dem Preisschild nach oben vor ihrer Nase liegen blieb. »Schauen Sie mal!«

»Ibuprofen 600 Filmtabletten. Entzündungshemmendes und schmerzlinderndes Arzneimittel«, las sie laut vor. »Verwendbar bis November –«

»Schauen Sie sich den Aufkleber an!«, unterbrach ich sie.

»Zwei Euro neunundneunzig. Das war wirklich ein tolles Schnäppchen, Herr Kollege. Wollen Sie mir das sagen?«

»Schwer von Begriff heute? Wie heißt die Apotheke?«

»Brücken-Apotheke Bamberg. Inhaber Joachim Tossner.«

»Klingelt es jetzt bei Ihnen?«, bohrte ich weiter.

»Tossner. Lea Tossner, die begabte Tutti-Fagottistin mit der falschen Haarfarbe. Ob das ein Zufall ist?« Sofort tippte sie auf ihrer PC-Tastatur herum, um nach wenigen Augenblicken mitzuteilen: »Joachim Tossner und Lea Tossner sind die zwei einzigen Einträge mit diesem Namen im Bamberger Telefonbuch.«

»Die Tochter?«, vermutete ich. »Das werden wir bald wissen. Wie ist die Adresse?«

»Von Lea oder Joachim?«

»Erst mal zur Tochter.«

***

Wir erreichten Lea Tossner zu Hause in einem schmucken Reihenhaus am Weidenufer. Als ich die Türklingel mit dem Schild »Tossner/Pricker« betätigte, ertönte ein Gong mit der Tonfolge des Big Ben. Kurz darauf öffnete eine dunkelhaarige, große, barfüßige Frau Mitte zwanzig in pinkfarbener Jogginghose und einem türkisfarbenen T-Shirt die Tür.

»Entschuldigen Sie die Störung«, sagte ich, während ich ihr den Dienstausweis vor das hübsche Gesicht hielt. Sie war so groß wie ich und hatte in jeder Hinsicht Modelmaße.

»Sie kommen wegen Marianne? Ich habe davon gehört. Schlimme Sache. Bitte!« Sie trat zur Seite und bat uns herein. Schon auf den ersten Blick war zu erkennen, dass dieses Haus, das den typischen Schnitt eines deutschen Reihenhauses hatte, teuer und geschmackvoll eingerichtet war, gar nicht im IKEA-Stil, den ich bei einer Frau ihres Alters erwartet hätte. Die klassische Musik, die aus dem Wohnzimmer erklang, führte ich auf ihren Beruf zurück. Auch die Möbel waren klassisch. Ein großes Bücherregal aus dunklem Holz war entweder antik oder gekonnt auf alt gemacht. Mit ihrer schlabbrigen Jogginghose wirkte Lea Tossner wie ein Fremdkörper in ihrem eigenen Haus.

»Sie wohnen hier mit Ihrem …?«, fragte Paulina.

»Mit meinem Freund, Rolf Pricker. Von der Anwaltskanzlei Pricker und Yurowski in Bischberg.«

Das trifft sich ja gut, dass sie einen Anwalt im Haus hat, dachte ich. »Sie sagen jetzt hoffentlich nicht, dass Sie mit uns nicht ohne Ihren Anwalt sprechen«, scherzte ich. Doch Lea Tossner schien diesen Witz schon öfter gehört zu haben und verzog keine Miene. Wir nahmen Platz auf schwarzen Ledersesseln, die um einen niedrigen schwarz lackierten Couchtisch gruppiert waren. Darauf lag die neueste Ausgabe der »Gala« neben einem Stapel Noten der Fünften Symphonie von Beethoven.

»Lassen Sie mich gleich zur Sache kommen«, sagte ich und bemühte mich um einen freundlichen und entspannten Tonfall. »In welchem Verhältnis standen Sie zu Marianne Meier?«

Sie legte den Kopf zur Seite und streckte das Kinn vor. »Wir waren Kolleginnen in einem erfolgreichen Orchester. Nicht mehr und nicht weniger.«

»Sie waren Konkurrentinnen, oder?«, legte Paulina nach.

»Auch in unserem Metier zählt Leistung. Und wer nicht ehrgeizig ist, schafft es erst gar nicht in ein Weltklasseorchester wie die Bamberger Symphoniker. Keiner von uns ruht sich aus auf dem, was er erreicht hat.«

»Stimmt es, dass Sie es auf die Solo-Stelle von Marianne Meier abgesehen hatten?«, wollte ich wissen.

Weil sie zwischen uns beiden saß, geriet Lea Tossner in eine Art Kreuzverhör, was wir gar nicht beabsichtigt hatten. Um die Situation etwas zu entspannen, fügte ich daher hinzu: »Wir wollen Ihnen nichts unterstellen. Es handelt sich um reine Routinefragen.«

»Und als Nächstes kommt die Routinefrage, wo ich gestern um soundso viel Uhr gewesen bin?« Sie wirkte verschreckt und in die Ecke gedrängt. »Ich war gestern den ganzen Tag zu Hause und habe geübt.« Sie deutete auf die Noten auf dem Tisch.

»Frau Tossner, bevor wir nach Ihrem Alibi fragen, möchten wir gerne mehr über Ihr Verhältnis zu Marianne Meier wissen«, sagte Paulina mit ruhiger Stimme.

»Also gut.« Lea Tossner räusperte sich und hob selbstbewusst den Kopf. »Es ist kein Geheimnis, dass ich mich auf die Solo-Fagott-Stelle beworben hatte. Das ist allerdings nichts Ungewöhnliches. Und erst recht kein Mordmotiv, falls Sie das glauben.«

»Aber Sie waren schon enttäuscht, als Frau Meier den Vorzug bekam.« Es war eher eine Feststellung von Paulina als eine Frage.

»Wundert Sie das?«

»Nein. Vor allem, weil man im Orchester sagt, dass Sie die viel bessere Musikerin sind.«

»So, sagt man das?« Es gelang Lea Tossner nicht zu verbergen, dass sie sich geschmeichelt fühlte. »Und jetzt sind Sie bei der Frage: Cui bono? Stimmt's? Wer hat alles ein Motiv?«

»Diese Frage gehört zu unserem Geschäft wie zu Ihrem die Tonleiter.« Ich lächelte sie an und fügte hinzu: »Ebenso wichtig ist für uns neben dem Motiv aber auch die Frage: Wer hatte die Möglichkeit, die Tat zu begehen? In diesem Fall: Wer konnte das Gift beschaffen, mit dem der Mord verübt wurde: Zyankali.«

Lea Tossner schaute mich zugleich fragend und fordernd an. »Und? Worauf wollen Sie hinaus?«

Ich holte die Kopfschmerztabletten aus der Innentasche meines Sakkos und warf sie auf die »Gala«-Zeitschrift, auf deren Titelseite die bevorstehende Trennung eines der vielen Traumpaare der Schlagerbranche angekündigt wurde.

»Was soll das?«, fragte Lea Tossner. »Ich habe weder Schmerzen, noch glaube ich, dass man mit Ibuprofen in handelsüblichen Mengen jemanden umbringen kann.«

»Brücken-Apotheke, Inhaber Joachim Tossner«, las ich vor. »Ihr Vater?«

»Ja, und? Sie glauben doch nicht etwas, dass –«

»Wir glauben gar nichts«, unterbrach ich sie. »Wir ermitteln in einem Mordfall und sehen bei Ihnen ein Motiv sowie die Möglichkeit, das Gift zu beschaffen. Dass wir hier nähere Nachfragen stellen, liegt auf der Hand.«

»Also, wann waren Sie zum letzten Mal in der Apotheke Ihres Vaters?«, sekundierte Paulina. Nun hatten wir doch eine Art Kreuzverhör.

»Ich glaube, ich war kurz vor Weihnachten zum letzten Mal dort. Als Kundin, ich habe ein Pillenrezept meines Frauenarztes eingelöst. Ich habe keine Ahnung, wo in der Apotheke tödliche Gifte aufbewahrt werden.«

»Gut.« Ich nickte ihr freundlich zu. »Das wird Ihr Vater sicherlich bestätigen können. Und wenn Sie gestern den ganzen Tag auf Ihrem Instrument geübt haben, dann können das die Nachbarn hier in der Reihenhaussiedlung vermutlich leicht bezeugen.«

»Wohl kaum«, antwortete sie. »Soll ich Ihnen mein Übungszimmer im Dachgeschoss zeigen? Die Schallisolierung hat ein kleines Vermögen gekostet. Darin könnten Sie Trompete spielen, ohne dass man es in der Etage darunter hören würde. Sollte ich jetzt doch besser meinen Anwalt kontaktieren?«

»Mit dem werden Sie vermutlich eh bald Kontakt haben.« Paulina bemühte sich wieder, die Schärfe aus der Situation zu nehmen.

»Wir haben Sie als Zeugin vernommen, nicht als Beschuldigte«, sagte ich und fügte in Gedanken hinzu: Dazu fehlen uns noch ein paar handfeste Beweise. »Dürfen wir mal Ihren Garten sehen?«

»Wie bitte? Ja, natürlich, aber warum ...?«

Ich ging zur Terrassentür, die zu einem von Rosenbeeten umrandeten Rasen führte, in dessen Mitte sich ein kleiner Teich befand. Ich betrat die Grünfläche und schaute mich um.

»Schön haben Sie es hier«, sagte Paulina, die mir nachgefolgt war. »Garten mit Blick auf die Regnitz. Davon träumen viele.«

»Warum interessiert Sie der Garten?«, fragte Lea Tossner ungeduldig.

Ich entdeckte auf dem Gras eine Vertiefung, an der kein Grün zu sehen war. So als hätte bis vor Kurzem hier etwas gestanden. Ein Gartenzwerg zum Beispiel.

»Was stand hier?«, fragte ich und deutete mit der Hand auf den Boden.

Lea Tossner blickte zuerst ratlos zu mir, dann auf die Grünfläche.

»Dort ... äh ... unser Gasgrill ist kaputtgegangen. Am letzten Wochenende. Und weil noch Garantie drauf war, hat mein Freund ihn zum OBI im Laubanger zurückgebracht. Wieso fragen Sie?«

Ich schaute mir die Stelle genauer an. »Das heißt, hier stand nicht zufällig ein Gartenzwerg?«

»Ein Gartenzwerg?« Sie lachte laut auf. »Nein, ganz gewiss nicht.«

Ich musste zugestehen, dass ein kitschiger Zwerg nicht zum Stil der übrigen Einrichtung gepasst hätte. Und vermutlich hätte es auch nicht für die Intelligenz des Täters gesprochen, wenn er einen Zwerg aus dem eigenen Garten verschickt hätte. Aber fragen kostete ja nichts.

Wir verabschiedeten uns und machten uns wieder auf den Weg ins Büro. Dort wurde ich bereits erwartet.

***

»Herr Kriminalhauptkommissar Müller, darf ich Sie kurz in mein Büro bitten?«, rief Kriminalrätin Stadel, während ich ihre offen stehende Bürotür passierte. Ihrer Stimme war deutlich anzumerken, dass sie mich nicht zum unbeschwerten Plauderstündchen einbestellen wollte. Um nicht zu sagen: Der Tonfall signalisierte Vollalarm. Die Chefin saß hinter ihrem Eckschreibtisch und hatte die Füße auf ihren Rollcontainer gelegt. Nicht ihre einzige Angewohnheit, die sich mit dem Vorgesetztendasein nicht vertrug.

»Kommen Sie mit den Ermittlungen voran?«, fragte sie, ohne von ihrem Computerbildschirm aufzusehen, und machte zugleich mit einer Bewegung aus dem Handgelenk deutlich, dass ich vor ihrem Schreibtisch auf dem Besucherstuhl Platz nehmen sollte.

»Ja«, antwortete ich und setzte mich. »Es gibt mehrere Verdächtige mit möglichem Tatmotiv. Die Vernehmungen sind noch nicht abgeschlossen, aber …«

»Sie kümmern sich doch, wenn ich das richtig verstanden habe, um die Aufklärung eines Tötungsdeliktes an einem Menschen, oder?« Ihre Stimme klang ruhig und völlig normal. Nur in ihren Augen glaubte ich, Anzeichen für eine besondere Anspannung zu erkennen. Dennoch verstand ich nicht, was sie mit dieser Frage meinte.

»Äh, ja. Das Tötungsdelikt zum Nachteil der Fagottistin Marianne Meier.« Ich blickte sie ahnungslos an.

»Sie haben durch die Rechtsmedizin als Todesursache eine Vergiftung durch Kaliumcyanid feststellen lassen, ist das richtig?«

Ich nickte.

Sie beugte sich vor zu mir, dann schlug ihre Stimme um. Sie fauchte mich mit doppelter Lautstärke an: »Und warum zum Teufel haben Sie dann in Erlangen die Obduktion eines Gartenzwerges angeordnet?« Beim Wort »Gartenzwerg« verschärfte sich die Tonlage ein weiteres Mal, und sie betonte jede einzelne Silbe. »Mit Verlaub, Herr Kriminalhauptkommissar, aber die Frage muss gestattet sein: Sind Sie noch ganz bei Trost?«

»Oh, äh, Frau Kriminalrätin«, stammelte ich. »Ich wusste nicht, dass Sie … also, ich meine, das kann ich selbstverständlich erklären.«

»Professor Reißer hat den«, sie räusperte sich demonstrativ, »Obduktionsbericht an unsere zentrale Faxnummer geschickt. Deshalb ist er bei mir auf dem Schreibtisch gelandet.« Sie nahm das Blatt Papier in die Hand. Ich wunderte mich, dass Reißer den Bericht diesmal nicht per E-Mail versandt hatte. »Sie wissen, dass ich gegen unkonventionelle Ermittlungsmethoden normalerweise nichts habe«, fuhr sie fort. »Aber was zu weit geht, geht zu weit. Wenn das an die Öffentlichkeit gelangt, können wir einpacken. Ein Kriminalkommissar, der einen Gartenzwerg obduzieren lässt. Wenn ich nicht wüsste, dass Sie höchstens mal einen Eierlikör trinken, müsste ich jetzt eine Blutprobe veranlassen!«

»Lassen Sie mich erklären, Frau Kriminalrätin. Ich denke, es ist überflüssig, zu betonen, dass mir durchaus bewusst ist, dass eine Tonfigur kein Lebewesen ist, das man im herkömmlichen Sinne obduzieren kann.«

»Es erleichtert mich, das von Ihnen zu hören«, sagte sie in sarkastischem Tonfall.

»Es ging mir genau genommen um eine chemische Analyse des Materials, aus dem die Figur gefertigt ist, die ganz offenkundig im Zusammenhang mit dem Mord an der Symphonikerin steht.« Ich räusperte mich. »Dass Professor Reißer seine Erkenntnisse auf dem Obduktionsberichtsformular gedruckt hat, ist vielleicht ein kleiner Scherz von ihm. Es ist seine besondere Art von Humor. Darf ich jetzt den Bericht ...« Ich streckte die Hand aus.

»Sorgen Sie dafür, dass dieser Obduktionsbericht eines Gartenzwergs niemals in falsche Hände gerät«, sagte Stadel und überreichte mir das Papier. »Und jetzt gehen Sie an die Arbeit und liefern Sie Ergebnisse!«

***

Zurück an meinem Schreibtisch, drehte ich zunächst das Radio leise, das Paulina mal wieder im Dudelfunk trällern ließ, obwohl sie selbst gar nicht im Raum war. Ich holte eine Tasse aus meiner Rowenta und las Zeile für Zeile den Bericht über die Untersuchung des Gartenzwergs. Mit einem Lineal und einem gespitzten Bleistift unterstrich ich die wichtigen Passagen, eine alte Angewohnheit, die mir beim Lesen von Texten mit bedeutsamem Inhalt sehr hilfreich war.

Professor Reißer hatte sich wohl tatsächlich einen kleinen Spaß mit mir erlaubt. Ausführlich berichtete er über die gesundheitliche Konstitution des Leichnams der Gattung Nanus hortorum vulgaris, der durch eine »amputatio capitis« eingeschränkt sei. Ein Tatzeitpunkt der Kopfamputation könne nicht mit Sicherheit festgestellt werden, dürfe jedoch aufgrund der immer noch sehr kongruenten Bruchstellen nicht länger als wenige Tage zurückliegen. Eine Analyse des Materials habe ergeben, dass der Zwerg zu fünfundneunzig Prozent aus gelbem Sandstein bestehe und nicht, wie hierzulande üblich, aus gebranntem Ton.

Das Wort »hierzulande« machte mich stutzig.

»Was gibt's Neues, Chef?«, fragte Paulina, die in diesem Moment das Büro betrat. In der Hand hielt sie eine Packung Espressobohnen sowie eine Pappschachtel. »Ich hab Kaffee besorgt. Und für Sie Filtertüten.«

»Darf ich Sie heute Melitta nennen?« Ich lächelte sie dankbar an. »Ich brauche Ihre Hilfe. Sie können doch so hervorragend mit dem Internet und diesem Google umgehen. Suchen Sie doch mal bitte für mich alles, was Sie über den Nanus hortorum vulgaris finden!«

»Den was?«

»Na, den gemeinen deutschen Gartenzwerg.«

Sie verdrehte die Augen, als wollte sie mir einen Vogel zeigen. Doch dann glitten ihre zarten Finger schon über ihre Computertastatur.

»Die erste urkundliche Erwähnung des Gartenzwergs in der heutigen Form ist im Jahr 1893 in einem bebilderten Artikel der Zeitung der Thüringer Tonfiguren-Industrie zu finden«, war die erste Information, die sie mir über den Schreibtisch zuwarf. »Der kleine Ort Gräfenroda wurde damals zum Zentrum der Gartenzwergproduktion. Ein gewisser Philipp Griebel formte 1872 dort die ersten Gartenzwerge aus Ton, die bald in Serie gingen. Seine Firma besteht heute in vierter Generation. Seit 1997 gibt es an dem traditionsreichen Ort ein Gartenzwergmuseum. Von den weltweit rund vierzig Millionen Gartenzwergen soll jeder zweite in Deutschland stehen. Hier werden anderthalb Millionen pro Jahr hergestellt. Und fast jeder deutsche Zwerg, wenn er nicht aus Plastik ist, kommt aus Thüringen.«

»Interessant«, sagte ich. »Aber hilft uns das weiter?«

»Vielleicht das hier«, sagte Paulina und machte ein paar

hektische Mausklicks. »1980 wurde in Basel die Internationale Vereinigung zum Schutz der Gartenzwerge gegründet. Und Ende der neunziger Jahre entstand in Frankreich die Front zur Befreiung der Gartenzwerge. Ihre Aktivisten befreiten Gnome und Wichtel aus Vorgärten und setzten sie in Wäldern aus, um sie dem natürlichen Lebensraum zuzuführen.«

»Hm, ernsthaft? Oder lesen Sie in einer Satirezeitung?«

»Ernsthaft, wirklich. Es gibt zahlreiche Berichte über diese Aktivisten. Vielleicht haben wir es jetzt mit einer Gegenbewegung zu tun.«

»Sie meinen, eine Art von politischem Terrorismus? Tonfiguren als Geiseln, die von Zwergen-Taliban geköpft werden? Da fehlt jetzt nur noch ein Bekennervideo.« Ich lachte.

»Moment mal«, sagte Paulina. »Das ist gar nicht so witzig, wie Sie denken.«

»Wie bitte?«

Ich sah, wie Paulina ihre Lautsprecherboxen einstöpselte, dann drehte sie ihren Monitor so, dass ich auch auf den Bildschirm blicken konnte.

»Sehen Sie sich das an. Das habe ich auf YouTube gefunden, wurde erst vor wenigen Stunden hochgeladen.«

Zu sehen war die bekannte Silhouette von Bamberg mit den vier Türmen des Doms und den zwei Türmen der Michaelskirche. Dann die üblichen Sehenswürdigkeiten: das alte Rathaus, Klein-Venedig, die Altenburg, der Maxplatz, hinterlegt von der bekannten »Schneewittchen«-Musik aus dem Disney-Zeichentrickfilm. Dann wurden an den bekannten Orten Bambergs Gartenzwerge gezeigt.

»Das gibt's doch nicht. Das sind die gleichen Figuren wie die geköpften Kameraden«, rief Paulina aufgeregt. »Was hat das zu bedeuten?«

»Da ist die Konzerthalle«, bemerkte ich. »Und hier ist auch ein Zwerg zu sehen. Können Sie erkennen, wer das Video ins Netz gestellt hat?«

Paulina antwortete: »Der Username heißt … Krasnal Ogrodowy. Das gibt's doch nicht. Wissen Sie, was das heißt?«

»Nein, Sie?«

»Es ist polnisch und bedeutet Gartenzwerg. Das Video müsste gleich zu Ende sein, noch zwanzig Sekunden.«

Es wurde nun ein Schriftzug eingeblendet. Blutrote Buchstaben erschienen über dem Bamberger Panorama und wurden größer und größer: »Demnächst: Die Zwergenrepublik.«

»Hä?«, sagte Paulina. Ich dachte dasselbe. Es klang wie die Ankündigung eines Kinofilms. Nun war das Video zu Ende.

»Irgendwas stimmt hier nicht«, murmelte ich.

»Ach nein, wirklich?«

»Ich meine, mir kommt da etwas merkwürdig vor. Können Sie den Film mal …«, ich suchte nach einem entsprechenden Wort für die digitale Welt, »zurückspulen? An die Stelle, wo der Zwergengesang beginnt?«

»Klar.« Paulina klickte in die Sekundenleiste unter dem Videobildschirm.

»Johei, johei, die Arbeit ist vorbei«, erklang der Wichtelchor zu der bekannten Musik. »Johei, johei, johei, die Arbeit ist vorbei.«

»Ist das nicht der falsche Text?« Ich grübelte nach, wie ich die Liedzeile in Erinnerung hatte. »Muss es nicht heißen: ›Heiho, heiho, wir sind vergnügt und froh‹?«

»Stimmt«, sagte Paulina. »Jetzt, wo Sie es sagen: Ja, so habe ich das Lied auch im Kopf. Ob das was zu bedeuten hat?« Bevor ich antworten konnte, rief sie aus: »Krass! Das Video ist in den letzten Minuten dreihundertmal aufgerufen worden. Es scheint auf Twitter und Facebook ständig verlinkt, geteilt und retweetet zu werden.«

»Bald sehe ich vor lauter Zwergen den Garten nicht mehr«, sagte ich. »Das mit der Textzeile interessiert mich. Können Sie da mal schauen in Ihrem Google? Vielleicht finden Sie etwas.«

Paulina nickte. Und nach wenigen Minuten hatte sie tatsächlich ein Ergebnis.

»Ich habe ein Disney-Fan-Forum gefunden«, erläuterte sie. »Dort wird genau über diese Frage debattiert. Die englische Originalversion lautet ›Heigh ho, heigh ho, it's off to work we go‹. Was wir gehört haben, ist eine deutsche Synchronfassung aus dem Jahr 1938. Allerdings soll, so wird in dem Forum diskutiert, in der Nazi-Zeit die Musik für Arbeitsmärsche in den

Konzentrationslagern Auschwitz und Buchenwald gebraucht worden sein: ›Johei, johei, die Arbeit macht uns frei.‹ Deshalb wurde in den Nachsynchronisierungen in der Nachkriegszeit das Lied neu übersetzt: ›Heiho, heiho, wir sind vergnügt und froh.‹«

»Verstehe«, sagte ich. Aber ich verstand nicht, was das zu bedeuten hatte. Ich öffnete den Link, den mir Paulina geschickt hatte, und las den Fachartikel über die Geschichte des Gartenzwergs. Ich las, dass die Mütze des Gartenzwergs der Kopfbedeckung der alten Phryger entsprach und dem Hodensack eines Stiers nachgebildet war. Solche ausgestopften Mützen sollten im 13. Jahrhundert Pygmäen aus Schwarzafrika als Schutzhelme im Bergbau getragen haben. Dass solche Bergbautrupps aus sechs bis acht kleinwüchsigen Männern bestanden, die sich möglicherweise irgendwann auf den Weg nach Europa machten, als sie die Bodenschätze ausgeschöpft hatten, sei eine Erklärung für die Entstehung des Märchens von Schneewittchen und den sieben Zwergen.

Das war zwergenhistorisch gesehen hochinteressant. Für unsere Ermittlungen mehr Bedeutung hatte aus meiner Sicht aber die Information, dass fast alle hierzulande in Handarbeit produzierten Gartenzwerge aus Thüringen kamen und aus Ton gefertigt waren. Eine Google-Suche mit dem Begriff »gelber Sandstein« führte mich überraschenderweise als ersten Treffer auf eine Seite namens www.sandstein.pl.

Dass die Länderkennung .pl für Polen stand, überraschte mich jetzt kaum noch. Doch die Seite war komplett in deutscher Sprache gehalten, weshalb ich Paulinas Übersetzungskünste nicht benötigte. Es handelte sich um einen Sandsteinhersteller in einem nicht aussprechbaren Ort namens Gryfów Śląski. Unter der Rubrik »Skulpturen« fand ich eine Bildergalerie mit Buddhas, Nikoläusen, Engeln, Golfspielern, Winzern, Holzhackern, Muttergottesfiguren sowie auch einem Gartenzwerg. Nein, es war nicht irgendein Gartenzwerg, sondern er entsprach exakt dem halben Dutzend zerbrochener Exemplare, die wir in unserer Asservatenkammer liegen hatten.

»Paulina«, sagte ich mit erhobener Stimme. »Ich glaube, ich

habe eine heiße Spur gefunden.« Und fügte geheimnisvoll hinzu: »Die im Sande verläuft.«

»Hä? Was nun?«, fragte sie irritiert zurück.

»Im polnischen Sandstein.«

Sie schaute mich ratlos an. In wenigen Sätzen erklärte ich ihr nicht ohne Stolz meine Rechercheergebnisse. Sie sollte nicht glauben, dass nur die jungen Leute fähig waren, mit dem Internet umzugehen. »Polizeiarbeit Zweipunktnull, nicht wahr?«

Sie lächelte mich mitleidig an, als wollte sie sagen: Ist schon recht, Opa.

In diesem Moment klingelte mein Nokia-Handy mit dem voreingestellten Werksklingelton. Ich erkannte die Mobilnummer meiner Tochter Andrea. In derselben Sekunde fiel mir siedend heiß ein: Sie hatte für heute ihren Besuch angekündigt. Ich schaute auf die Uhr im Display des Schreibtischtelefons. Es war fünfzehn Uhr zehn. Andrea stand vermutlich seit zehn Minuten mit dem versprochenen Eierlikörkuchen vor meiner Wohnungstür.

»Verdammt, das hatte ich völlig vergessen«, murmelte ich und nahm das Gespräch an. »Andrea! Bist du schon da? Ich bin noch im Büro und ...«

Andrea lachte am anderen Ende der Leitung. »Ach Papa, kein Problem.«

Ich hielt meine Hand über das Handy und flüsterte Paulina zu: »Meine Tochter. Sie ist zu Besuch gekommen. Hatte ich total vergessen.«

»Gehen Sie schon«, ermunterte mich Paulina. »Ich kümmere mich hier um den Rest, und morgen machen wir gemeinsam weiter.«

Ich nickte ihr dankbar zu und sprach wieder ins Telefon: »Andrea, bleib, wo du bist. Ich bin in fünfzehn Minuten da.«

***

Als ich mein Fahrrad vor der Dönerbude am Markusplatz ankettete, sah ich Andrea schon vor der Haustür hin und her spazieren. Sie trug wie neuerdings immer eine Handtasche im Eulen-Design. Ein neuer Spleen von ihr. Ich freute mich sehr, sie zu sehen. Dass sie mich immer wieder mal freiwillig in Bamberg besuchte, ließ mein Vaterherz höher schlagen und zeigte mir, dass Judiths Unkenrufe, meine Kinder würden sich von mir entfremden, reiner Psychoterror waren.

Immer wenn Andrea zu Besuch kam, brachte sie einen selbst gebackenen Eierlikörkuchen mit. Große Backkünste waren dafür nicht erforderlich. Es mussten lediglich Mehl, Butter, Zucker, Schokostreusel, Backpulver und eine Tasse Eierlikör verrührt werden, der Teig kam eine Stunde in den Ofen. Und fertig, und lecker.

Andrea war inzwischen sechzehn und besuchte die elfte Klasse des Forchheimer Ehrenbürg-Gymnasiums. Nach dem Abi wollte sie in Bamberg Kommunikationswissenschaft studieren, was ich als verantwortungsbewusster Vater zu verhindern versuchte. Schließlich war der Arbeitsmarkt für Taxi fahrende Akademiker in Bamberg und Umgebung schon hoffnungslos übersättigt.

»Wie geht's Stephan?«, fragte ich, als wir an meinem Küchentisch saßen und ich zum Kuchen Apfelschorle und warme Milch bereitgestellt hatte. Ihr zwei Jahre älterer Bruder war eher technisch interessiert und gewann einen Jugend-forscht-Wettbewerb nach dem anderen. Von mir hatte er das jedenfalls nicht!

»Er hat ein Verfahren entwickelt, mit dem man in Mietshäusern die Bioabfälle für die Beheizung der Wohnräume nutzen kann«, antwortete Andrea. »Diese Erfindung lässt er sich jetzt patentieren, und er will sie weltweit vermarkten. Es gibt schon erste Gespräche mit möglichen Sponsoren.«

Ich fragte mich, ob es Auswirkungen auf die Unterhaltszahlungen hätte, wenn mein Sohn mit seiner Erfindung Millionär werden oder den Nobelpreis gewinnen sollte. »Interessant«, sagte ich. »Hoffentlich hat er trotzdem noch Zeit, um fürs Abi zu lernen.«

Ich probierte ein Stück von Andreas Kuchen, der wie immer köstlich schmeckte und diesmal in Form einer Eule gebacken war. Natürlich fragte ich mich oft, wie mein Leben heute aussähe, wenn Judith und ich uns vor zehn Jahren nicht getrennt hätten. Einvernehmlich, wir hatten uns sogar die Anwaltskosten für die Scheidung geteilt. Vermutlich würde ich mich mit Judith heute immer noch täglich darüber streiten, ob es sinnvoller war, die TV-Fernbedienung immer an einem festen Platz aufzubewahren, oder jeden Abend die erste Meldung in der »Tagesschau« zu verpassen, weil sie mal wieder irgendwo unterm Sofa oder sonst wo verborgen lag. Vermutlich müsste ich mich immer noch jeden Morgen dafür rechtfertigen, die Zeitung beim Frühstück zu lesen. Und ich würde mich maßlos darüber aufregen, wenn ich sie am Abend in zahlreiche Einzelblätter zerfleddert wiederfinden würde. Und wenn ich darauf hinweisen würde, dass man in einem Buch auch nicht die Seiten herausriss, die einen besonders interessierten, würden wieder alle die Augen verdrehen und mich einen spießigen Pedanten nennen.

Das Alleinleben hatte auch seine Vorteile, das wurde mir bei solchen Gedanken immer wieder sehr deutlich. Seit zehn Jahren genoss ich es, mich nicht mehr dafür rechtfertigen zu müssen, einen Zahnputzbecher, Hauspantoffeln oder Stofftaschentücher zu benutzen. Dass ich meine Kinder vermisste, war die andere Seite der Medaille. Und manchmal merkte ich, dass ich mit Paulina ähnliche Diskussionen zu führen hatte wie weiland mit Judith. Der entscheidende Unterschied: Bei Paulina war ich unbestritten der Chef, und das akzeptierte sie. Meistens jedenfalls.

»Du, Papa«, sagte Andrea mit vollem Mund. »Was ich dir noch sagen wollte: Wir sollen uns für die Schule jetzt iPads anschaffen, und die Mama meinte, ich soll dich fragen, ob du dich an den Kosten –«

Ich glaubte, mich verhört zu haben. »iPads? Für die Schule? Ich dachte, der Unterricht wäre die einzige Zeit des Tages, in der ihr nicht auf Bildschirme von Handys und Nintendos glotzt und der digitalen Volksverblödung Vorschub leistet?«

»Papa!«, sagte sie mit ihrem einzigartigen Tonfall, der Entrüstung und Kopfschütteln gleichermaßen überzeugend zum Ausdruck brachte. »Es geht hier um ein Lernmittel. Die Zeiten von Kreide und Schiefertafel sind halt vorbei. Das sollte auch bei dir langsam angekommen sein.«

»Dein Bruder hat's auch ohne iPad bis zum Abi geschafft«, konterte ich. »Und zig Schülergenerationen vor dir auch. Wozu um Himmels willen braucht man in der Schule einen Tischcomputer? Damit man keine schlechten Noten mehr für eine unleserliche Handschrift kassiert?«

»Mama hat gleich gemeint, dass du Nein sagen würdest«, sagte Andrea und schaute trotzig.

»Ich hab ja noch gar nicht Nein gesagt«, erwiderte ich. »Aber ich werde ja wohl meine Bedenken äußern dürfen.«

»Denk halt drüber nach, Papa.«

»Mach ich«, versprach ich, wobei mir das Ergebnis meiner Gedanken schon jetzt klar war. »Was ist denn das für ein Button an deiner Jacke?«, fragte ich. Ich glaubte, den Schriftzug »Legalize it« zu erkennen. Andrea klappte den Kragen ihrer Jeansjacke vor, sodass der Button in voller Pracht zu lesen war. »Gebt das Hanf frei!«, las ich in kleiner weißer Schrift unter den großen Buchstaben auf hellgrünem Hintergrund. Dazwischen war vermutlich eine Hanfpflanze abgebildet. Es erinnerte mich an die Peace-Abzeichen und »Mandela free«-Parolen der achtziger Jahre.

»Den Button tragen fast alle meine Freunde in der Schule. Aus Protest gegen die Beschlagnahmung der Hanfpflanzen von unserem Mitschüler Holger Kulbach. Und gegen die Kriminalisierung von harmlosen Cannabiskonsumenten.«

»Wie bitte?« Ich glaubte, mich verhört zu haben.

»Wir finden es unerträglich, dass in einer Gesellschaft, die den Rausch von Alkohol und Nikotin steuerrechtlich sogar fördert, während der Konsum der völlig ungefährlichen –«

»Cannabis ist nicht ungefährlich«, fiel ich ihr ins Wort. »Das ist eine gefährliche Einsteigerdroge, die psychisch abhängig machen und Psychosen hervorrufen kann. Es sind auch schon Todesfälle in Zusammenhang mit Cannabiskonsum nachgewiesen worden.«

»Papa!«, fiel sie mir ins Wort. »Es sind auch schon Menschen in Zusammenhang mit Aspirin-Tabletten gestorben. Man müsste tausendfünfhundert Pfund Gras kiffen, um daran zu sterben. Und zwar innerhalb von fünfzehn Minuten.«

»Kiffst du etwa auch?«, fragte ich, so streng ich konnte. »Weiß Mama davon?«

»Nein, Papa. Darum geht's auch nicht. Es geht ums Prinzip: Weißt du, dass alle vier Minuten in Deutschland ein Verstoß gegen das Betäubungsmittelgesetz wegen Cannabis aktenkundig wird? Der Staat gibt pro Tag 2,7 Millionen Euro für die Bekämpfung von harmlosen Kiffern aus. Eine Milliarde Euro jährlich. Über dreißig Euro pro Sekunde.«

»Es ist illegal. Und ich möchte nicht, dass die Tochter von Kriminalhauptkommissar Müller etwas Illegales tut, verstanden?«

»Das ist ja das Irre! Und deshalb sind wir auch für die Legalisierung. Der Staat könnte anderthalb Milliarden Euro pro Jahr zusätzlich an Steuern einnehmen. Anstatt das gleiche Geld dafür auszugeben, Kiffern die Tüten wegzunehmen. Kiffen für die schwarze Null, das hat sogar schon ein Grünen-Politiker öffentlich gefordert.«

»Woher weißt du das alles überhaupt? Es wäre schön, wenn du dir so viel Wissen für die Schule aneignen würdest.«

»Vom Holger. Der engagiert sich im Deutschen Hanfverband.«

»Hanfverband? Das klingt nach organisierter Kriminalität. Ich verbiete dir den Umgang mit diesem Holger. Hast du das verstanden?«

»Der Hanfverband ist ein Lobbyverband, der sich dafür einsetzt, dass zunächst Cannabis als Medikament für Schmerzpatienten erlaubt wird. Und du kannst mir nicht verbieten, Kontakt zu einem Mitschüler zu haben.«

»Bist du mit diesem Holger … näher befreundet?« Ich wollte mir nicht vorstellen, meine Tochter irgendwann zum Traualtar zu führen und dort einem Dealer zu übergeben.

»Papa, chill mal wieder! Ich weiß schon, was ich tue. Mach dir mal keine Sorgen. Sehen wir uns nächste Woche wieder? Da wäre ich wieder in Bamberg.«

»Klar. Immer und jederzeit! Was ist denn nächste Woche?« Warum wich sie meiner Frage aus?

»Dann wird auf dem Maxplatz eine Kunstaktion von Melchior Widanje gestartet. Ich schreib für die Schülerzeitung drüber. ›Die Zwergenrepublik‹ ist der Titel der Aktion. Schon von gehört?«

Hatte ich sie richtig verstanden?

»Eine Kunstaktion? Zwergenrepublik?«, vergewisserte ich mich. »Doch, davon hab ich schon gehört.«

Dass ich am nächsten Morgen diese neue Information gleich mit Paulina besprechen wollte, hatte ich längst vergessen, als wir vor der nächsten Leiche in der Konzerthalle standen.

ELF

Der Anruf des Kriminaldauerdienstes hatte mich noch beim Frühstück zu Hause am Küchentisch erreicht, wo ich bei Filterkaffee, Tageszeitung und Bayern 1 entspannt in den Tag gestartet war.

»Ein Toter im Orchestergraben«, lautete die Nachricht, die mich zum sofortigen und vorzeitigen Dienstantritt veranlasste. Wieder konnte ich zu Fuß zum Tatort schreiten.

Mit meinem Dienstausweis verschaffte ich mir Zutritt in den Konzertsaal, wo bereits die emsigen Kollegen vom Erkennungsdienst bei der Arbeit waren.

»Zwei Morde innerhalb einer Woche, das gab's noch nie in der Weltkulturerbe-Stadt«, seufzte ein Kollege im weißen Ganzkörperoverall, den ich nur anhand der Stimme als Benno Meisel erkannte. »Servus, Müller«, begrüßte er mich. »Montage sind das Letzte, oder?«

»Grüß Gott, Meisel.« Ich legte meine Hand an die nicht vorhandene Dienstmütze und salutierte im Vorbeigehen. Dann kam auch schon Paulina auf mich zu. Wieso war sie mal wieder vor mir am Tatort, obwohl ich diesmal absoluten Heimvorteil hatte?

»Guten Morgen, Horst. Sofern man angesichts dieser Umstände von einem guten Morgen sprechen kann.« Sie deutete auf die Umrisse einer Person, die mit weißen Klebestreifen auf dem hellbraunen Parkettboden vor der Orchesterbühne markiert waren.

»Hallo, Paulina«, sagte ich. »Die Kollegen sprechen von Mord, weiß man schon Näheres? Und wen hat's diesmal erwischt?«

Sie schaute in ihr elektronisches Notizbuch und sagte. »Velasco heißt er. Emilio Velasco. Gerade dreißig Jahre alt geworden, ein Spanier mit deutschem Pass. Horniss.«

»Wie bitte?« Ich musste mich verhört haben. »Hornisse? Ein allergischer Schock?« Das wäre eine noch nie da gewesene Mordmethode.

»Quatschomat!« Paulina zeigte mir frecherweise einen Vogel. »HorNIST«, wiederholte sie und bewegte dabei die Lippen wie ein Gebärdendolmetscher. Und als wäre ich völlig deppert, fügte sie hinzu: »Ein Hornspieler. Gemeldete Adresse: Innere Löwenstraße 3.«

»Ja, ja, schon gut. Ich habe verstanden. Das ist gleich bei mir um die Ecke am Markusplatz.« Offenbar wohnte ich in einer musikalischen Gegend. Denn auch die Hornthalstraße, wo Nora Bloch wohnte, war nicht weit entfernt. »Die Leiche ist schon in der Rechtsmedizin?«

Paulina nickte. »Nora Bloch, die Konzertmeisterin, hat den Toten gefunden. Sie steht unter Schock und erholt sich oben in der Kantine. In diesen Minuten sollte eigentlich eine Probe stattfinden.«

»Todesursache?«, fragte ich routiniert. » Liegen irgendwelche augenscheinlichen Verletzungen vor?«

»Keine äußeren Anzeichen von Gewalteinwirkung. Aber Frau Bloch war ganz sicher, dass sie den Geruch von …«

»Bittermandeln?«

Paulina nickte. »Richtig. Die Sterblichkeit bei den Bamberger Symphonikern scheint derzeit erheblich zu sein.«

»Die haben tatsächlich gerade eine höhere Ablebensquote als Bundeswehrsoldaten am Hindukusch«, stimmte ich zu. »Oder hat der Täter beim ersten Mal den Falschen erwischt?«

»Oder die Täterin?«, besserwisserte Paulina, ohne die bekannte Statistik zu erwähnen, wonach die meisten Giftmorde auf das Konto von Täterinnen gehen.

»Wir wissen ja immer noch nicht, wie das Zyankali in den Körper von Marianne Meier gelangt ist. Es ist bei ihr nirgendwo eine vergiftete Substanz gefunden worden, und auch der Mageninhalt hat keinerlei Erkenntnisse gebracht.« Ich hob ratlos die Schultern. »Es scheint, als hätte die Meier das Gift in Wasser aufgelöst getrunken. Aber ihr Trinkglas, das sie während des Konzerts auf ihrem Pult stehen hatte, war sauber. Das hat das Labor eindeutig nachgewiesen.«

»Vielleicht haben wir hier mehr Glück«, sagte Paulina. »Der Spind von Velasco ist eine Etage höher im Zimmer der Blechbläser. Ich bin gespannt, was wir dort entdecken, Horst. Denken Sie auch, was ich denke?«

Ich nickte wortlos. »Aber zuerst rede ich mit Frau Bloch.«

***

»Es ist wie ein Alptraum, ich kann nicht glauben, dass das wirklich wahr ist!« Nora Bloch saß in einem alten Couchsessel in der Konzerthallenkantine, die Hände vor ihr Gesicht geschlagen. Sie war ungeschminkt und leichenblass, auch wenn dies vielleicht gerade der falsche Ausdruck war. Ihre Haare waren leicht zerzaust, sie trug legere Freizeitkleidung.

»Will jemand das Orchester ausrotten? Wer muss als Nächstes dran glauben?«

Ich setzte mich neben sie und widerstand dem väterlichen Drang, ihr tröstend die Hand zu halten.

»Frau Bloch, Sie können mir helfen, die Morde aufzuklären und weitere Verbrechen zu verhindern, wenn Sie mir alles sagen, was Sie wissen. Was können Sie mir über das persönliche Umfeld Velascos berichten?«

»Er ist … war ein Charmeur, ein Herzensbrecher. Das kann man nicht anders sagen. Mit seinen dunklen Augen und seinen wallenden Haaren, seiner tiefen Stimme mit dem spanischen Akzent, seinem unwiderstehlichen Lächeln … die Frauen lagen ihm zu Füßen.« Sie lächelte verträumt und schaute an mir vorbei durch das Fenster auf die Regnitz. »Er hätte jede haben können.«

»War er liiert?«, fragte ich. »Gab es Beziehungen mit anderen Orchestermitgliedern?«

»Ja«, antwortete sie sofort. »Er war jahrelang mit Hagen Römer zusammen. Auch ein Hornist, der früher bei uns gespielt hat.«

»Äh, ein Hornist? Ein Mann?«, fragte ich verwirrt nach.

Sie lachte leise. »Ja, das hätten Sie jetzt nicht gedacht, oder? Ich finde auch, dass es Verschwendung war, dass er sich nicht für Frauen interessierte. Jedenfalls nicht schwerpunktmäßig.«

»Das heißt, er hatte eine homosexuelle Beziehung zu einem Orchesterkollegen, der aber jetzt nicht mehr dabei ist?«, hakte ich nach.

»Richtig, es ist schon ein paar Jahre her, und es gab ständig Gerede. Es kam Römer wohl nicht ungelegen, dass sich ihm die Chance bot, ein eigenes musikalisches Projekt zu starten. Er gründete die Bamberger Hörnla, zusammen mit Velasco und einem dritten Hornisten, Franjo Behrens.«

»Die Bamberger Hörnla? Ich kenne das nur als Kartoffel und als Gebäck.«

»Es ist ein Horn-Trio, die drei waren sehr erfolgreich, hatten viele Auftritte auf Festspielen und im Fernsehen, haben CDs aufgenommen und sogar ein eigenes Opernfragment geschaffen. Wir haben sie intern immer die Hornys genannt, wenn wir uns über sie lustig machen wollten. Die meisten haben sie für ihren Solo-Erfolg respektiert, aber manche waren auch einfach nur neidisch.«

»Und der Dritte im Bunde, dieser Franjo Behrens, ist auch … äh …«

»Nein«, sie lachte wieder. »Der ist verheiratet und wohnt auf der Erba. Er spielt bei den Nürnberger Symphonikern.« Ich merkte, dass ihr das Gespräch und die Ablenkung guttaten. Sie sah wieder besser aus. »Möchten Sie etwas trinken, Herr Kommissar? Kaffee?« Sie deutete auf einen Vollautomaten. »Ist nur ein Knopfdruck, keine Umstände.«

»Ich weiß«, entgegnete ich. »Aber vielen Dank. Was ist eigentlich Ihre Aufgabe als Konzertmeisterin?«

»Nun, ich bin zunächst die Stimmführerin bei den ersten Violinen. Ich überwache das Einstimmen, spiele die Violin-Solo-Stellen, gebe die Zeichen, wann das Orchester aufsteht und sich wieder setzt, wann wir dem Dirigenten applaudieren und so weiter. Das läuft alles über Blickkontakte. Und bei den Proben muss ich manchmal auch den Dirigenten vertreten.«

»Gibt es denn viele, die sich neben ihrem Hauptjob im Orchester noch in Solo-Projekten engagieren?«

»Das ist besonders für unsere Solisten interessant und lukrativ. Weil sie weniger Schichten machen müssen, haben sie entsprechend mehr Kapazitäten für andere Sachen. Ich selbst habe auch schon eine Solo-CD aufgenommen. Aber da geht's nicht um den kommerziellen Erfolg, eher um Liebhaberei.«

»Verstehe«, sagte ich. »So wie das Kleingärtnern, stimmt's?«

Ich hatte den Eindruck, dass sie diesen Vergleich nicht sehr passend fand.

»Seitdem die Sache mit den Gartenzwergen in der Zeitung stand, habe ich überhaupt keine Lust mehr auf Schrebergarten, wissen Sie? Gartenzwerge sind mir unheimlich geworden. Kennen Sie die berühmte Szene aus dem Film ›Wenn die Gondeln Trauer tragen‹? Daran muss ich immer denken.«

Ich nickte verständnisvoll. »Das kann ich mir gut vorstellen. Wir stehen hier vor einem Rätsel und hoffen, dass wir die Sache bald aufklären können. Übrigens habe ich die Einladung zum Frühlingsfest der Kleingärtner auch bekommen. Vielleicht sollten wir uns da sehen lassen, um unsere Chancen auf die freie Parzelle zu erhöhen, was meinen Sie?«

»Wenn ich das richtig sehe, konkurrieren wir ja miteinander. Es kann nur einer den Zuschlag bekommen. Im Moment würde ich wie gesagt am liebsten meine Bewerbung zurückziehen.« Sie seufzte. »Glauben Sie, Herr Kommissar, dass wir es hier mit einem Irren zu tun haben? Einem Gartenzwerg-Killer, der uns alle nacheinander vergiften will?«

»Nein, ganz bestimmt nicht«, versuchte ich, sie zu beruhigen. »Die meisten Mordmotive sind im zwischenmenschlichen Bereich zu finden. Psychopathische Serienkiller gibt's vorwiegend in billigen Romanen und im Privatfernsehen.«

Ich hoffte inständig, dass ich überzeugender klang, als ich es in diesem Moment war.

ZWÖLF

In der ersten Etage der Konzerthalle wartete Paulina auf mich im Bläserzimmer. Etwa ein halbes Dutzend Spinde aus weißem Metall befand sich in dem Raum. Jeder einzelne war mit einem Namensschild versehen.

»Ist nicht abgeschlossen«, sagte Paulina und deutete auf die Spindtür, deren Verschluss mit einem kleinen Schieber geöffnet werden konnte. »Ich hab schon reingeschaut, aber nichts angefasst. Sehen Sie selbst.« Sie trat einen Schritt zur Seite, und wie die Assistentin eines Zauberers in der Zirkusmanege öffnete sie mit einem Schwung die Metalltür, was ein leicht kreischendes Geräusch verursachte. Fehlte nur noch ein Tusch. Tataaaa.

Ich war nur mittelmäßig überrascht, einen bierflaschengroßen Gartenzwerg mit weißem Bart und roter Zipfelmütze vorzufinden.

»Wir sollten anfangen, den Wichteln Namen zu geben, finden Sie nicht, Horst?«, meinte Paulina.

»Ja«, stimmte ich zu und holte die Einweghandschuhe aus der Innentasche meines Cordsakkos, um das Corpus Delicti sicherzustellen. »Dieser Knabe hier unterscheidet sich von seinen Kollegen allerdings durch ein nicht ganz unwichtiges Detail.« Ich hob den Zwerg hoch und hielt ihn gegen das Licht, das durch das Fenster in den Raum schien. »Fällt Ihnen was auf, Paulina?«

»Natürlich«, antwortete sie. »Der Zwerg ist heile. Der Kopf ist dran. Vielleicht wurde er nicht geköpft, sondern vergiftet. Mit Zyankali.«

»Sehr komisch«, sagte ich. »Wenn ich ihn mir genauer anschaue …«, ich rieb mit dem Daumen über eine unebene Stelle am Hals, »… dann hat jemand versucht, den Kopf abzutrennen. Sehen Sie hier!« Ich zeigte ihr den Zwerg mit der entsprechenden Stelle.

»Stimmt«, sagte sie. »Vielleicht mit einem Messer oder einem Schraubenzieher. Scheint aber ein stabiles Material zu sein.«

»Mal angenommen, Sie würden einer Tonfigur den Kopf

abtrennen wollen«, ich legte die Stirn nachdenklich in Falten, »wie würden Sie vorgehen?«

»Sie meinen, wenn mir keine Zwergen-Guillotine zur Verfügung stünde?«

»Genau.«

»Hm, gar nicht so einfach«, murmelte sie. »Eine Axt oder ein Beil wären nicht zielführend. Der Zwerg würde wohl eher in tausend Scherben zerbersten.«

»Säge?«, dachte ich laut nach und gab die Antwort selbst: »Auch schwierig. Jedenfalls mit den Geräten, die man so im Werkzeugkasten hat. Vermutlich bräuchte man wirklich ein Spezialgerät.«

»Bei den übrigen Zwergen wurde der Kopf sehr sauber abgetrennt«, sagte Paulina. »Ich würde sagen: fachmännisch, ohne dass Stückchen abbröckeln oder zersplittern. Ich denke, wir sollten diesen Zipfelmützenträger genauer unter die Lupe nehmen.«

»Ja, das machen wir. Sehen Sie die Krümel hier auf dem Boden?« Ich deutete auf den blauen PVC-Belag. »Die müssen frisch sein, wenn man davon ausgeht, dass hier regelmäßig gewischt wird.«

»Die Krümel könnten hierzu passen«, sagte Paulina und griff nach einer zerknüllten Papiertüte, die unten im Spind zwischen einem schwarzen Paar Lackschuhen und einer Tüte Hustenbonbons lag. Vorsichtig glättete sie das Papier und las die braunrote Aufschrift auf der weißen Tüte vor: »Bäckerei Pagel. Bamberger Backtradition seit 1824.«

»Hoffen wir mal, dass denen in der Bäckerei nicht versehentlich ein Zyankalifass in die Rührschüssel gefallen ist.«

»Dann hätten wir jetzt ein größeres Problem, bei vierundzwanzig Filialen in der Stadt mit Umland.«

»In dem Fall hätte man uns wohl schon seit der Frühstückszeit noch das eine oder andere Opfer gemeldet.« Dann fiel mir ein, was ich Paulina unbedingt noch erzählen wollte. »Übrigens, ich bin noch gar nicht dazu gekommen, es Ihnen zu sagen: Ich weiß jetzt, was es mit der Zwergenrepublik auf sich hat.«

»Ach ja? Was denn?«

Ich berichtete Paulina in wenigen Worten, was ich von meiner

Tochter Andrea erfahren hatte, dass nämlich in der kommenden Woche eine Kunstaktion mit dem Titel »Die Zwergenrepublik« auf dem Maxplatz vor dem Rathaus eröffnet werden sollte.

»Das kann kein Zufall sein, oder?« Dann schlug sie vor: »Ich denke, wir sollten auf dem Weg ins Büro einen Abstecher ins Kulturreferat machen.«

»Einverstanden«, sagte ich.

***

Eine halbe Stunde später saßen wir bei Dr. Knuth von Sonnenberg in Raum 107 des Rathauses. Der Kulturreferent war ein hemdsärmeliger Mann Anfang sechzig mit Vollbart und Künstlermähne. Auf der Nase trug er eine schrille Plastikbrille mit roter Fassung und blau getönten Gläsern. Im linken Ohr blitzte ein silberner Ring, was ich für einen Mann seines Alters völlig unpassend fand. Hinter seinem Schreibtisch hing ein Gemälde, das aus einer weißen Leinwand und einigen völlig uninspirierten violetten Farbspritzern bestand. Von seinem Schreibtisch lachte mich eine Skulptur an, die eine Mischung aus Sindbad, Wickie und Papa Schlumpf darstellte. Kurzum: Dr. von Sonnenberg schien ein ausgewiesener Experte für moderne Kunst zu sein.

»›Die Zwergenrepublik‹, tja …« Von Sonnenberg seufzte angestrengt und schien zu überlegen, was er auf unsere Frage antworten sollte. »Es handelt sich um ein großes Geheimprojekt, über das ich eigentlich nicht reden darf. Über Einzelheiten ist nicht einmal der Oberbürgermeister informiert.«

Paulina und ich schauten uns ratlos an. Von Sonnenbergs Tonfall klang, als spreche er über ein geheimes Rüstungsvorhaben. Er stand von seinem Stuhl auf und schaute durch sein Fenster auf den Maxplatz.

»Künstler«, seufzte er. »Ich mache diesen Job hier jetzt seit fast fünfundzwanzig Jahren, in denen ich es nur mit Künstlern zu tun hatte. Glauben Sie mir, das ist nicht leicht. Seien Sie froh, Frau Kommissarin, Herr Kommissar, dass Sie sich mit Kriminellen herumschlagen müssen. Sie haben Gesetze, in denen schwarz auf weiß steht, was richtig und was falsch ist. Und wenn jemand gegen diese Gesetze verstößt, weiß man wenigstens, woran man ist. In der Kunst gibt es keine Gesetze.«

»Ähm …« Ich bemühte mich, nicht ungeduldig zu klingen. »Was genau wollen Sie uns damit sagen, Herr Dr. Sonnenberg? Wir haben es mit zwei toten Künstlern zu tun. Und da gibt es sehr wohl eindeutige Gesetze.«

Sonnenberg seufzte wieder. »Ich dachte mir, dass Sie mich nicht verstehen. Was ich Ihnen sagen will: Melchior Widanje ist ein Künstler von Weltformat. Er hat zusammen mit Ai Weiwei in New York und Paris ausgestellt. In Deutschland war noch nie ein Kunstwerk von ihm zu sehen. Und dass er jetzt erstmals eine Installation bei uns in Franken präsentieren wird, ist nur aufgrund ganz persönlicher und diskreter Beziehungen sowie langjähriger Verhandlungen möglich geworden. Und zwar unter der Bedingung absoluter Geheimhaltung.«

»Moment mal«, warf Paulina dazwischen. »Sie sprechen von einem Künstler aus der Liga von Ai Weiwei. Und dabei haben wir es zu tun mit … Gartenzwergen?«

Von Sonnenberg schüttelte verzweifelt den Kopf und nahm wieder auf seinem Stuhl Platz.

»Sie unterschätzen die kulturelle Bedeutung des Gartenzwergs. Ihn als Kronzeugen für die Borniertheit eines ganzen Volkes zu missbrauchen, deutet von einer bodenlosen Ahnungslosigkeit.«

»Hä?«, sagte Paulina voll bodenloser Ahnungslosigkeit.

»Der Gartenzwerg gehört zweifellos zur deutschen Hochkultur. Ich denke nur an seine Erwähnung in Goethes Versepos ›Hermann und Dorothea‹. Sie erlauben mir einen kleinen historischen Exkurs? In der heutigen Osttürkei lebten im 13. Jahrhundert Sklaven, die im Bergbau arbeiteten und als Schutzhelm ausgestopfte Zipfelmützen trugen. Ihre angeblichen übernatürlichen Kräfte verunsicherten die Grubenbesitzer, weshalb sie von ihnen Nachbildungen aus Stein anfertigten, um ihre magischen Kräfte zu bannen. Im 14. Jahrhundert sollen Kaufleute die Steinfiguren nach Italien gebracht haben, 1420 tauchten erste meterhohe Figuren beim deutschen Adel auf. Der heutige Gartenzwerg kann also guten Gewissens als Botschafter der Völkerverständigung und der multikulturellen Vielfalt Europas betrachtet werden.

Das Widanje-Projekt steht unter dem Metathema von Toleranz und Weltoffenheit. Und die Voraussetzung für das Gelingen des Projekts ist, dass nur der Künstler selbst entscheidet, zu welchem Zeitpunkt die Öffentlichkeit Einzelheiten erfährt. Wir wollten nicht den Fehler machen wie die Kollegen in Bayreuth. Denen hatte ein Künstler im vergangenen Jahr angeboten, zehn Wagner-Skulpturen im Festspielpark aufzustellen. Doch die Stadt lehnte ab mit der Begründung, neue Kunstwerke müssten durch eine öffentliche Ausschreibung oder einen Wettbewerb ausgewählt werden. Und die Stadt wolle mit der Annahme eines Geschenks keinen Präzedenzfall schaffen. Absolut lächerlich. So kleinkariert wollen wir uns in Bamberg nicht auf Paragrafen zurückziehen und mit kommunaler Bürokratie die Performance eines Künstlers von Weltformat verhindern. Nur die Gleichstellungsbeauftragte der Stadt hätte beinahe das Projekt zum Scheitern gebracht.«

»Die Gleichstellungsbeauftragte?«, wunderte sich Paulina.

»Ja, und zwar mit dem Einwand, dass Widanje nur männliche Zwerge in der Stadt aufstellen will. Sie forderte eine Zwerginnenquote von mindestens vierzig Prozent. Wir konnten das mit Hinweis auf die Kunstfreiheit ablehnen. Außerdem werden weibliche Gartenzwerge von der Gartenzwergforschung als Frevel abgelehnt.«

»Das leuchtet ein«, sagte ich. »Schließlich sind beim ›Letzten Abendmahl‹ von Leonardo da Vinci auch nur Männer abgebildet, ohne dass es jemanden stören würde. Verstehe ich Sie also richtig, dieser Wi…, Wi…«

»Widanje!«

»Danke. Also, dieser Herr Widanje kommt nach Bamberg und will hier Gartenzwerge ausstellen?«

»Ohne sich Sorgen zu machen, die stolzen Einwohner der Weltkulturerbe-Stadt könnten sich leicht verarscht fühlen?«, sagte Paulina.

»Ich darf doch sehr bitten«, empörte sich der Kulturdezernent. »Ich kann Ihnen leider auch keine Details über die geplanten Aktionen sagen. Selbst wenn ich wollte. Wir wissen nur, dass die Eröffnung am Wochenende hier vor dem Rathaus stattfinden wird.«

»Und was hat es mit diesem YouTube-Video auf sich, das seit Kurzem verbreitet wird?«, fragte Paulina.

»Das ist eine Maßnahme eines mehrstufigen PR-Konzeptes. Es soll die Bürger darauf hinweisen, dass etwas passieren wird. Ohne zu verraten, was passieren wird. Haben Sie schon mal etwas von viralem Marketing gehört?«

»Aber Mord gehört nicht zu diesem mehrstufigen PR-Konzept, oder?«, sagte ich etwas unvorsichtig. Denn dies war Dr. Sonnenberg offenbar zu viel der Unterstellung.

»Ich habe Ihnen gesagt, was ich sagen kann. Wenn Sie keine weiteren Fragen haben … Ich habe noch Termine.«

Wir verabschiedeten uns freundlich.

»Sind wir jetzt schlauer?«, fragte mich Paulina auf dem Behördenflur.

Ich zuckte mit den Schultern. »Dass die Kunst- und Kulturheinis nicht ganz normal ticken, wussten wir schon vorher, oder?«

DREIZEHN

Ich betrat gerade das Büro, als mein Telefon klingelte. Eine Erlanger Nummer wurde angezeigt.

»Das wird Professor Reißer sein«, sagte ich, während ich den Hörer abnahm.

»Das wäre außerordentlich schnell«, bemerkte Paulina, während ich mich korrekt mit Namen und Dienstgrad meldete.

Der Gerichtsmediziner teilte mir seine Erkenntnisse mit, die ich, während ich meine Hand über die Sprechmuschel hielt, Paulina leise mit dem Wort »Zyankali« zusammenfasste. Sie war darüber ebenso wenig überrascht wie ich. Was er mir des Weiteren erzählte, klang mehr wie ein Kuchenrezept. Ich notierte auf einem Zettel, was mir Professor Reißer über den Mageninhalt des Toten verriet: »Margarine, Weizenmehl Typ fünfhundertfünfzig, Mischverhältnis zwei zu acht bei einem Gesamtvolumen von fünfundsiebzig Gramm.«

Dann versicherte der Gerichtsmediziner mir, dass er mir den schriftlichen Bericht schnellstmöglich zukommen ließe. Ich bedankte mich freundlich und legte auf, nicht ohne ihn eindringlich zu bitten, diesmal auf jedweden Scherz bei der Übermittlung des Ergebnisses zu verzichten.

»Tauschen Sie mit Reißer jetzt Rezepte für Gebäck aus?«, fragte Paulina mit großen Augen.

»Gebäck?«, wiederholte ich.

»Was sonst besteht nur aus Margarine und Mehl? War das der gesamte Mageninhalt von Velasco?«

Ich nickte. »Laut Reißer hatte er vor seinem Tod nichts anderes zu sich genommen. Vermutlich wirkt das Gift auf nüchternen Magen noch effektiver.«

»Haben Sie Weizenmehl Typ fünfhundertfünfzig gesagt?«, fragte Paulina. »Normalerweise hat man fürs Kochen und Backen immer Typ vierhundertfünf zu Hause. Ich wusste gar nicht, dass es noch anderes gibt.«

»Es ist jedenfalls anzunehmen, dass sich in der Brötchentüte der Bäckerei Pagel, die wir bei Velasco gefunden haben, ein vergiftetes Gebäckteilchen befunden hat. Paulina, Sie sagten doch, Velasco wohnte in der Inneren Löwenstraße. Da ist eine Filiale der Pagel-Bäckerei. Es ist anzunehmen, dass er sein Gebäck dort gekauft hat, bevor er in die Konzerthalle gegangen ist.«

»Möglich«, sagte sie. »Das heißt, wenn wir von einem vergifteten Brötchen ausgehen und ausschließen, dass es in der Bäckerei vergiftet wurde, dann muss das Zyankali irgendwo zwischen Backstube und Konzerthalle hineingekommen sein.«

»Richtig«, sagte ich. »Aber bevor wir dort nachfragen, sollten wir uns noch die Zwerge genauer ansehen. Außerdem erwartet Dr. Goos heute Nachmittag unseren Bericht über den Stand der Ermittlungen.«

Ich ging zu dem Aktenschrank hinter meinem Schreibtisch, den wir während laufender Ermittlungen gelegentlich als Asservatenschrank benutzten. Ich holte alle bisher sichergestellten, in Plastiktüten verpackten Zwergenfiguren samt abgetrennten Köpfen heraus und stellte sie nebeneinander auf meinen Schreibtisch.

»Sieht ein bisschen aus wie Geisterbahnpersonal, finden Sie nicht?«, spottete Paulina.

»Darf ich um ein bisschen mehr Ernsthaftigkeit bitten?«, erwiderte ich mit angemessener Strenge im Tonfall. »Es handelt sich hier um eine kriminaltechnische Untersuchung zur Aufklärung zweier Tötungsdelikte.«

»Ja, ja, schon gut«, sagte Paulina, ohne ihr süffisantes Lächeln abstellen zu können. Ich zog meine Plastikhandschuhe über und löste sorgfältig die Verpackungsfolien von den Figuren und ihren Köpfen. Sie waren alle gleich groß und hatten alle rote Zipfelmützen, die mal nach links und mal nach rechts herunterbaumelten. Farbe und Form der Bärte unterschieden sich minimal. Jeder hatte ein anderes Utensil in der Hand, mal eine Gießkanne, eine Laterne, eine Schaufel, eine Harke. Dann stellte ich den ungeköpften Zwerg, den wir bei Velasco gefunden hatten, in die Reihe.

»Sehen Sie auch, was ich sehe?« Ich schaute Paulina fragend an.

»Der Knabe ist etwa einen Zentimeter größer als die anderen«, sagte sie. »Aber nicht nur das. Die Mütze!«

Tatsächlich. Das Rot der Zipfelmütze war eine Spur dunkler, was aber nur im direkten Vergleich zu erkennen war.

»Darf ich mal?«, sagte Paulina und wollte einen Zwerg in die Hand nehmen.

»Natürlich, aber Vorsicht wegen der Spuren!« Ich griff in meine Sakkotasche und reichte ihr ein frisches Stofftaschentuch.

»Igitt«, schrie Paulina auf. »Sie benutzen Stofftaschentücher?«

Erschrocken zog ich meinen ausgestreckten Arm zurück und fragte verwirrt: »Ja, warum nicht? Es ist frisch, unbenutzt und gebügelt. Nehmen Sie ruhig.« Dass auch mein Monogramm aufgestickt war, erwähnte ich nicht extra. Die Buchstaben H und M hätten bei ihr eh die falschen Assoziationen geweckt.

»Das ist ja ekelig!« Ihre Tonlage erhöhte sich um anderthalb Oktaven. »Wissen Sie nicht, wie unhygienisch Stofftaschentücher sind?«

»Und wissen Sie, wie viele Bäume für die Produktion von Milliarden Tempos pro Jahr sterben müssen?« Ich war mir zwar nicht sicher, wie die Zellulose für Papiertaschentücher genau hergestellt wurde, aber ich gewann wertvolle Sekunden, um mir ein weiteres Argument in der ewigen Rechtfertigung meiner vermeintlichen Spießigkeiten zurechtzulegen. »Und jetzt stellen Sie sich mal den Berg von Milliarden weggeworfenen Papiertaschentüchern vor, die Jahr für Jahr auf den Mülldeponien landen!«

Sie konterte, ohne nachzudenken: »Dann rechnen Sie mal den Wasser- und Waschmittelverbrauch aus, der entsteht, wenn wir alle unsere Rotzfahnen …«

»Nennen Sie mein Taschentuch nicht Rotzfahne!«

»… wenn wir alle unsere bestickten Stofftaschentücher in die Waschmaschine werfen würden.«

»Falsch«, hakte ich ein. »Kein Mensch wird eine Waschmaschine anschmeißen, um ein Stofftaschentuch zu waschen. Und niemand wird so lange gebrauchte Taschentücher sammeln, bis er eine Wäschetrommel voll hat. Vielmehr fahren die Stofftaschentücher in der Waschmaschine mit, so wie ein Passagier im umweltfreundlichen Linienbus, der sowieso von A nach B fährt.«

Ich holte Luft, um fortzufahren: »Im Übrigen geht's hier nicht um den Klimawandel oder den Schutz des Regenwaldes, sondern um Geschmack und Stil.«

»Wie bitte?«

»Ich hoffe ja, dass ich Sie nie zum Weinen bringen werde. Aber falls doch, dann reiche ich Ihnen souverän ein Taschentuch, mit dem Sie Ihre Tränen trocknen können. Und außerdem: Vermutlich wäre Desdemona nicht von Othello wegen angeblicher Untreue erstochen worden, wenn sie ein Tempo verloren hätte, das der Finder in den Mülleimer geworfen hätte, anstatt es Cassio zu übergeben.«

»Ach, Sie kennen sich mit Klassikern von Shakespeare aus?«

»Sie unterschätzen mich zu oft, Paulina.«

»Okay, Sie haben gewonnen. Danke.« Sie nahm mir das Tuch aus der Hand und hob damit die Zwerge nacheinander an.

»Auch wenn wir keine Briefwaage hier haben: Der dürfte mindestens fünfzig Gramm schwerer sein als seine Kameraden.«

»Das heißt«, mutmaßte ich, »dass wir es hier mit einem Trittbrettfahrer zu tun haben könnten? Einem Nachahmungstäter?«

»Sieht so aus. Aber was sagt uns das? Haben wir es jetzt mit zwei Mördern zu tun?«

»Schlimmstenfalls ja.« Ich seufzte. »Allerdings ist in der Öffentlichkeit bislang nicht bekannt, dass der erste Mord mit Zyankali verübt wurde. Woher sollte ein Nachahmer davon erfahren haben?«

»Und was berichten wir nun Dr. Goos?« Paulina guckte mich mit großen Augen an. »Wenn wir ihm sagen, dass wir nach zwei Tätern suchen, dann sind wir den Fall los, und es wird ratzfatz eine Soko in Bayreuth eingerichtet.«

»Hm. Vielleicht haben Sie recht.« Eine Sekunde lang überlegte ich, welche Vorteile es hätte, die Verantwortung für die Ermittlungen in diesem Fall abzugeben. Doch als ehrgeiziger Beamter hatte ich auch meinen Stolz. »Gehen Sie hoch zu Dr. Goos«, sagte ich dann. »Und von unserem kleinen Zwergenexperiment hier wissen Sie einfach nichts.«

Paulina hatte verstanden. Sie nickte mir zu und war im nächsten Moment schon fast aus dem Zimmer verschwunden. In der Tür hielt sie inne und drehte sich noch mal um.

»Besten Dank«, sagte sie und gab mir mein Stofftaschentuch zurück. Ich faltete es wieder ordentlich zusammen und steckte es ein.

Als sie das Büro verlassen hatte, setzte ich mich an meinen Computer und öffnete das E-Mail-Programm. Es ging mir ziemlich auf die Nerven, dass man durch die neue Technologie immer und für jeden erreichbar war. Und als noch viel belastender empfand ich, dass jeder, der einen mit sinnlosen Anfragen belästigte, auch noch in Minutenschnelle Antwort erwartete. Manchmal machte ich mir einen Spaß daraus und druckte E-Mails aus, um sie dann per Hauspost oder Fax zu beantworten. Das war meine ganz persönliche Art der Entschleunigung. Besonders nervtötend war die große Zahl von unverlangt eingesandter Werbung, obwohl die Firewall der bayerischen Polizei schon den meisten Mail-Unrat herausfilterte. Ich löschte also mal wieder eine Reihe von Anpreisungen für Potenzmittel, Billigkredite und anderen Tand, bevor mir eine Mail mit dem ungewöhnlichen Absender »Zwerg Nase« ins Auge sprang.

»Sehr geehrter Herr Kommissar Müller«, las ich die Anrede im Vorschaufenster und bemerkte sofort, dass es sich diesmal nicht um eine heiratswillige Südamerikanerin handelte, die mir die Hälfte ihres Millionenvermögens versprach, wenn ich ihr rasch eine kleine Soforthilfe in Höhe von zwanzigtausend Dollar überweisen würde. Ich öffnete die Mail, die aus vier mageren Zeilen bestand.

»Brauchen Sie beim Ermitteln eine Krücke?
Kommen Sie zur Unteren Brücke.
Kommen Sie allein zur neunten Stund.
Es erwarten Sie Zwerg Nase und Kunigund.«

Auch mit meinem informationstechnologischen Unwissen konnte ich schnell feststellen, dass die Mail von einer erfundenen Absenderadresse verschickt worden war.

Wollte mich hier jemand reinlegen? Ein Spaßvogel, der in der Zeitung die Berichterstattung verfolgt hatte? Die E-Mail-Adresse jedes bayerischen Polizeibeamten konnte man ohne besondere Recherchekünste herausfinden: Sie bestand aus Vorname Punkt Nachname Klammeraffe Polizei Punkt Bayern Punkt DE. Ich überlegte, ob in irgendeinem Zusammenhang mit den Gartenzwerg-Morden mein Name öffentlich genannt worden war. Doch dies war nicht der Fall. Woher wusste also Zwerg Nase meinen Namen? Und was sollte diese merkwürdige Einladung zur Unteren Brücke? Neunte Stunde sollte wohl einundzwanzig Uhr bedeuten. Es war also noch etwas Zeit, zu überlegen, wie ich mit diesem anonymen elektronischen Brief umgehen sollte.

VIERZEHN

Ich kann nicht mehr genau sagen, warum ich mich entschlossen hatte, Zwerg Nase allein aufzusuchen, ohne Paulina von der merkwürdigen Einladung zu erzählen. Ich hatte sie heimgeschickt und war in die Altstadt geradelt. Meinen Drahtesel parkte ich am Obstmarkt vor dem Hutgeschäft, das immer noch im Schaufenster auf das Firmenjubiläum »1867 bis 1967« hinwies, was ich für einen Beweis von einem Geschäftsgebaren hielt, das über den Tag hinaus reichte und sich nicht von schnelllebigen Trends beeinflussen ließ, die heute kamen und morgen gingen. Dass es in Bambergs gemütlichem Zentrum sogar mehrere Hutgeschäfte gab, machte einen der Gründe deutlich, warum mir diese Stadt so ans Herz gewachsen war: Als Hutträger wurde ich hier nicht wie ein Außerirdischer oder ein vergessenes Relikt der Adenauer-Ära betrachtet. Wenn es einen Verband der Hutträger gäbe, er hätte seinen Sitz genauso in Bamberg wie der Deutsche Minigolf-Verband. In der Fußgängerzone gab es übrigens auch noch ein CD- und Musikkassettengeschäft, eine Oase im Zeitalter von MP3, Spotify, Soundcloud und wie dieser ganze digitale Kram hieß, der ohne Plattenhüllen auskam.

Ich schlenderte unauffällig Richtung Brücke, auf der ich die bettelnden Obdachlosen mit ihren zerlumpten Altkleidern von den Jugendlichen und Studenten mit ihren zerfetzten Löcher-Jeans nur durch die elektronische Ausstattung mit Kopfhörern und Smartphones unterscheiden konnte. Langsam spazierte ich über die Brücke, an der meine uniformierten Kollegen regelmäßig nächtliche Einsätze wegen Ruhestörung hatten. Ich überlegte, bei wem es sich um Zwerg Nase handeln könnte.

»Glotz nicht so, Opa«, rief mir eine halbwüchsige Göre mit viel zu kurzem Rock, kaputten Strumpfhosen und einer Bierdose in der Hand zu.

Ich beherrschte meinen ersten Reflex, in die Innentasche meines Mantels zu greifen und ihr mit dem Wort »Kriminalpolizei« meinen Dienstausweis vor die Nase zu halten, und nahm in Kauf, dass sie mich für einen sabbernden alten Gaffer hielt, der sich an Mädchen mit kaputten Strumpfhosen ergötzt.

Erst jetzt bemerkte ich, dass es sich gar nicht um eine Strumpfhose handelte, sondern das Teil nur bis zu den Knöcheln reichte, wie eine Trainingshose. Leggins nannte man das wohl, trug Paulina auch gelegentlich, aber ohne Löcher.

Ich ging weiter und näherte mich der Kunigundenfigur mit ihrer goldenen Krone und dem goldenen Zepter, der regelmäßig von Souvenirjägern abgebrochen und dann jedes Mal durch eine neue Attrappe ersetzt wurde. Zu ihren Füßen saß eine Gestalt auf dem Boden: ein älterer Mann mit runzligem, pausbackigem Gesicht und einem akkurat geschnittenen weißen Vollbart. Auf dem Kopf trug er eine gefütterte Kappe aus speckigem Leder wie Piloten in alten Schwarz-Weiß-Filmen. Als sich unsere Blicke trafen, stand er auf und kam auf mich zu.

»Herr Kommissar«, flüsterte er und schaute sich vorsichtig um. Seine Stimme klang osteuropäisch. »Kommen Sie mit!«

»Wer sind Sie?«, fragte ich leise zurück. »Und was soll die Geheimniskrämerei?«

»Pssst«, machte er und legte den Zeigefinger auf seine Lippen. Dann beugte er sich zu mir und sagte leise: »Gehen wir runter ans Wasser. Da sieht und hört uns niemand.«

Ich schaute mich um. Die Jugendlichen auf der Brückenmauer interessierten sich nicht für uns. Auch sonst war niemand in der Nähe. Das Hutzelmännchen sah nicht so aus, als könnte es mir gefährlich werden. Ich war dennoch beruhigt, meine Dienstwaffe im Holster unter der Schulter zu tragen. Man konnte ja nie wissen!

»Also gut, gehen wir runter«, sagte ich.

Ich hörte, wie die kaputte Strumpfhose uns etwas hinterherrief, das wie »alte Säcke« klang, jedoch im Scheppern einer geworfenen Bierdose unterging.

»Entschuldigen Sie diese unkonventionelle Art der Kontaktaufnahme«, sagte der Unbekannte, als wir den Uferweg am Wasser entlangspazierten, an einem Toilettenhäuschen vorbei unter der Brücke hindurch. »Dr. Sonnenberg hat mich über Ihre

Recherchen in dieser Sache informiert. Gestatten Sie nun, dass ich meine Identität preisgebe«, sagte der Mann, der einen Kopf kleiner war als ich.

»Ach, Sie heißen gar nicht Zwerg Nase?«

Er überging meine süffisante Bemerkung und sagte: »Mein Name ist Widanje. Melchior Widanje.«

Der Künstler mit der Zwergen-Installation, dachte ich und sagte: »Sehr erfreut. Möchten Sie ein Geständnis ablegen? Falls Sie mit zwei Morden Interesse für Ihr Kunstprojekt wecken wollten, dann ist Ihnen das gelungen, Herr Widanje. Von der Kunstfreiheit im deutschen Gesetz wäre das allerdings nicht abgedeckt.« Ich glaubte nicht wirklich, dass Widanje die beiden Orchestermusiker vergiftet hatte, aber ich wollte den merkwürdigen Künstler aus der Reserve locken.

»Selbstverständlich habe ich keine Morde begangen, Herr Kommissar«, sagte er erwartungsgemäß. »Und falls Sie mir nicht glauben: Ich bin erst seit heute in Bamberg. Die Zwerge wurden von einer hiesigen PR-Agentur verschickt, die ich mit der medialen Vorbereitung meiner Aktion beauftragt habe. ›Brömme & Partner‹ ist ihr Name. Ich bin sofort von den Ereignissen informiert worden. Und von der öffentlichen Berichterstattung, die meine Zwerge in Zusammenhang mit Verbrechen rückt. Davon distanziere ich mich ausdrücklich!«

»Schön«, sagte ich. »Das freut mich. Aber bitte, Herr Widanje, was ist das für ein Kunstprojekt, auf das Sie mit dem Versand von geköpften Gartenzwergen hinweisen?«

»Ich weiß nicht, ob Sie etwas von Kunst verstehen, Herr Kommissar.«

Schon wieder, dachte ich. Und antwortete: »Ich verstehe etwas von der Verbrechensaufklärung.«

»Ich wollte Sie nicht kränken. Aber ich räume ein, dass ich mit meiner Kunst provoziere und es gerne darauf anlege, Unverständnis hervorzurufen.«

»Aha«, sagte ich. Eine Gruppe von vier eifrigen Kanufahrern des Bamberger Faltboot-Clubs paddelte an uns vorbei. »Also, warum enthaupten Sie friedliche Gartenzwerge?«

»Der Gartenzwerg als Symbol des deutschen Kleinbürgertums,

der im Vorgarten steht und signalisiert: Hier herrscht Ordnung, hier wird der Müll getrennt, um zwölf Uhr zu Mittag gegessen, am Samstag wird das Auto gewaschen, und die Kissen auf dem Sofa haben in der Mitte einen Knick. Dieser Gartenzwerg steht für die Sehnsucht nach Struktur und Regeln. Nach der strikten Trennung zwischen Zier- und Nutzpflanzen. Verstehen Sie, was ich meine?«

»Nein.«

»Der kopflose Zwerg symbolisiert die zerstörte Idylle, den Bruch mit der Konformität, die absolute Normabweichung.«

»Sie wollen mir sagen, dass das Enthaupten eine Normabweichung darstellt? Einen Bruch mit der ... wie sagten Sie? Konformität?«

»Wollen Sie mir widersprechen?«

Ich dachte kurz nach, zuckte dann mit den Schultern und sagte: »Reden Sie weiter!«

»Ich werde an sieben idyllischen Plätzen dieser zauberhaften Stadt sieben hässliche Zwerge aufstellen. Keine kleinen Gartenzwerge, sondern in Lebensgröße.«

»In Lebensgröße?« Ich musste lachen. »Wie ist denn die Lebensgröße von Gartenzwergen?«

»Ich meine in der Größe eines erwachsenen Menschen. Sie haben noch nie solche hässlichen Fratzen gesehen wie meine siedmiu krasnoludków.«

»Wie bitte?«

»Wie meine sieben Zwerge. Schauen Sie selbst!«

Er steckte die rechte Hand in die linke Innentasche seines Anoraks. Einen Sekundenbruchteil lang wollte ich reflexartig zu meiner Waffe greifen. Aber dann merkte ich, dass er ein Smartphone hervorzog, um mir ein digitales Foto zu zeigen. Er hielt mir sein Gerät vor die Nase. Ich sah eine Skulptur, die tatsächlich an Hässlichkeit nicht mehr zu übertreffen war. Nichts an dieser Zipfelmützengestalt war symmetrisch oder passend: die Augen viel zu groß für das Gesicht, die Nase schräg, abstehende Ohren wie bei einem Elefanten, der Mund mit schiefen Zähnen weit geöffnet wie zu einem Schrei. Nein, so was hatte ich seit meinem letzten Geisterbahnbesuch wirklich nicht gesehen.

»Und an welchen Stellen wollen Sie unsere schöne Stadt mit hässlichen mannshohen Figuren verschandeln?«

»Domplatz, Michaelsberg, Schönleinsplatz, in Klein-Venedig, auf der Altenburg, am Maxplatz und hier unten Am Kranen.« Er deutete mit der Hand über das Wasser.

»Schön. Oder auch nicht«, sagte ich. »Aber warum die geköpften Zwerge in den Postpaketen?«

»Als kleiner Appetizer.« Widanje schmunzelte. »Dass die Medien darauf anspringen und öffentlich gerätselt wird, was es mit den Zwergen auf sich hat, war so gewollt. Tagelang sollte diese Frage Stadtgespräch sein. In Paris, wo ich eine ähnliche Aktion zuletzt platziert hatte, lief es auch sehr schön. Dort habe ich in das Bild der Mona Lisa die hässlichen Köpfe von Politikern hineinmontiert. Das Thema war eine Woche lang jeden Morgen Aufmacher im Lokalfernsehen.«

»Und hier in Bamberg haben Sie es auf die Titelseite der Zeitung gebracht. Ein schöner Erfolg, was?« Ich ließ meine Stimme spöttisch klingen.

»Das war so nicht gedacht«, antwortete Widanje kleinlaut. »Mit Mord habe ich nichts zu tun. Und das ist auch der Grund, warum ich Sie kontaktiert habe. Ich bin Künstler, kein Mörder.«

Das muss kein Widerspruch sein, dachte ich.

»Sagen Sie mal, Herr Widanje ...« Ich zählte in Gedanken die Namen der Empfänger der kopflosen Gartenzwerge durch: Dompfarrer Momberg, Oberbürgermeister Alfred Marienberg, Klatschreporter Theo Sieber, Polizeichef Dr. Hubert Goos, der Chinese Peng, die Krimiautorin Barbara Schauer sowie die beiden Mordopfer Marianne Meier und Emilio Velasco. »Sie haben doch von sieben Zwergen gesprochen, nicht wahr?«

»Siedmiu krasnoludków, sieben Zwerge, richtig. Warum?«

»Weil uns bisher acht Empfänger bekannt sind.« Ich zählte die Namen auf, während ich mit den Fingern abzählte. »Das sind acht. Einer zu viel.«

»Moment mal. Wer ist Marianne Meier?«

»Das erste Mordopfer. Eine Fagottspielerin der Symphoniker. Müssen Sie doch in der Zeitung gelesen haben.«

»Ich habe keiner Frau Meier einen Zwerg schicken lassen«,

sagte Widanje. »Ich schwöre. Die Empfänger hat die PR-Agentur ausgewählt und mir die Namen mitgeteilt. Aber eine Frau Meier war nicht dabei. Ich glaube auch nicht, dass eine Fagottspielerin prominent genug wäre für die Aktion.«

Ich war verwirrt. »Dann wären es doch sieben Zwerge. Aber unsere Untersuchungen haben ergeben, dass der Zwerg, der beim zweiten Opfer gefunden wurde, nicht in die Reihe passte. Da stimmt doch was nicht.«

Widanje blieb stehen und schaute mich mit zusammengekniffenen Augen an. »Ein Name fehlt in Ihrer Auflistung.«

»Ja?« Es wurde immer verworrener.

»Der Chefdirigent der Symphoniker, Henning de Boer. Er war der Erste auf der Liste der Bamberger Prominenten. Er ist schließlich weltbekannt. Auch wenn der chinesische Imbiss-Mann, der sich in den Stadtrat hat wählen lassen, es mit seiner Popularität auch schon sehr weit gebracht hat.«

Jetzt lief ich Gefahr, den Überblick zu verlieren.

»Ich brauche eine Liste«, dachte ich laut. Und verspürte unbändigen Appetit auf Ente süßsauer.

***

Der Chinese Peng war nicht nur bekannt für seine Peking-Ente. Als der »Singende Chinese von Bamberg« war er schon bundesweit in den Schlagzeilen gewesen. Das Besondere war, dass er in seiner Imbissbude in der Langen Straße nicht etwa traditionelle chinesische Weisen von sich gab, sondern deutsche Volkslieder vom »Blauen Enzian« bis zum »Brunnen vor dem Tore«. Auf seine ganz persönliche Version des »Königsjodlers« war zuerst TV Oberfranken aufmerksam geworden, dann das Bayerische Fernsehen, und schließlich wurde er bundesweit bekannt mit einem inzwischen legendären Auftritt in Andy Borgs »Musikantenstadl«, der auf YouTube schon über hunderttausendmal angeklickt wurde. Darbietungen bei Florian Silbereisen, Carmen Nebel und Helene Fischer waren die unvermeidliche Folge. Vor einem Jahr gab es in Oberfranken sogar eine Unterschriftensammlung mit dem Ziel, dass Peng Deutschland beim Eurovision Song Contest vertreten sollte. Es kamen zwar über tausend Unterschriften zusammen, aber bei den zuständigen Gremien hatte sich davon wohl niemand wirklich beeindrucken lassen. Inzwischen musste man von Glück reden, wenn man den singenden Chinesen in seinem Imbiss antraf und er nicht für Plattenaufnahmen in München oder Berlin im Studio stand. Heute hatte ich Glück.

»Einmal Ente süßsauer wie immer?«, fragte Peng und begrüßte mich mit Handschlag. Man kannte sich in Bamberg.

»Sehr gerne. Und dazu eine große Apfelschorle, bitte.«

Ich setzte mich an einen der Holztische und griff zur neuen Ausgabe des FT, die auf der Bank lag.

»Alles klärchen? Was macht die Kunst?«, fragte ich Peng, während ich das Lokalblatt durchblätterte.

»Kommissar, die Kunst geht nach Brot«, antwortete er mit dem korrekten Zitat aus Lessings Trauerspiel »Emilia Galotti« und stellte damit unter Beweis, dass er nicht nur ein Kenner des deutschen Liedgutes war. Kurz darauf stand ein Glas Apfelschorle vor mir.

»Hast du schon gesehen im Loggaldeil vom Effdeeh?«

Peng duzte nicht nur jeden seiner Kunden, der mehr als einmal bei ihm gespeist hatte, er hatte auch das fränkische Idiom charmant mit seinem asiatischen Dialekt vermischt.

»Was steht denn da?«, fragte ich. Ich war noch im Sportteil, wo der verpasste Einzug der Brose Baskets in die Play-off-Runde ausgiebig von allen Seiten beleuchtet und analysiert wurde. Im Lokalteil überflog ich die Todesanzeigen und betrachtete wie immer nicht die Namen der Verblichenen, sondern ihre Geburtsjahre. Wenn keiner in meinem Alter oder gar jünger dabei war, blätterte ich erleichtert weiter.

»Es gibt Ärger um die Kirche im Sand. Im Loggaldeil ist ein Addiggel über den …«

Peng sagte einen Namen, der so ähnlich klang wie Dumdadadamomba.

»Mit wem bitte?«, fragte ich, und Peng wiederholte langsam: »Mit dem Domgabbiddular Momberg.«

»Ah, mit dem Dompfarrer, ja mit dem habe ich auch schon Bekanntschaft gemacht.«

Ich suchte die entsprechende Seite in der Zeitung.

Die Überschrift war ein Zitat Mombergs: »Moderne Form der Kirchenschändung!« Der Vorspann lautete: »Coburger Aktionskünstler will Bamberger Elisabethenkirche wie ein Butterbrot verpacken. Dompfarrer Momberg reagiert empört.«

»Was ist denn da wieder los?«, dachte ich laut und las den Artikel, in dem der Coburger Benjamin Schnieber als der »fränkische Christo« vorgestellt wurde, der bereits das Rathaus von Burgebrach, das Lochnersche Gartenhaus in Fürth und den Hugenottenbrunnen im Erlanger Schlossgarten verpackt hatte. In Frischhaltefolie.

»Frischhaltefolie?«, sagte ich und schaute Peng fragend an.

Er antwortete mit einem verzweifelten Kopfschütteln und sagte: »Was für ein Spinner! Und jetzt will er sein Unwesen in Bamberg treiben.«

»Und die Elisabethenkirche verpacken? Drehen diese Künstler jetzt alle durch? Warum können die nicht wie früher Bilder auf Leinwände malen und sie ganz normal in Museen ausstellen? Warum verpacken sie nicht gleich den Dom?«

»Weil er dafür zu viel Folie bräuchte und die Türme zu hoch sind«, sagte Peng grinsend, während er mir seine knusprige Ente servierte und ich den Artikel zu Ende las. Natürlich war er von Theo Sieber verfasst. Ich hatte nicht selten den Eindruck, als ob der arme Null Null Sieber den gesamten FT allein vollschreiben musste.

Währenddessen begann Peng zu singen: »Die ersten Sonnenstrahlen fall'n auf Altenburg und Dom. Wer diesen Zauber erlebt hat, hat sein Herz an dich verlor'n. Klein-Venedig und das Rathaus, unvergänglich, ewiglich. Es grüßt dein Reiter stolz den Morgen, Bamberg meine Stadt, ich liebe dich!«

Tatsächlich, so war in der Zeitung zu lesen, hatte dieser Schnieber vorgehabt, mit seiner eigentümlichen Kunst den Dom zu verschandeln und den weltberühmten Bamberger Reiter in Frischhaltefolie einzuwickeln, um damit zu zeigen, dass das Alte in der neuen Zeit bewahrt und frisch gehalten werden müsse. Dies hätten jedoch die Hausherren aus dem Domkapitel untersagt, sodass Schnieber jetzt einen anderen Schauplatz für seine

Plastik-Installation suchen müsse. Den glaubte er nun, in der Elisabethenkirche gefunden zu haben. Wenn nicht der Dompfarrer Momberg wäre, zu dessen Sprengel die kleine Kirche im Sand gehörte. »Solchen Banausen gehört das Handwerk gelegt«, wurde der Dompfarrer mit barschen Worten zitiert. Und der Artikel schloss mit der kommentierenden Einschätzung: »Bleibt zu hoffen, dass der Denkmalschutz die Stadt vor diesem Anschlag eines Kunst-Terroristen bewahrt.«

»Puh«, sagte ich und legte die Zeitung zur Seite. »Da ist in Bamberg ja derzeit einiges los. Erst die verrückten Zwerge und jetzt ein durchgeknallter Folienkünstler.«

»Glauben Sie, da gibt es einen Zusammenhang?«, fragte Peng, der seinen Gesang unterbrach. »Das mit dem Mord hat doch nicht etwas mit der Zwergenpost zu tun? Muss ich mir Sorgen machen? Ich hielt diesen Artikel in der Zeitung für haltlose Panikmache.«

»Wenn ich das wüsste ...«, seufzte ich. »Der Dompfarrer hat jedenfalls auch so einen Zwerg bekommen. Und er ist offenkundig kein Freund und Förderer moderner Kunst, wenn ich das hier lese.« Ich deutete auf das Lokalblatt.

»Ich bin ein Freund der klassischen Kunst«, sagte Peng und holte tief Luft. Dann sang er aus voller Brust weiter: »Bamberg, meine Stadt, in dir bin ich gebor'n. Hab schon tausendmal aufs Neue mein ganzes Herz an dich verlor'n.«

Ich ließ es mir schmecken.

FÜNFZEHN

Den nächsten Tag begannen Paulina und ich mit einem Frühstück im Stehen in der Bäckerei Pagel in der Inneren Löwenstraße. Ich war hier kein Unbekannter, schließlich befand sich die Backstube nur wenige Schritte vor meiner Haustür. Umso unangenehmer war es mir, die freundliche Bäckersfrau, die laut ihrem Namensschild den weitverbreiteten Namen »Dotterweich« trug, mit unserem Anliegen zu behelligen.

»Grüß Gott, Herr Müller«, begrüßte mich die Mittfünfzigerin mit den roten Haaren und der Figur, die vermuten ließ, dass sie manchmal beim Backen vom Teig naschte. Die Pagel-Bäckereien warben nämlich offensiv damit, dass man hier noch vor Ort buk und nicht wie bei vielen Großbäckereien vorgefertigte Produkte nur aufgebacken wurden.

»Das ist aber schön, dass ich Ihre Tochter auch mal kennenlerne, Herr Müller. Sie haben ja schon viel von ihr erzählt.« Paulina ließ sich nicht anmerken, ob ihr die Verwechslung schmeichelte oder sie kränkte.

Ich wurde bleich vor Schreck, und Paulina begann laut zu kichern. Sie war fast doppelt so alt wie Andrea, auch wenn sie zugegebenermaßen deutlich jünger aussah, als sie war. Aber für meine Tochter war sie bisher noch nie gehalten worden. Jedenfalls hatte es noch nie jemand ausgesprochen.

»Das ist meine Kollegin, Frau Kriminalmeister Kowalska«, stellte ich den Irrtum klar. »Und wir sind nicht nur privat hier.«

Jetzt war es an Frau Dotterweich, vor Schreck eine mehlweiße Gesichtsfarbe anzunehmen. Sie beugte sich über ihren Verkaufstresen vor.

»Aber Sie sind doch bei der Gribbo«, flüsterte sie, obwohl außer uns keine Menschenseele im Laden war. »Nehmen Sie erst mal einen Kaffee. Die Dame auch?«

Frau Dotterweich kannte meine Vorliebe für Filterkaffee und goss mir eine Tasse ein. Dazu bestellte ich eine Laugenbreze mit Butter.

»Für mich nur einen Cappuccino«, sagte Paulina. Eine Weile hantierte Frau Dotterweich mit Geschirr und Backwaren. Ich sah, dass ihre Hände zitterten.

»Haben Sie gestern früh auch gearbeitet?«, fragte ich, während ich in meine Breze biss.

Sie nickte. »Ist es wegen dem …«, sie deutete auf den FT, der auf ihrem Tresen zum Verkauf bereitlag und dessen Aufmacher der Mord in der Konzerthalle war, »… wegen dem Doden?«

Ich holte die in eine Klarsichthülle verpackte Brötchentüte hervor und zeigte sie.

»Ist die von Ihnen?«

»Äh, ja. Kann sein«, antwortete Frau Dotterweich. »Das heißt, sie kann natürlich auch von jeder anderen Filiale sein. Aber das sind unsere Babierdüdla im Format BD4.«

»BD4?«, fragte Paulina. Die Abkürzung klang eher nach einer Tarifeingruppierung in der Gehaltstabelle.

»BD steht für Brödladüdla. Und die Vier bedeutet, dass vier Brödla hineinpassen. Es ist die zweitkleinste Größe. Wir haben BD2, BD4, BD6 und FD.«

Sie sagte BD und FD, aber mir war klar, dass sie BT und FT meinte.

»FT? Um eine Zeitung einzupacken?«

Sie schüttelte den Kopf. »Nein, nein, das ist des Familiendüdla. Da gehen zehn Brödla rein.«

»Können Sie sich erinnern, ob gestern früh dieser Mann hier eingekauft hat?« Paulina zeigte ein Foto von Emilio Velasco. Frau Dotterweich musste sich das Bild nur einen Augenblick anschauen, um die Frage beantworten zu können.

»Ist das der Dode?«

Ich nickte mit der gebotenen Pietät.

»Natürlich, der Herr war oft hier. Ein sehr freundlicher junger Mann. Auch wenn er sichtlich immer sehr in Eile war, hatte er jedes Mal Zeit für ein paar freundliche Worte. Manchmal kaufte er nur eine Schnitzelsemmel für auf die Hand, legte einen Fünf-Euro-Schein auf den Tresen und sagte mit seinem charmanten Akzent: Bassd scho. Er sagte das natürlich auf Hochdeutsch. Und wenn er nur einen Zehn-Euro-Schein hatte, dann wollte er auch kein Wechselgeld. Das war sehr großzügig. Er wirkte immer, als spiele Geld für ihn keine Rolle. Und er trug sehr teure italienische Schuhe. Er war Italiener?«

»Spanier«, sagte Paulina und fragte: »Aber haben Sie denn das Gesicht des Toten noch nicht in der Zeitung gesehen?«

»Nein. Ich habe heute einen langen Bericht auf Radio Bamberg gehört. In der Zeitung habe ich bisher nur die Meldung auf der Didelseite gelesen. In den Innenteil habe ich noch nicht geschaut. In den Morgenstunden ist hier im Laden immer viel los. Erst jetzt wird es ruhiger … Dann war er also ein Symphoniker. Ich habe mich oft gefragt, was wohl sein Beruf ist. Man redet ja auch mit Stammkunden meist nur sehr oberflächlich. Etwas Künstlerisches, das hab ich mir schon gedacht.«

»Ist Ihnen irgendwas Besonderes aufgefallen, als Velasco bei Ihnen war? War etwas anders als sonst?«, fragte ich.

»Sie meinen, dass ich vielleicht …«, jetzt flüsterte sie wieder, »die Letzte war, die ihn lebend gesehen hat? Das ist ja unheimlich.« Sie dachte nach und sagte dann: »Nein, es war alles wie immer.«

»Velasco hatte etwas gegessen, das seinem Mageninhalt zufolge aus Mehl vom Typ fünfhundertfünfzig, Zucker und Margarine bestanden hat. Können Sie sich erinnern, was er bei Ihnen gekauft hat?«

»Biddä? Ja, äh, nein … Was haben Sie gesagt? Margarine?«

»Ja, warum?«

Frau Dotterweichs Gesichtszüge entgleisten. Sie machte einen Schritt zurück und schien zu wanken. Ich befürchtete kurz, sie würde vor unseren Augen zusammenbrechen. Doch dann rettete sie sich auf einen Stuhl. Sie sah aus wie nach einer Begegnung mit dem Leibhaftigen.

»Was ist los?«, fragte Paulina und ging rasch hinter den Tresen. »Alles in Ordnung mit Ihnen?«

»Haben Sie Margarine gesagt?«, sagte Frau Dotterweich mit zitternder Stimme. »Kann man das wirklich noch feststellen? Und beweisen?«

»Beruhigen Sie sich!«, redete ich auf sie ein. »Der Musiker wurde mit Zyankali vergiftet. Nicht mit Margarine.«

Doch sie schien meine Worte gar nicht zu hören.

»Allmächd! Es ist vorbei. Jetzt fliegt alles auf. Ich hätte das nicht tun dürfen. Ich habe immer geahnt, dass es irgendwann rauskommen würde. Herr Kommissar, ich muss ein Geständnis ablegen.«

Ich schaute Paulina verdutzt an. War Frau Dotterweich jetzt völlig durchgedreht? War es der Schock?

»Beruhigen Sie sich!«, sagte Paulina. »Niemand beschuldigt Sie. Wir befragen Sie doch nur als Zeugin. Wir zweifeln Ihre Backkünste ja gar nicht an, und niemand denkt, dass Sie ihn vergiftet haben.«

»Was hat er überhaupt bei Ihnen gekauft?«, wollte ich wissen.

»Das ist es ja.« Jetzt begann Frau Dotterweich zu weinen. Tränen liefen über ihr Gesicht. »Er hat ein Bamberger Hörnla gekauft.« Sie schluchzte.

»Ja, und?«, sagte ich.

Frau Dotterweich holte ein Taschentuch aus ihrem Kittel und schnäuzte sich lautstark die Nase.

»Wissen Sie denn nicht, dass Bamberger Hörnla nur mit Butter gemacht werden dürfen? Es ist streng verboten, Margarine zu verwenden. Das ist im Bamberger Hörnla-Krieg in den siebziger Jahren sogar vom Bamberger Landgericht festgestellt worden, der Fall ging bis ans Bayerische Oberste Landesgericht. Das Bamberger Hörnla verdanke seinen guten Geschmack einzig der Butter. Wenn man es mit Margarine herstellt, müsse man es Mürbe- oder Fetthörnchen nennen, hieß es damals. Wenn rauskommt, dass ich Margarine verwendet habe, um Kosten zu sparen, dann bin ich bestimmt die Lizenz für dieses Geschäft los und kann in Bamberg nirgendwo mehr arbeiten.«

Ich verstand das Problem nicht und hatte vom Bamberger Hörnla-Krieg noch nie etwas gehört.

Ich bemühte mich, sie zu beruhigen. »Frau Dotterweich, wir sind nicht von der Bäckerinnung und nicht vom Gesundheitsamt. Wir klären einen Mord auf. Zwei Morde, um genau zu sein. Und uns interessiert in keiner Weise, welche Zutaten Sie fürs Backen verwenden, solange alles zum Verzehr geeignet und nicht giftig ist. Ihre Hörnchen sind für uns völlig in Butter.«

Sie blickte uns hoffnungsvoll an. »Wirklich? Wäre das möglich, dass Sie nichts weitersagen? Dafür wäre ich Ihnen unendlich dankbar. Und ich schwöre auch, dass das mein letztes gepfuschtes Hörnla war. Ich werde ab sofort nur noch echte Butter verwenden. Wirklich!«

»Schon gut, versprochen«, sagte ich. »Aber verraten Sie uns, warum Sie das gemacht haben? Nur aus Interesse.«

»Mir gehört der Laden ja nicht. Die Pagel-Bäckereien funktionieren mit einem Franchise-System.«

Das hatte ich schon mal von OBI und McDonald's gehört. Ich nickte und signalisierte, dass ich begriff.

»Ich zahle an die Pagel-Holding dafür, dass ich den Markennamen verwenden darf, und ich verpflichte mich im Gegenzug, das Geschäft in ihrem Corporate Design einzurichten und die Zutaten dort einzukaufen. Und vor allem darf ich alle Backwaren nur nach einheitlichen Rezepten herstellen. Damit alles überall gleich schmeckt.«

»So wie bei McDonald's auch jeder Hamburger überall gleich schmeckt?«

Sie nickte. »Aber für die Kosten sind wir selbst verantwortlich. Wenn die Kunden ausbleiben, weil die Stadt eine Bushaltestelle verlegt, dann hilft uns Pagel in keiner Weise. Und wenn an der Uni eine Studentenbackstube aufmacht, wo es alles viel billiger gibt als bei mir, dann muss ich sehen, wo ich bleibe.«

»Und darum haben Sie bei den Hörnla Butter durch Margarine ersetzt? Spart das so viel Geld?«

»Rechnen Sie das mal hoch auf die gesamte Jahresproduktion. Aber wie gesagt, es war eine Dummheit und wird nicht wieder vorkommen. Ich muss halt zusehen, dass ich mehr Non-Food-Ware verkaufe.« Sie deutete auf das Regal mit den Zeitungen und Illustrierten, wo auch ein Stapel Bücher lag.

»Ach, Sie verkaufen hier auch Bücher?«, wunderte ich mich und nahm eins in die Hand: »Mord im Franken-Thüringen-Express« von Hartmut Knauer.

»Ja, aber nur Franken-Krimis«, antwortete sie. »Die gehen weg wie warme Semmeln.« Sie lachte über ihr ungewolltes Wortspiel.

»Ich nehme eins«, sagte ich. »Und bitte eine Quittung nur für das Buch.«

»Wofür wollten Sie eine Quittung?«, fragte mich Paulina, als wir das Geschäft verlassen hatten und zum Auto gingen.

»Weil ich die Kosten von der Steuer absetzen werde. Als Werbungskosten.«

»Als Werbungskosten?«

»Immerhin dient das Buch zur Aufklärung eines Verbrechens.«

»Alles klar, Chef«, sagte Paulina und verdrehte die Augen.

***

»Kaffee, Cappuccino, Cola, Wasser, Fanta?« Der türkische Mitarbeiter des mobilen Catering-Service mit dem voll bepackten Wagen bot tapfer seine völlig überteuerten Snacks und Getränke an. Doch niemand im Abteil des Franken-Thüringen-Express nahm Notiz von ihm. Er war mit der obligatorischen Verspätung zwischen Würzburg und Schweinfurt unterwegs. Bis auf die ältere Dame. Sie hatte mit ihrem roten Reisekoffer und mehreren Handtaschen einen Viererplatz besetzt.

»Ein Wasser bitte«, sagte sie. Sie fügte erläuternd hinzu: »Ich habe Migräne und möchte eine Schmerztablette in Wasser auflösen.«

Sie bezahlte drei Euro für ein Glas Wasser. Dann öffnete sie eine ihrer Handtaschen. Sie nahm umständlich eine silberne Pillendose hervor. Dann schluckte sie die Tablette und nahm einen großen Schluck. Nach wenigen Augenblicken lief das Gesicht der Frau blau an. Sie rief noch einmal »Gott im Himmel«, fasste sich an die eigene Kehle und fiel seitwärts in den Gang des Waggons.

»Kann ich Ihnen helfen?«, fragte der türkische Kaffeeverkäufer. Er hatte den Zwischenfall hinter sich bemerkt. Doch der Frau war nicht mehr zu helfen. Sie war auf der Stelle tot.

»Was für ein Schmarrn!«, rief ich laut und klappte wütend das Buch wieder zu. »Solche hölzernen Dialoge und einen derart unbeholfenen Stil kenne ich sonst nur aus unseren Vernehmungsprotokollen. Ein Hauptsatz nach dem anderen.«

»Sie haben das Buch ja auch nicht zum Vergnügen gekauft«,

sagte Paulina grinsend. »Und welche Erkenntnisse gibt uns die Lektüre nun für die Aufklärung unserer Giftmorde?«

»Gar keine! Dieser Knauer hat vielleicht den Fahrplan des Franken-Thüringen-Expresses exakt recherchiert, aber von Toxikologie versteht er nichts. Wieso wird dieses Buch hier massenhaft verkauft, obwohl es so schlecht ist?«

»Franken-Krimis sind voll der Renner«, sagte Paulina. »Das hat mir neulich eine Buchhändlerin im ERTL erzählt. Die Kunden kommen in den Laden und fragen, ob es nicht wieder einen Heimatkrimi gibt. Und wenn ein neuer erscheint, liegt er stapelweise in den Läden.«

»Interessant«, murmelte ich. »Jedenfalls können wir auf eine Vernehmung dieses Laienliteraten gut und gerne verzichten.«

»Aber vielleicht sollten wir uns diese PR-Agentur mal genauer anschauen«, sagte Paulina.

»Sie meinen die Werbefuzzis, die diesen Zwergenterror in Bamberg organisiert haben? Wie war noch der Name?«

»Ja, ›Brömme & Partner‹.« Paulina wischte auf dem Touchscreen ihres Smartphones hin und her, dann verkündete sie: »Die sitzen draußen in der Gutenbergstraße.«

***

Es war mir immer eine innere Genugtuung, im kargen Gewerbegebiet an der Gutenbergstraße unterwegs zu sein. Denn es machte deutlich, dass nicht nur die Bamberger Polizei fernab der schmu cken Altstadt saß, auch die kreativen Köpfe der Mediengruppe Oberfranken hatten hier draußen ihre Schreibtische zu vermutlich günstigeren Quadratmeterpreisen als im Weltkulturerbe.

Ich musste also nicht neidisch sein auf die Arbeitsplätze der Edelfedern dieser Stadt. Um die Agentur »Brömme & Partner« zu erreichen, mussten wir über einen großen Parkplatz zwischen Druckerei und Verlagsgebäude marschieren, auch das Lokalradio hatte hier sein Studio.

»Die geballte Medienkompetenz ist ja hier versammelt«, sagte Paulina mit Blick auf die Wegweiser und Firmenschilder. Und wie gerufen kam uns in diesem Moment Theo Sieber entgegen.

»Oh, sind Sie hier, um mich zu verhaften?« Ein breites Grinsen entblößte die Zähne des Superreporters. »Oder wollen Sie mir ein Exklusivinterview geben?«

»Haben Sie etwa noch keine reißerische Schlagzeile für morgen?«, stichelte ich. »Mit einem weiteren Mord können wir zum Glück nicht weiterhelfen.«

»Auch nicht mit einem überführten Mörder, oder?«, lautete seine Retourkutsche. »Dann wird's wohl auf eine Geschichte über die Unfähigkeit der Bamberger Polizei hinauslaufen.«

»Die haben Sie doch längst in der Schublade und bringen sie alle halbe Jahre mit neuer Überschrift.«

»Das nennt man effizientes Arbeiten, Herr Kommissar. Schönen Tag noch!« Im Vorbeigehen rief er uns noch zu: »Aber nicht, dass Sie den Radiofritzen etwas erzählen, wovon ich nichts weiß!«

»Egal, was passiert, Sie erfahren es zuerst«, sagte Paulina und schüttelte genervt den Kopf.

»Ich bin ja auch für Pressefreiheit«, sagte ich, »aber manchmal …«

Dann näherten wir uns einem unscheinbaren Betongebäude, das wohl derselbe Architekt zu verantworten hatte wie der der Kriminalpolizeiinspektion. Eine junge Frau mit kurzen Haaren und lilafarbener Strähne kam auf uns zu. Sie sah sehr kreativ aus, was mich hoffen ließ, an der richtigen Stelle zu sein.

»Entschuldigen Sie«, sprach ich sie an. »Geht's hier zum PR-Büro …«

»Sie wollen zum Bayerischen Rundfunk? Dann müssen Sie gegenüber …«

»Nein, nein.« Ich lachte. »PR mit hartem B. ›Brömme & Partner‹.«

»Ach so, Prömme, natürlich.« Sie deutete mit der Hand nach oben. »Die Werbefuzzis sind im ersten Stock.«

Der Werbefuzzi, der uns begrüßte, entsprach nicht meinen Erwartungen. Ich weiß auch nicht, warum ich gedacht hatte, Berufskreative würden immer schrille Krawatten und bunte Anzüge tragen. Der Anzug von Herrn Buschkert, der sich als der Partner des Herrn Brömme vorstellte, war edel und schwarz, das Hemd weiß und am Kragen aufgeknöpft, die Ärmel aufgekrempelt.

»Ich hatte erwartet, dass Sie früher oder später hier auftauchen würden«, begrüßte er uns mit leicht übertriebener Freundlichkeit und führte uns in einen kleinen Besprechungsraum. Die Stühle waren modern und unbequem.

»Darf ich Ihnen etwas zu trinken anbieten? Cappuccino? Latte macchiato? Wir haben alles da.«

Ich verzichtete auf die Probe aufs Exempel, ob unter »alles« auch ein Filterkaffee inbegriffen war, und verneinte. Paulina zeigte sich solidarisch und lehnte ebenfalls ab. Wir setzten uns.

»Sie haben also mit unserem Besuch gerechnet?«, fragte Paulina. »Wieso?«

Buschkert, der auch auf einem dieser sogenannten Stühle Platz genommen hatte, verschränkte die Arme hinter dem Kopf und lehnte sich zurück.

»Nun ja, dass die Aktion mit den Zwergen eine öffentliche Aufmerksamkeit erregt hat, die so nicht geplant war, ist ja offenkundig.«

»Ach ja?« Paulina runzelte die Stirn. »Gilt denn für die Werbebranche nicht die Regel: Bad news are good news? Oder anders ausgedrückt: Besser schlechte Schlagzeilen als gar keine?«

Buschkert lächelte milde und zog einen Mundwinkel nach oben. »Das kann man so nicht sagen. Es kann durchaus auch gewollt und sinnvoll sein, überhaupt keine Schlagzeilen zu erzeugen, sondern die Botschaften so zu platzieren, dass sie unbemerkt ihren Empfänger erreichen.«

»Aber das war bei den anonymen Paketen mit den zertrümmerten Zwergen sicher nicht der Fall«, sagte ich. »Wer ist überhaupt auf diesen albernen Absender W. Ichtel gekommen?«

»Oh, das ist mir jetzt ein bisschen peinlich«, sagte Buschkert, und es war mir nicht ganz klar, ob er meinte, was er sagte. »Das ist uns so durchgerutscht. Es war die Idee einer Praktikantin, die den Grobentwurf für die Kampagne mitgestaltet hat. Das Ziel war eigentlich, dass der Empfänger wirklich ahnungslos ist. Diese erfundene Absenderangabe hat natürlich gleich deutlich gemacht, dass hier etwas gefakt ist.«

»Wie ist der Auftrag zustande gekommen?«, wollte ich wissen. »Und wie genau hat er ausgesehen?«

»Am Anfang stand eine E-Mail aus Polen. Ein Herr Widanje teilte mit, dass er auf der Suche sei nach einem Werbepartner für Bamberg. Er habe unsere Adresse bei Google gefunden. Hier hat sich mal wieder gezeigt, wie wertvoll SEO ist.«

»SEO?«

»Search Engine Optimization. Suchmaschinenoptimierung. Ohne Internet geht ja nichts mehr heutzutage. In einer ersten telefonischen Kontaktaufnahme hat Herr Widanje das Projekt grob skizziert und den Zeitrahmen abgesteckt. Wir waren uns schnell einig, auch über die finanziellen Konditionen. Die Gartenzwerge kamen dann einige Tage später per Kurier.«

»Mit abgetrennten Köpfen?«, fragte Paulina.

»Ja, alles vorbereitet. Die Zwerge waren mit einem Fräsbohrer akkurat enthauptet worden.«

»Und die Adressen?«, fragte ich.

»Da hatte ich freie Wahl. Es sollten bekannte Persönlichkeiten sein, bevorzugt aus dem Kulturbereich.«

»Und wer hat letztlich die Adressaten ausgesucht?« Ich versuchte, eine Sitzposition zu finden, in der mir mein Kreuz weniger Schmerzen bereitete.

Buschkert überlegte kurz und kratzte sich an seinem glatt rasierten Kinn. »Ich glaube, das war Doro, die Praktikantin. Aber sie war nur sechs Wochen hier und hat sich danach zu einem Auslandssemester in Amerika verabschiedet.«

»Wissen Sie, wie diese Doro die Adressen ausgewählt hat?«, fragte ich.

Buschkert lächelte. »Soweit ich weiß, hat es da kein großes Auswahlverfahren gegeben. Sie hat den Lokalteil des FT von zwei oder drei Tagen durchgeblättert und die Namen der Personen notiert, über die am häufigsten berichtet wurde.«

»Wann war das?«, wollte Paulina wissen.

»Das muss Mitte Januar gewesen sein. Doro hat gleich nach den Weihnachtsferien hier angefangen, und es war einer ihrer ersten Jobs.«

»Hm«, sagte ich. »Können Sie das vielleicht genauer sagen?«

»Ja, ich denke schon. Wir machen hier bei unseren täglichen Hot Minutes eine …«

»Hot Minutes?«, hakte ich ein.

»Ja, so nennen wir unsere tägliche Frühkonferenz um zehn Uhr.«

Das ist klar, dass bei den Werbefuzzis zehn Uhr noch Morgengrauen ist, dachte ich.

»Jeder erzählt in der Teeküche kurz, was bei ihm ansteht, Hinsetzen ist verboten, nach fünf Minuten klingelt eine Eieruhr, und die Konferenz ist beendet, egal, wer gerade spricht.«

»Das klingt sehr effektiv«, sagte ich und überlegte, ob so unsere Dienststellensitzungen auf das Wesentliche gestrafft werden könnten.

»Von diesen Hot Minutes fertigt unsere Team-Assistentin jeden Tag ein Kurzprotokoll mit To-do-Liste an, die auf dem Zentralserver abgelegt wird. Ich kann das gerne für Sie raussuchen lassen.«

»Das wäre sehr hilfreich.«

Wenige Minuten später wussten wir das Datum, an dem die inzwischen ausgewanderte Praktikantin die Zeitungen durchgesehen haben musste, um die Adressaten für Widanjes merkwürdige Päckchen zu finden. Zum Glück war das Redaktionsgebäude des »Fränkischen Tags« gleich nebenan, sodass wir uns aus dem Archiv die entsprechenden Ausgaben schnell besorgt hatten.

»Haben Sie auch Hunger?«, fragte Paulina, als wir mit einem Packen Zeitungen unterm Arm das Verlagsgebäude verließen.

»Geht so«, sagte ich, und beim Blick auf die andere Straßenseite wurde mir klar, worauf Paulinas Frage hinauslaufen würde.

***

Paulina bestellte eine Portion mit zwölf frittierten und panierten Hähnchenfleischklumpen, die sie einzeln in ein Gemisch aus Apfelmus und Curryketchup eintunkte, genannt süßsaure Soße. Daneben türmte sich ein Berg labbriger Pommes frites. Natürlich bestellte sie, wie alle jungen Leute, nicht Pommes frites, sondern – in verdeutschter Aussprache – »Pommes«. Inkonsequenterweise sprach sie das Wort »Ketchup« englisch aus. Ich fand, man sollte »Pommes frites«, französisch gesprochen, mit Ketchup, englisch gesprochen, sagen, oder beides eindeutschen. Aber mich fragte ja niemand.

Ich bestellte eine süßliche Limonade, die als Apfelschorle verkauft wurde. Und ich wunderte mich, wie Paulina ihre schlanke Figur hielt, wenn sie öfters derartige Berge von Fettspeisen vertilgte und Zuckerplörre trank.

Wir setzten uns an eine Glasfront mit Panoramablick auf Parkplatz und Möbelhaus und nahmen uns eine Zeitung nach der anderen vor. Gleich in der ersten Ausgabe stand ein großer Artikel über die Symphonischen Festwochen in der Konzerthalle.

»Das erklärt zumindest, warum die Symphoniker so präsent sind im Zwergenmilieu«, sagte Paulina und steckte sich ein Chicken-Nugget mit süßsaurer Soße in den Mund.

»Und die Polizeiinspektion hat ihre Kriminalstatistik vorgestellt«, stellte ich fest, als ich in der Ausgabe des nächsten Tages einen entsprechenden Bericht entdeckte, der mit einem Porträtfoto unseres Vorgesetzten Dr. Goos illustriert war.

Dompfarrer Momberg tauchte in einem Artikel über einen Streit zwischen der Dompfarrei und der Stadt über abgesagte Gottesdienste in der Kirche St. Getreu auf.

»Den Artikel hat Sieber geschrieben«, bemerkte Paulina. »Und auch einen Kommentar dazu, mit Foto.«

»Womit er auch gleich auf der Zwergenliste gelandet ist«, folgerte ich.

Wir mussten nicht lange blättern, um ein weiteres Mal fündig zu werden.

»Der neue Krimi von Barbara Schauer ist auch im Januar erschienen, über die Premierenlesung in der Buchhandlung Hübscher wurde groß berichtet«, sagte Paulina und zeigte auf einen Artikel mit großem Foto.

»Jetzt haben wir fast alle beisammen. Was ist mit dem Chinesen?«

Wir blätterten weiter, bis wir ein Interview mit Peng fanden, in dem er seine Kandidatur für den Stadtrat bei der nächsten Kommunalwahl ankündigte und in dem erläutert wurde, dass der chinesische Name Peng auf Deutsch Riesenvogel bedeutete. Das passte ja hervorragend zu seiner Knusperente.

»Lassen Sie uns noch mal die Berichterstattung über die Symphoniker genauer anschauen«, sagte ich und holte einen Kugelschreiber aus der Innentasche meines Sakkos. Ich kringelte alle Namen ein, die in dem Text genannt wurden.

»Am häufigsten wird Chefdirigent de Boer zitiert«, stellte ich schließlich fest. »Er hat auf einer Pressekonferenz das neue Logo der Symphoniker vorgestellt: eine offene Auster, in der sich eine schwarz glänzende Perle befindet. Der Entwurf stammt von demselben Künstler, der auch das Foyer der Konzerthalle gestaltet hat.« Ich blätterte weiter und las ein Interview mit Oberbürgermeister Marienberg, der von einer gelungenen Symbiose zwischen der Stadt und dem Orchester als wichtigstem Kulturträger der Weltkulturerbe-Stadt sprach. Dann fand ich ein Porträt von Emilio Velasco. Dazu war ein Foto abgebildet, auf dem er sein Instrument vor sein Gesicht hielt und hindurchschaute.

»Sehen Sie hier! Es geht um eine Solo-CD, die Velasco aufgenommen hat«, sagte ich und las laut vor: »Die obligatorischen Schwierigkeiten, die das Horn mit seiner engen Mensur, seinem langen Rohr und seinem winzigen Mundstück-Kessel mitbringt, meistert Velasco wie kein anderer. Elegant tragende Multiphonics, eine stets präzise Artikulation, vielfältige klangliche Nuancen und eine ansprechende dynamische Feinarbeit sind seine Spezialität.«

»Hä?«, war Paulinas Kommentar.

Ich las weiter: »Seine Komponisten haben ihm nicht nur oberflächliche Virtuosenstücke ins Rohr geschrieben – jede Arbeit entfaltet einen eigenen klanglichen Mikrokosmos und eine eigene Dramaturgie. Velasco scheint keine Vorlieben und keine Verengungen in seiner Musikauffassung zu kennen. Subtile, farbenreiche Klangwelten sind genauso seine Sache wie expressiv intonierte Hochgeschwindigkeits-Tonfolgen …«

»Ins Rohr geschrieben«, sagte Paulina. »Alles klar.«

»Aber erstaunlicher ist doch, welcher Name nirgendwo auftaucht.«

»Der von Marianne Meier.«

»Richtig«, sagte ich. »Das deckt sich mit der Aussage Widanjes. Demnach müsste de Boer einen Zwerg erhalten haben. Stattdessen hatte aber die tote Fagottspielerin einen.«

»Was kann das bedeuten?«, fragte Paulina.

Ich dachte nach. »Wenn de Boer den Zwerg bekommen hat, ihn aber nicht mehr hat, sondern er beim ersten Mordopfer gefunden wurde …«

»… dann könnte er der Täter sein«, vervollständigte Paulina meine an Logik nicht zu übertreffende Analyse. Ich wusste, was ich zu tun hatte.

SECHZEHN

Ich war davon überzeugt, der Antwort auf alle offenen Fragen in der Konzerthalle zumindest ein Stück näher zu kommen. Paulina hatte ich ins Büro geschickt, um für die Stadel einen Bericht über den Stand unserer Ermittlungen zu schreiben. Ich betrat den Gebäudekomplex über den Bühneneingang in der Mußstraße. Ein großes Plakat mit dem Slogan »Extraordinary City. Extraordinary Orchestra« war an einer Glastür befestigt. Für mich klang das eher nach New York oder London, weniger nach Bamberg. Vielleicht sollte ich unserer Öffentlichkeitsarbeit mal den Werbespruch »Ordinary Crime, Ordinary Investigators« vorschlagen. Das umschrieb unsere Arbeit treffend, sofern mal gerade kein Serienkiller in der Hochkultur sein Unwesen trieb.

Dem Pförtner winkte ich mit dem Dienstausweis zu, doch der war in ein Sudoku-Rätsel vertieft und nahm mich nicht einmal wahr. Die Sicherheitsvorkehrungen schienen auch nach dem zweiten unnatürlichen Todesfall innerhalb kurzer Zeit hier nicht außerordentlich hoch zu sein. Ich ging den dunklen Flur entlang und betrat über die Schleusentür den Bühnenbereich. Mitten auf der Bühne stand ein junger Mann, der eine fröhliche Melodie auf dem Fagott spielte. In den ersten Reihen des Zuschauerraums lauschten ihm etwa zwanzig Männer und Frauen in legerer Freizeitkleidung. Ich erkannte in einigen von ihnen Orchestermusiker. Dann sah ich auch Henning de Boer, den Chefdirigenten, der mit zusammengekniffenen Augen Notizen auf einem Spiralblock machte. Als er mich sah, sprang er auf und rief zu mir herüber: »Was suchen Sie hier? Das ist ein Probespiel! Verschwinden Sie!« Der Musiker auf der Bühne verstummte.

Aufgrund seiner zusammengekniffenen Augen vermutete ich zu seinen Gunsten, dass der Chefdirigent mich nicht erkannt hatte.

»Ich bin Hauptkommissar Müller, entschuldigen Sie bitte die Störung. Ich werde mich unauffällig verhalten.«

De Boer grunzte etwas Unverständliches, dann sagte er mürrisch: »Meinetwegen.« Der Fagottist spielte weiter, während ich mich leise in eine der mittleren Reihen an den Rand setzte. Nach wenigen Minuten hob de Boer die Hand und rief: »Stopp, danke, das reicht. Sie können gehen. Der Nächste bitte.«

Der Mann mit dem Fagott ließ irritiert sein Instrument sinken und blickte unsicher in den Zuschauerraum.

»Sie haben schon richtig verstanden, Herr … äh …«, der Chefdirigent guckte auf eine Liste, die auf dem Stuhl neben ihm lag, »… Herr Garwig. Versuchen Sie es mal bei den Trunstadter Kirmesmusikanten, wir hier sind übrigens die Bayerische Staatsphilharmonie, falls Sie es nicht wussten. Auf Wiedersehen.«

Ohne ein weiteres Wort packte der gedemütigte Musiker sein Instrument und verschwand aus dem Blickfeld der Jury und von der Bühne.

Zeitgleich betrat eine junge Frau den Saal, die ich eher auf einem Laufsteg als einer Konzertbühne erwartet hätte. Sie war etwa Mitte zwanzig, trug eine hautenge schwarze Hose aus einem leicht glitzernden Stoff und hochhackige Schuhe. Ein ebenfalls schwarzer Rollkragenpullover legte sich wie eine zweite Haut um ihren Oberkörper und bildete ihre zierliche, aber wohlgeformte Oberweite naturgetreu nach. Sie warf kess die langen blonden Haare in den Nacken und schritt selbstbewusst wie ein Topmodel in die Mitte der Bühne.

»Mein Name ist Leonie Weyrauch, und ich möchte Solo-Fagottistin werden.«

De Boer legte seinen Kopf interessiert zur Seite und begutachtete die Bewerberin von unten bis oben. Er grinste zufrieden, machte mit seiner rechten Hand eine auffordernde Geste und rief: »Schön, dann zeigen Sie mal, was Sie können, Frau Weyrauch!«

Ich kapierte, dass ich mich hier in einer Art Orchester-Casting befand: Bamberg sucht den Supermusiker. Es schien um die Nachbesetzung der Solo-Stelle von Marianne Meier zu gehen, was tatsächlich eine außergewöhnlich rasche Reaktion auf den Todesfall wäre.

Fräulein Weyrauch stellte sich in die Mitte der Bühne hinter einen Notenständer, dann tunkte sie ein kleines Holzteil in ein rundes Gefäß, das vor ihr auf dem Fußboden stand, und befestigte es am Mundstück ihres Fagotts.

Sie begann zu spielen, es war die gleiche Melodie wie bei ihrem Vorgänger. Die Kandidaten hatten wohl alle dieselbe Aufgabe zu meistern. Ich hörte keinen Unterschied zu der vorherigen Darbietung. Den Unterschied erkannte ich nur in der Reaktion von de Boer. Ein helles Entzücken legte sich auf sein Gesicht. War dieser Mann so primitiv und durchschaubar? Ließ er sich derart beeindrucken von einer kleinen Sexbombe? Oder war die Dame wirklich ein Ausnahmetalent auch auf musikalischer Ebene?

Ihr Vorspiel dauerte etwa sieben Minuten, de Boer unterbrach diesmal nicht vorzeitig, sondern bedankte sich freundlich und versicherte, sie werde bald von ihm hören. Sie lächelte ihn dankbar an, packte ihr Fagott zusammen und ging erhobenen Hauptes zur Ausgangstür des Konzertsaals. Ich kam ihr zuvor und hielt ihr, ganz Gentleman, die Tür auf. Dann folgte ich ihr ins Foyer, wo noch weitere Kandidaten auf ihr Vorspiel warteten.

»Frau Weyrauch, einen Moment bitte«, sagte ich zu ihr. Aus der Nähe betrachtet, war zu erkennen, dass sich in ihrem Gesicht schätzungsweise ein Pfund Schminke befand, zugleich ging von ihr ein derart penetrant süßer Parfümgeruch aus, dass sich mein Magen zu heben drohte. Ich sah noch, wie sie eine Schachtel Tabletten mit der Aufschrift »Metoprolol« in einer Handtasche verschwinden ließ.

»Oh, sind Sie für die Verträge zuständig?«, fragte sie und verringerte den Abstand zu mir auf nur noch wenige Zentimeter. »Ich hätte nicht gedacht, dass das so schnell geht.«

Sie kicherte, ich wich zurück und antwortete: »Nein, ich bin hier für polizeiliche Ermittlungen und Mordaufklärungen zuständig. Mein Name ist Hauptkommissar Müller. Sie wissen, warum die Stelle frei ist, auf die Sie sich bewerben?«

»Ich hörte, dass es einen Todesfall gegeben hat, ja. Das ist sehr traurig.« Sie spielte kurz Betroffenheit, was weniger überzeugend wirkte als ihr Casting-Auftritt.

»Wir gehen davon aus, dass Marianne Meier ermordet wurde.

So wie ein weiteres Mitglied des Orchesters.« Ich versuchte, meine Stimme so beiläufig wie möglich klingen zu lassen.

Frau Weyrauch erschrak und schlug ihre Hände vors Gesicht. »Mord? Aber das ist ja schrecklich.«

Ich nickte zustimmend. Sie blickte sich suchend um. »Ich möchte mich setzen.«

Die Information, dass sie sich um die Nachfolge eines Mordopfers bemühte, schien ihr in die zarten Glieder gefahren zu sein. Wir gingen zu der Sitzgruppe, wo ich bereits mit de Boer gesprochen hatte.

»Wie haben Sie von der Ausschreibung erfahren, Frau Weyrauch?«, wollte ich wissen.

»Es gibt eine Online-Stellenbörse für Orchestermusiker«, antwortete sie. »Die verschicken regelmäßig einen Newsletter. Ich bin für dieses Vorspiel extra aus Göttingen angereist. Ein Engagement bei den Bamberger Symphonikern wäre für mich die Krönung meiner bisherigen Musikerlaufbahn.«

Ich interessierte mich weniger für die Musikerlaufbahn der jungen Dame als für das Holzplättchen, das sie zu Beginn ihres Vorspiels in eine Flüssigkeit getunkt hatte.

»Sagen Sie mal, bevor Sie auf dem Fagott zu spielen begonnen haben, da hatten Sie ein Holzstück in der Hand …«

»Das Rohr, ja. Warum?«

»Darf ich das mal sehen?«

Sie öffnete ihren Instrumentenkoffer und holte das Mundstück hervor. Es sah aus der Nähe betrachtet aus wie eine Mischung aus Pfeife und Zigarettenspitze.

»Darf ich mal?« Ich nahm das Teil in die Hand und begutachtete es von allen Seiten. »Erklären Sie mir mal, wie das funktioniert!«

»Ja, gerne.« Sie schaute etwas ratlos. »Aber was hat das mit dem Mord zu tun?«

Ich nickte ihr auffordernd zu, damit sie weitersprach.

»Also, das Fagott ist ein Doppelrohrblasinstrument, genauso wie die Oboe. Der Ton wird dabei von einem doppelten Rohrblatt erzeugt, indem beim Anblasen zwei symmetrisch gegenüberliegende Blätter aus Schilf- oder Pfahlrohr zum Schwingen gebracht werden. Übrigens entsprechen auch die Melodierohre eines Dudelsacks dem Aufbau eines Doppelblattinstruments.«

»Aha«, sagte ich und ließ meinen Blick nicht von dem Mundstück. »Der Ton entsteht also gar nicht unten im Instrument, sondern hier oben am Mundstück?«

»Ja, richtig. Das Instrument ist nur der Resonanzkörper. Die Blätter haben großen Einfluss auf den Klang des Instruments. Und wenn's mal quietscht, dann geben viele Musiker gerne dem Rohr die Schuld. Die Blätter verändern sich beim Spielen oder bei Temperaturschwankungen. Es sind Gebrauchsstücke, die leider schnell verschleißen und ausgetauscht werden müssen.«

»Und warum haben Sie das Mundstück in ein Glas getunkt?«

»Die Blätter müssen vor dem Spielen in der Spitze feucht sein. Klarinettisten machen das mit Spucke. Wir Fagottisten verwenden Leitungswasser, weil Speichel Enzyme enthält, die die Proteine in der Zellulose des Blattes lösen können. Die Elastizität lässt dann schnell nach. Ist das Blatt aber mit Leitungswasser vollgesogen, saugt es keine Spucke mehr auf, und man kann es in den Mund nehmen.«

»Und dafür haben Sie dieses Glas?« Ich zeigte auf ein kleines Olivengläschen mit Schraubdeckel, das in ihrem Instrumentenkoffer lag.

»Ja, genau. Manche Kollegen haben auch Filmdosen aus Plastik. Aus der Zeit vor der Digitalfotografie. Davon halte ich aber nicht viel, weil in diesen Filmdosen immer noch Chemierückstände sein können.«

»Interessant. Und dieses Glas bringen Sie gefüllt mit?«

»Ja. Oder ich fülle es auf der Damentoilette mit frischem Leitungswasser.«

»Vielen Dank, Frau Weyrauch, das hilft mir sehr weiter. Ich wünsche Ihnen noch viel Erfolg bei Ihrer Bewerbung. Bei Ihren … äh … Qualitäten haben Sie beste Aussichten, würd ich sagen.« Und die Haarfarbe passt auch, dachte ich.

»Wo denken Sie hin?« Sie schaute mich empört an. »Ich werde mich nicht auf den Stuhl eines Mordopfers setzen. Damit ich die Nächste bin? Nein, nein, und dieser Lustmolch von Chefdirigent …« Sie fügte flüsternd hinzu: »Glauben Sie, ich habe nicht gemerkt, wie der mich mit den Augen ausgezogen hat? Ich bleibe beim Göttinger Symphonie Orchester.«

»Das ist schade«, sagte ich. »Sie wären für Bamberg gewiss eine Bereicherung gewesen.«

Ich wollte wieder den Konzertsaal betreten, als mich eine kräftige Stimme von hinten anfuhr.

»Halt! Stehen bleiben!«

***

Es war Dellinger, der Orchesterwart. In der Hand trug er einen weißen Stoffbeutel, in dem sich den klimpernden Geräuschen zufolge Glasflaschen befanden.

»Dort findet ein Probespiel statt. Das Betreten ist für Unbefugte strengstens untersagt.«

»Schon gut, schon gut«, beruhigte ich ihn. Ich wandte mich um, dann erkannte Dellinger mich.

»Ach, Sie sind es, Herr Kommissar. Entschuldigen Sie bitte. Aber meine Aufgabe ist es, darauf zu achten, dass das Probespiel ungestört über die Bühne gehen kann. Sie müssen wissen, das Probespiel ist für die Mitglieder des Orchesters so ziemlich das Allerheiligste.«

»Schon gut«, wiederholte ich. »Sie machen ja auch nur Ihren Job. Aber wo Sie gerade hier sind, darf ich Ihnen noch ein paar Fragen stellen?«

Er blickte kurz auf seine Armbanduhr, dann sah er sich um, ob sonst noch jemand in der Nähe war.

»Na schön, wenn wir hier in der Nähe bleiben können. Das Probespiel müsste bald zu Ende sein, und dann muss ich die Bühne wieder abräumen.«

»Es dauert nur ein paar Minuten. Sie sind doch für die Instrumente der Orchestermusiker zuständig?«

Er nickte. »Ja, insbesondere für die Instrumente, die nicht den Musikern gehören, sondern als Dienstinstrumente im Besitz des Orchesters sind.«

»Der Konzertflügel zum Beispiel?«, vermutete ich. »Wird der auch auf Reisen mitgenommen?«

»Nein, normalerweise nicht. Aber es gibt noch viel mehr.«

»Was ist mit Marianne Meier? Gehörte ihr der Fagott?«

»Es heißt das Fagott. Aber ja, sie hatte ihr eigenes Instrument. Ein sehr gutes Stück. Soviel ich weiß, hat sie es von ihrem Großvater geerbt, der schon unter Celibidache und Karajan bei den Berliner Philharmonikern gespielt hat. Sie liebte dieses Instrument über alles. Und sie hat es nie aus den Augen gelassen.«

»Wo bewahren die Musiker denn gewöhnlich ihre Instrumente auf?«

»Die Bläser und Streicher nehmen ihre Instrumente natürlich mit nach Hause, um darauf zu üben. Viele haben auch mehrere Instrumente. Ich bin sicher, dass auch Marianne, wenn sie zu Hause geübt hat, dies nicht auf ihrem wertvollen Erbstück getan hat.«

»Was ist mit Emilio Velasco? Blies er sein privates Horn oder ein dienstliches?«

»Emilio hatte beides. Er besaß ein eigenes Horn, ein Alexander Hundertdreier. Als Solo-Hornist stand ihm aber auch ein Dienstinstrument zur Verfügung. Sein Diensthorn, ein Paxman, ist im Moment bei mir. Ich hatte es bereits für den Transport nach Mailand vorbereitet. Wenn er mit seiner Horngruppe auftrat, nahm er immer sein eigenes.«

»Mailand?«

»Wir spielen übernächste Woche in der Scala. Es ist der Auftakt einer Südeuropatournee. Bislang ist noch nicht entschieden, ob alles wie geplant stattfinden kann.«

»Wäre das überhaupt möglich? Nachdem zwei Ihrer Musiker so kurzfristig … ausgefallen sind?«

»Das wäre kein Problem«, sagte Dellinger und machte eine wegwerfende Handbewegung. »Wir haben jede Position im Orchester mehrfach besetzt. Es wären wohl nur ein paar Verschiebungen im Dienstplan nötig. Um uns in Schwierigkeiten zu bringen, müsste der Mörder schon alle Hornisten oder Fagottisten umbringen. Entschuldigen Sie, das war vielleicht etwas zynisch. De Boer und Winterstein haben gesagt, dass sie den planmäßigen Start der Tour davon abhängig machen, ob die Polizei bis dahin den Täter überführt hat.« Er schaute mich durch seine filigrane randlose Brille an, die überhaupt nicht zu seinen markanten Gesichtszügen passte. »Glauben Sie, dass Ihnen das gelingen wird?«

»Wir tun unser Bestes, das können Sie mir glauben«, sagte ich und dachte, dass wir uns vom Spielplan der Symphoniker gewiss nicht unter Druck setzen ließen. »Wer macht eigentlich die Dienstpläne?«

»Der Orchestermanager. Und innerhalb jeder Musikergruppe gibt es einen Diensteinteiler, der die einzelnen Schichten besetzt.«

In diesem Moment öffnete sich die Tür zum Konzertsaal, und ein Musiker erschien, an dessen Gesicht man nicht ablesen konnte, wie er sich im Vorspiel geschlagen hatte. Danach kamen auch de Boer und die übrigen Orchestermitglieder aus dem Saal. Dellinger wurde sichtlich nervös, weil er nun offenbar etwas zu tun hatte.

»Eine Frage habe ich noch. Frau Meier ist doch erst wenige Tage tot, wie kann es da eigentlich sein, dass heute schon ein Probespiel für ihre Stelle stattfindet? Braucht so was nicht einen gewissen Vorlauf? Das kann man doch nicht von heute auf morgen organisieren.«

»Nein, natürlich nicht. Das war ein glücklicher Zufall, wenn man hier von Glück sprechen kann. Wir hatten schon vor mehreren Wochen eine Fagott-Stelle ausgeschrieben, die erst zum Herbst neu besetzt werden muss. Eine Schwangerschaftsvertretung, weil Isabell Baumann, unsere dritte Fagottistin, in Elternzeit geht. Jetzt haben wir den Bewerbern, die sich eh schon für das Probespiel angemeldet hatten, auch diese Stelle angeboten.«

»Das heißt, von den Kandidatinnen und Kandidaten heute bekommen zwei den Zuschlag?«

»Wenn es gut läuft, ja.«

»Was ist mit Lea Tossner? Hat sie Chancen?«

»Auf die Solo-Stelle?« Er verzog einen Mundwinkel. »Es müsste schon mit dem Teufel zugehen, wenn sie es auch diesmal nicht werden sollte.« Dellinger nahm den Stoffbeutel wieder in die Hand, wechselte das Thema und fragte: »Sind Sie Weintrinker, Herr Kommissar?«

»Wenn er nicht zu trocken ist, ja.« Mir war klar, dass ein Bekenntnis zum lieblichen Wein für wahre Kenner ein schlimmer

Frevel war. Aber mir schmeckte nun mal ein fruchtiger Süßwein am besten, genauso wie ich ein Stück Kuchen mit Sahne am liebsten mochte. An dem elitären Gequatsche der selbst ernannten Kenner, für die ein Wein nicht trocken genug sein konnte, beteiligte ich mich schon lange nicht mehr.

Erwartungsgemäß verzog Dellinger leicht das Gesicht, so als hätte ich bekannt, lieber Helene Fischer statt Bruckner zu hören. Doch nach wenigen Sekundenbruchteilen hatte er seine Gesichtszüge wieder unter Kontrolle und holte eine Flasche aus seinem Stoffbeutel hervor.

»Probieren Sie mal! Ist zwar nicht so süß wie Traubensaft, aber wirklich ein guter Tropfen.« Mit diesen Worten reichte er mir eine grüne Flasche. »Ein Karton ist nass geworden, die Etiketten sind beschädigt. Diese Flaschen können wir nicht mehr verkaufen. Nehmen Sie eine!«

»Vielen Dank«, sagte ich und begutachtete das lädierte Etikett, das unter einem Logo, das an einen Engelsflügel mit einem Kreuz erinnerte, die Aufschrift »Bamberger Stiftsgarten« trug, darunter stand geschrieben »Ehemalige Benediktinerabtei von 1015«.

»Wir sind hier zwar bekanntlich in Bierfranken und nicht in Weinfranken, das heißt aber nicht, dass es in Bamberg nicht auch einen guten Rebensaft gibt. Ein Geheimtipp für Kenner.«

»Das ist sehr nett«, sagte ich. »Ich wusste tatsächlich nicht, dass in Bamberg Wein angebaut wird.«

»Seit 2009 wachsen auf dem Weinberg, der zu den ehemaligen Klostergärten auf dem Michaelsberg gehört, wieder Weinreben. Die Tradition des Weinbaus an dieser Stelle ist tausend Jahre alt und wurde erst Anfang des 19. Jahrhunderts eingestellt. Wenn Sie diesen Silvaner Kabinett probieren, werden Sie jedoch merken, wie gut sich der Michaelsberg für den Weinbau eignet, wenn die Klosterkirche wegen Einsturzgefahr schon auf Jahre hinaus geschlossen bleiben muss. Er ist wirklich etwas trocken, zwölf Prozent Alkohol, fünfundachtzig Grad Oechsle-Gehalt mit einem zartfruchtigen Duft und fein mineralischem Geschmack.«

»Das ist sehr freundlich. Den werde ich gerne probieren. Sie sind ja ein richtiger Weinkenner. Das hätte ich Ihnen gar nicht zugetraut.«

»Mein kleiner Nebenjob«, sagte er nicht ohne Stolz. »Natürlich angemeldet und genehmigt. Der Arbeitgeber ist ja derselbe, und er profitiert von meinen Erfahrungen im Wein- und Gartenbau.«

»Der Weinberg gehört den Symphonikern?«, wunderte ich mich.

»Nein, aber der Bürgerspitalstiftung. Und damit der Stadt. Und die Symphoniker sind ja auch eine städtische Einrichtung. Die Erlöse aus dem Stiftsgarten fließen übrigens in die Sanierung der Michaelskirche. Wir verwenden für die verschiedenen Spirituosen nur Früchte von zum Teil sehr alten und schützenswerten Bäumen aus der früheren Klosterlandschaft. Haben Sie einen Garten, Herr Kommissar?«

»Noch nicht. Aber ich bemühe mich um eine Parzelle im Kleingartenverein ›An der Schwarzen Brücke‹. Dort werde ich aber wohl eher Tomaten und Radieschen anpflanzen als Weinbau betreiben. Ich habe allerdings noch keine Zusage. Das Bewerbungsverfahren dort ist fast so streng wie hier das Probespiel. Vielen Dank noch mal für den Wein.«

»Keine Ursache. Und wenn Ihnen der Silvaner wirklich zu trocken ist, dann haben wir auch einen weichen Zwetschgenbrand, einen sehr feinen Birnenbrand oder auch einen besonders fruchtigen Weinbergpfirsichlikör. Ich bin sicher, das wäre etwas nach Ihrem Geschmack.«

Ich verkniff mir die Frage, ob es auch Michaelsberger Eierlikör gab.

SIEBZEHN

»Gestern wurde Rombach ermordet«, sagte der Oberinspektor.

»Rombach?«, fragte der Apotheker.

»Ach, das wussten Sie nicht?«, fragte der Assistent.

»Was denn, Rombach ist …«

»Er wurde wie gesagt gestern im D-Zug von Wien nach München erwürgt. Im Schlafabteil mit der Nummer zehn.«

»Und wir sind sicher, dass der Mörder das falsche Opfer getötet hat, weil Rombach mit einem anderen Fahrgast die Schlafkabine getauscht hat.«

»Er hat die Schlafkabine getauscht?«, wiederholte der Apotheker.

In dem Moment läutete das Telefon. Nicht in Derricks Büro, sondern bei mir im Flur. Ich ging zum Apparat und nahm das Gespräch an. Obwohl ich seit Jahren auch ein schnurloses Telefon benutzte – es war ein Weihnachtsgeschenk meiner Tochter, die mir das Gerät zusammen mit einem Anrufbeantworter geschenkt hatte –, war es immer noch meine Angewohnheit, Telefonate im Flur zu führen, dort, wo das Telefon angeschlossen war. Und den AB, wie die Jugend diese Dinger nannte, hatte ich nur eine Woche in Betrieb gehabt. So lange, bis ich es leid war, abends eine halbe Stunde damit zu verbringen, überflüssige Rückrufe zu erledigen.

»Müller«, meldete ich mich nach dem dritten Klingeln. Es war natürlich nicht wirklich ein Klingeln, sondern so ein elektronisch erzeugtes Düdeldü, wie die modernen Geräte es heutzutage von sich gaben.

»Spreche ich mit Horst Müller?«, hörte ich die Stimme einer Dame mittleren Alters.

»Ja. Und wer spricht dort?«

»Hier spricht Hildegard Kneidinger, die Mutter vom Jens Kneidinger aus der 8 a.«

Ich kannte weder Jens Kneidinger noch seine Mutter Hildegard.

»Worum geht's?«

»Ich möchte über die Erdkunde-Hausarbeit reden. Die Bewertung, die Sie abgegeben haben, ist für mich in keiner Weise nachvollziehbar. Sie wissen doch, dass die Versetzung vom Jens gefährdet ist, und ich finde –«

»Einen Moment bitte«, unterbrach ich die besorgte Mutter und schloss messerscharf: »Sie möchten einen Erdkundelehrer namens Horst Müller sprechen?«

»Ja, den Lehrer der 8a am Clavius-Gymnasium. Sind Sie das denn nicht?«

»Nein. Da sind Sie falsch verbunden.«

»Entschuldigen Sie. Aber ich dachte ... weil Sie doch im Telefonbuch stehen und weil da ›Beamter‹ hinter Ihrem Namen steht. Es tut mir sehr leid, Herr Müller.«

»Kein Problem, Frau Kneidinger. Versuchen Sie es bei dem zweiten Horst Müller im Telefonbuch. Einen schönen Abend noch.«

Und wieder hatte sich ein Rätsel von selbst gelöst. Wie lange schon hatte ich mir vorgenommen, herauszufinden, welchen Beruf mein Bamberger Namensvetter hatte. Die Antwort war ohne mein Zutun gekommen, fast so wie sich die »Derrick«-Fälle nach einer knappen Stunde auflösten. Meistens brachen die Zeugen unter den strengen Blicken des Oberinspektors zusammen, wenn die Sendezeit zu Ende ging. Oberinspektor Derrick war die personifizierte Gerechtigkeit, immer fair und korrekt. Selbst die brutalsten Killer behandelte er ordentlich nach den Richtlinien und Gesetzen, nur selten ließ er sich seine Gefühle anmerken.

Ich erinnerte mich noch genau, wie ich als Kind die ersten »Derrick«-Folgen gesehen hatte. Zuerst sonntags, später freitags bildeten sie den Mittelpunkt unserer familiären Abendunterhaltung. Ich schaute »Derrick« lieber als »Aktenzeichen XY«, wo die Fälle ungeklärt blieben und das Böse nicht besiegt wurde. Während man bei Eduard Zimmermann immer lernte, dass sich hinter jedem freundlich dreinblickenden Hausierer ein skrupelloser Raubmörder verbergen konnte, war bei »Derrick« stets die Moral von der Geschicht: Verbrechen lohnt sich nicht. Denn am Ende landeten alle Spitzbuben hinter Gittern. Ich war mir fast sicher, dass der regelmäßige Fernsehkonsum von Freitagskrimis mit dazu beigetragen hatte, dass ich Polizist wurde – über den Umweg der Laufbahn beim Zoll. Vielleicht war Derrick immer mein Vorbild gewesen. Aber seitdem seine Vergangenheit als SS-Mann publik gemacht wurde, durfte man sich ja öffentlich nicht mehr als Derrick-Fan zu erkennen geben. Nur gut, dass meine VHS-Kassettensammlung sämtlicher Folgen, die ich bei der Wiederholung vor einigen Jahren angelegt hatte, noch kein Fall für die Kollegen vom Staatsschutz war.

Ich ging zu meiner Schrankwand und goss mir ein Gläschen Eierlikör ein, während Kollege Derrick auf dem Bildschirm zur finalen Vernehmung schritt. Es war eine etwas bizarre Szene, in der er eine greise Dame im Ballettkostüm und mit Lockenperücke befragte. Mit ihrer Verkleidung versetzte sie sich offenbar in die Zeit einer erfolgreichen Karriere als Tänzerin zurück.

»Sie suchen immer noch einen Mörder?«, fragte sie.

»Ja«, antwortete Derrick nüchtern.

»Warum eigentlich?«, sagte sie. »Mord und Mörder sind doch die normalsten Dinge. Auf der Bühne stellen wir das unentwegt dar: Mord, Tod, Wahnsinn.« Sie sprach wie in einer Theaterrolle. »Nur, auf der Bühne nennen wir es Kunst.« Ihr Tonfall wechselte vom Theatralischen wieder in den Normalton: »Trinken Sie eine Tasse Tee mit mir?«

»Ja, ich trinke gerne eine Tasse Tee mit Ihnen«, sagte Derrick.

In den nächsten Minuten war der Fall geklärt. Tatsächlich war der Falsche ermordet worden, weil sich im Schlafwagenabteil mit der Nummer zehn nicht das geplante Opfer befunden hatte.

»Harry, bring ihn weg«, sagte Derrick zu seinem Assistenten.

Derrick hatte seinen Harry. Ich hatte meine Paulina, auch wenn sie diesen Vergleich gewiss nicht gerne hörte. Dies war aber auch schon die einzige Parallele zwischen mir und meinem Idol. Einen Siebener-BMW fuhr bei uns nicht mal Dr. Goos. Und in sechzig Minuten wurde bei uns vielleicht mal ein Fahrraddiebstahl gelöst. Wenn der Täter seine Beute freiwillig zurückbrachte. Und den Dienstgrad Oberinspektor gab es bei der bayerischen Polizei seit den siebziger Jahren nicht mehr.

Der Abspann lief, ich schaltete den Videorekorder aus und

nahm einen letzten Schluck aus meinem Eierlikörglas. Ein Blick auf die Pendeluhr neben der Wohnzimmertür sagte mir, es war Zeit, sich ins Bett zu begeben.

Ein Gedanke ging mir nicht aus dem Kopf.

***

Am nächsten Morgen präsentierte ich im Büro Paulina eine kurze Zusammenfassung meiner Gedanken und Erkenntnisse des vergangenen Abends.

»Ich muss Ihnen von einer ›Derrick‹-Folge berichten, die ich gestern auf Video gesehen habe.«

»Erzählen Sie mir lieber, wer gestern beim ›Bachelor‹ keine Rose bekommen hat. Das hab ich nämlich verpasst.« Sie gähnte demonstrativ. »Während Sie zu Hause einen gemütlichen Fernsehabend verbracht haben, habe ich nämlich hier gesessen und die abgetippten Protokolle korrigiert und überarbeitet. So etwas wird in den Fernsehkrimis ja nicht gezeigt.«

Ich ignorierte den leicht vorwurfsvollen Unterton.

»Also, bei ›Derrick‹ jedenfalls wurde eine falsche Person ermordet, weil sie sich nicht im gebuchten Schlafwagenabteil befand.«

»Ich kann noch keinen Zusammenhang mit unseren Ermittlungen erkennen«, sagte sie, ohne von ihren ausgedruckten Protokollen aufzublicken. »Oder habe ich etwas übersehen?«

»Stellen Sie sich mal vor«, führte ich langsam aus, »bei ›Derrick‹ wäre zwar die richtige Person ermordet worden, aber man hätte sie in ein anderes Abteil gelegt, um die Polizei zu verwirren.«

»Hä?«, machte Paulina. »Ich schlage vor, Sie sagen einfach klipp und klar, worauf Sie hinauswollen. Ganz ohne Analogien zu Ihren Schwarz-Weiß-Krimis aus dem vergangenen Jahrhundert.«

»›Derrick‹ wurde schon immer in Farbe ausgestrahlt«, korrigierte ich sie. »Als Harry Klein, der schon in der Vorgängerserie ›Der Kommissar‹ vorkam, zu Derrick wechselte, wurde er sozusagen vom Schwarz-Weiß- ins Farbfernsehen befördert.«

»Interessant. Was Sie nicht alles wissen!«

»Sparen Sie sich Ihre Ironie. Dafür könnte ich die Blondinen aus Ihrer Kuppelshow nicht mal unterscheiden, wenn sie alle nebeneinander auf dem Laufsteg spazieren würden. Was ich sagen möchte: Es wäre doch denkbar, dass unser Mörder überhaupt nichts mit dem Zwergenquatsch zu tun hat, sondern uns auf eine falsche Fährte lotsen wollte.«

»Indem er bei seinem Opfer einen Gartenzwerg deponierte«, stimmte Paulina zu und schaute mich an. »Das sehe ich bei Velasco auch so. Denn der Zwerg, den wir bei ihm fanden, passte nicht zu den anderen. Aber der Zwerg, der im Spind von Marianne Meier lag, ist identisch mit den übrigen, die von der Agentur verschickt wurden.« Dann blickte sie erstmals von ihren Zetteln hoch und schaute mich mit weit geöffneten Augen an. »Oder glauben Sie tatsächlich, dass wir es mit zwei Tätern zu tun haben?«

Ich kratzte mich am Kinn und schüttelte dann den Kopf. »Das kann ich mir nicht vorstellen. Denn das wäre ja ein verrückter Zufall. Aber ich habe einen anderen Gedanken. Der Zwerg, den wir bei Fräulein Meier gefunden haben, war gar nicht an sie adressiert, sondern der Empfänger hat ihn bei ihr deponiert.«

Jetzt genoss ich Paulinas volle Aufmerksamkeit. »Aber das würde ja bedeuten, dass der Mörder die Person sein muss, an die die Agentur einen Zwerg geschickt hat, der aber keinen hat.«

»So ist es«, sagte ich. Und wir wussten beide, wer gemeint war. »Dann haben wir jetzt einen Hauptverdächtigen.«

»Zuerst aber haben Sie einen Termin bei der Stadel«, sagte Paulina. »Sie will Ergebnisse sehen.«

»Das trifft sich ja gut«, sagte ich zufrieden.

***

Wenige Minuten später saß ich im Chefbüro von Kriminalrätin Stadel.

»Grüß Gott, Frau Stadel«, sagte ich zur Begrüßung. »Ihre Abo-Karte. Mit bestem Dank zurück.«

»Es tut mir leid, dass das Tötungsdelikt Ihnen das musikalische Erlebnis verdorben hat.« Sie lehnte sich in ihrem Bürosessel zurück und deutete mit der Hand auf den Besucherstuhl vor ihrem Schreibtisch. »Nehmen Sie Platz. Darf ich Ihnen mein

Abo bei Gelegenheit mal wieder überlassen? Ich weiß ja, dass Sie Berufliches und Privates stets zu trennen wissen.«

Ihr Blick ließ nicht erahnen, wie viel Spott in diesem Satz versteckt war. Es kümmerte mich nicht, wenn man sich über meine korrekte Art lustig machen wollte.

»Da Sie privat in die Konzerthalle gegangen sind und dafür auch keine Fahrtkosten zum Tatort entstanden sind, hat dieser unglückliche Umstand zumindest für die Kostenstelle einen positiven Effekt gehabt, nicht wahr, Herr Müller?«

Ich widerstand der Provokation. »Völlig richtig, Frau Kriminalrätin. Apropos positiver Effekt: Wir haben Indizien, die eine Person als dringend tatverdächtig erscheinen lassen.«

»Das klingt erfreulich, fahren Sie bitte fort!« Sie beugte sich interessiert vor, und ich genoss den Augenblick.

»Der Chefdirigent des Orchesters, Henning de Boer, hat aufgrund seines außerehelichen Verhältnisses mit der ermordeten Marianne Meier ein eindeutiges Tatmotiv. Seine Ehefrau hat ihn unter Druck gesetzt, die Affäre zu beenden. Der Verdacht wird erhärtet dadurch, dass de Boer auf der Liste der Gartenzwerg-Adressaten stand, aber nichts davon berichtete, einen erhalten zu haben. Stattdessen wurde ein Zwerg im Spind von Frau Meier gefunden.«

»Sie glauben also, dass der Täter eine falsche Spur legen wollte?«

»Richtig.«

»Und was ist mit dem zweiten Mord?«

Ich hatte erwartet, dass diese Frage kam. Und ich wollte nicht sofort eingestehen, dass ich darauf noch keine wasserdichte Antwort hatte.

»Wir schließen nicht aus, dass es sich um eine Verdeckungstat handeln könnte.«

Stadel senkte den Kopf, während sie die Augenbrauen hochzog.

»Sie meinen, der Chefdirigent der Bamberger Symphoniker tötet zuerst seine Geliebte und als Nächstes einen seiner wichtigsten Musiker, nur um von sich abzulenken? Das ist nicht Ihr Ernst.«

»Es ist für mich nicht von Belang, ob ein Verdächtiger der Chef von was auch immer ist und welche gesellschaftliche Rolle er spielt. Oder welches wichtige oder unwichtige Instrument in einem Orchester.«

Ich bemühte mich, selbstbewusster zu wirken, als es die Beweislage erlaubte. »Werden Sie die Beantragung eines Haftbefehls in die Wege leiten?«

Sie antwortete sofort und eindeutig: »Nein.« Etwas leiser fügte sie hinzu: »Wissen Sie, was wir beide machen können, wenn wir den Chefdirigenten der Symphoniker verhaften und später wieder laufen lassen müssen?«

Ich wusste es, aber sie kam mir mit der Antwort zuvor.

»Unseren Hut nehmen. Müller, besorgen Sie handfeste Beweise für den Mord an dem Hornisten Velasco!«

Ich nickte.

»Übrigens«, sagte sie. »Velasco war wirklich ein begnadeter Hornist. Ich habe ihn erst kürzlich in Bayreuth gesehen, als er mit den Bamberger Hörnla aufgetreten ist. Schade, dass sich dieses Trio aufgelöst hat.«

»Ach«, sagte ich. »Dieses Trio existiert nicht mehr? Interessant.«

»Ja. Es gab einen heftigen Streit, wie in der Zeitung zu lesen war«, sagte sie und machte mit einem Blick auf ihre Uhr deutlich, dass der nächste Termin bevorstand.

»Bamberger Hörnla«, murmelte ich, während ich mit einem freundlichen Gruß Stadels Büro verließ. Schon eine groteske Vorstellung, dass ein Mitglied der Bamberger Hörnla mit einem ebensolchen vergiftet wurde.

***

»Googeln Sie mal!«, rief ich Paulina zu, als ich wieder unser gemeinsames Büro betrat.

»Zu Befehl, Chef«, erwiderte sie und legte ihre flache Hand an die Stirn. »Kein Haftbefehl?«

Ich schüttelte den Kopf.

»Was soll ich googeln?«, fragte sie. »Wie heißt der Mörder?« Sie lachte und tippte. Zwei Sekunden später sagte sie: »Wissen Sie, was Google ergänzt, wenn man ›Wer war der Mörder‹ eingibt? ›Von Gandhi‹ und ›im Tatort‹.«

»Hm. Hilft uns das weiter? Eher nicht. Tippen Sie in Ihre Zaubermaschine mal ›Bamberger Hörnla‹ ein!«

»Hä? Aber wir wissen doch schon sehr genau, was ein Bamberger Hörnla ist und welche Zutaten dafür erforderlich sind. Butter statt Margarine.«

Ich setzte mich an meinen Schreibtisch. »Nein, nein. Es geht weder um das Gebäck noch um die Kartoffel. Sondern um Musik.«

Paulina war irritiert. »Ich versteh nur Bahnhof. Moment mal.« Wieder flogen ihre Finger über die Tastatur. Dann rief sie: »Aha! Ich hab was. ›Bamberger Hörnchen‹ ist der Titel eines Solo-Stückes für Horn von einem Komponisten namens Jörn Arnecke. Meinen Sie das?«

»Geben Sie doch auch mal zusätzlich den Namen von Emilio Velasco als Suchbegriff ein. Es geht um ein Horn-Trio, das sich kürzlich im Streit aufgelöst hat.«

»Sagen Sie das doch gleich.« Paulina verdrehte auf ihre einmalig sympathisch genervte Art die Augen. »Es gibt mehrere Treffer auf infranken.de. Aber da kann ich nur die Überschriften lesen. Wegen der Paywall.«

»Zeigen Sie mal!«, sagte ich, erhob mich von meinem Stuhl und stellte mich neben sie, um über ihre Schulter auf ihren Bildschirm zu schauen. Sofort stieg mir der süßliche Duft ihres Parfüms in die Nase.

»Bamberger Hörnla vor dem Ende«, lautete eine Schlagzeile. »Das erfolgreiche Horn-Trio hat eine Konzertreihe im Schwarzwald sowie einen gemeinsamen Auftritt mit Qian Peng in der Weihnachtssendung von Florian Silbereisen abgesagt. Das Management machte auf Anfrage keine Angaben zu …« Hier endete der Text. Wer weiterlesen wollte, musste sich als Abonnent registrieren. Paulina klickte auf den nächsten Text, die Überschrift lautete hier: »Bamberger Hörnla lösen sich auf«. Im Vorspann war ein Franjo Behrens zitiert, der von »nicht überwindbaren Meinungsverschiedenheiten der Ensemble-Mitglieder« sprach.

»Das ist jetzt ein Vierteljahr her«, sagte Paulina mit Blick auf das Veröffentlichungsdatum. »Ob's einen Zusammenhang mit unseren Morden gibt?«

»Jedenfalls lautet unser Auftrag, mögliche Hintergründe des Todes von Emilio Velasco aufzuklären. Und dieser Franjo Behrens könnte für uns ein interessanter Gesprächspartner sein.«

ACHTZEHN

Die Adresse, unter der Franjo Behrens gemeldet war, war dem Navigationssystem unseres Dienstwagens leider unbekannt.

»Am Werkkanal? Nie gehört«, sagte ich. »Das soll in Bamberg sein?«

»Dort gibt es eine Schreinerei«, sagte Paulina, nachdem sie auf ihrem Smartphone ein wenig gedrückt und gewischt hatte. »Das ist das Neubaugebiet auf der Erba-Insel.«

»Interessant«, sagte ich und dachte: ganz in der Nähe der Kleingartenanlage. Paulina setzte den Wagen in Bewegung. Auf der Landesgartenschau, die auf dem Gelände der ehemaligen Baumwollspinnerei vor einigen Jahren stattgefunden hatte, war ich natürlich gewesen. Aber die Wohnhäuser, die dort eins nach dem anderen zwischen Regnitz und Fischpass wie Pilze aus dem Boden geschossen waren, hatte ich mir noch nie angesehen. Behrens konnte also noch nicht lange dort wohnen.

Wir stellten den Wagen in einer Parkbucht vor den würfelförmigen Wohnhäusern am Regnitzufer neben dem Erba-Turm ab, der als denkmalgeschütztes Relikt noch an die vergangenen Zeiten erinnerte, in denen der heutige Naherholungspark ein Industriegebiet war.

»Was macht die denn da?«, fragte Paulina und deutete auf die blau uniformierte Kollegin von der Parkraumüberwachung, die ein Fahrzeug nach dem anderen notierte, Strafzettel unter den Scheibenwischer klemmte und die Ventilstände der Reifen mit einer Minikamera fotografierte.

Ich zuckte mit den Schultern, denn auch nach mehrmaligem Umschauen konnte ich nirgends ein Schild erkennen, das auf ein Parkverbot hinwies.

Paulina war bereits ausgestiegen und hatte sich der Politesse genähert.

»Dürfen wir hier nicht parken?«

»Eine Stunde. Mit Parkscheibe«, lautete die Antwort in strengem Tonfall.

»Aber hier steht nirgendwo ein Schild!« Paulina deutete mit beiden Händen in alle Himmelsrichtungen.

»Das Schild steht hinter der Erba-Brücke, wenn Sie auf die Insel drauffahren. Und Parkscheibe nachstellen gilt nicht«, fügte sie noch eine Spur strenger hinzu.

Während ich bereits die Parkscheibe auf die korrekte Uhrzeit einstellte, holte Paulina die »Halt Polizei«-Kelle aus dem Seitenfach der Beifahrertür und wollte sie in die Windschutzscheibe legen.

»Die weiß noch nicht, mit wem sie es zu tun hat«, brummte sie.

»Lassen Sie mal stecken«, stoppte ich sie. »Es muss ja nicht jeder gleich sehen, wer wir sind. Und länger als eine Stunde werden wir sicher nicht brauchen.«

Paulina seufzte und ließ die Kelle wieder in der Seitentür verschwinden.

Die Hausnummer fünf war das dritte Haus. Alle drei waren in ganz unterschiedlichem Stil, aber in ähnlicher Kubusform gebaut. Das erste hatte gläserne Balkons und war in Brauntönen gestrichen. Das zweite war in schlichtem Grau gehalten, und das dritte sah aus wie ein gläsernes Schiff. Die Fassade bestand fast nur aus Fensterfronten. Wie man in einer solchen Wohnung eine Schrankwand aufstellen konnte, war mir schleierhaft.

Der Klingelknopf mit dem Namen »Behrens/Benkert« war der oberste. Nachdem uns geöffnet wurde, fuhren wir mit dem Lift in die fünfte Etage, wo uns schon beim Öffnen der Fahrstuhltür ein umwerfender Panoramablick über die ganze Stadt erwartete. Und Franjo Behrens, ein schlaksiger Mann Anfang dreißig. Er hatte wohl durchschnittlich viele Haare auf dem Kopf, die allerdings ungleich verteilt waren: Sein Schädel war kahl wie ein Pingpongball, sein Kinn jedoch zierte ein langer roter Spitzbart.

»Grüß Gott, Herr Behrens«, sagte ich und stellte uns vor. »Wir kommen wegen des Todes Ihres Kollegen Emilio Velasco.«

»Er war kein Kollege mehr«, sagte er kühl und trat zur Seite. »Aber treten Sie ein. Bei allem, was vorgefallen ist: Ein solches Ende hat er nicht verdient.«

»Unter welchen Umständen hat man Ihrer Meinung nach denn verdient, ermordet zu werden?«, fragte ich, während ich einen lichtdurchfluteten Korridor betrat.

»Wie bitte?« Er schaute mich irritiert an. Dann lachte er etwas verlegen. »Ach, das war jetzt nur so dahingesagt. Natürlich hat es niemand verdient, umgebracht zu werden. Nehmen Sie Platz. Möchten Sie etwas trinken? Kaffee? Ich habe allerdings nur Filterkaffee.«

Behrens gewann auf einen Schlag alle Sympathiepunkte zurück, die ihn sein merkwürdiger Bart gekostet hatte. »Sehr gerne«, sagte ich. »Für meine Kollegin lieber nicht.« Ich grinste sie schelmisch an.

»Sie müssen entschuldigen«, sagte er, als er im Kochbereich der riesigen Wohnküche zu einer Metallkanne griff. »Aber der Vollautomat ist in Reparatur. Die Einspritzautomatik ... Da kann ich Ihnen nur diese Plörre anbieten. Eigentlich ungenießbar, dieser Muckefuck.« Er lachte, und alle Sympathiepunkte waren mit einem Schlag wieder verloren. So schnell konnte es gehen. »Jemand Zucker?«, fragte er und legte auf jede Untertasse ein Päckchen aus Papier, wie man sie aus den Cafés kennt.

Ich schaute mich um, während Behrens umständlich die »Plörre« in Porzellantassen eingoss. Die Wohnung war strahlend weiß und fast klinisch sauber. Die wenigen Wände, die nicht aus Glas bestanden, waren weiß gestrichen. Die Sitzmöbel aus weißem Leder gruppierten sich um einen niedrigen Glastisch. Auch die Küche war glänzend weiß. Ich konnte nirgends ein Staubkörnchen entdecken. Doch das perfekte Bild wurde gestört durch zwei nackte Glühbirnen, die an der Zimmerdecke an Stromkabeln baumelten, als wären sie von den Handwerkern beim Einzug vergessen worden.

»Schön wohnen Sie hier«, sagte Paulina. Ich hätte ihr nicht widersprechen können. Aber mein Eindruck von außen bestätigte sich: Eine Schrankwand hatte in diesem Penthouse keinen Platz. Wo wollte Herr Behrens in seinen Zweihundert-Quadratmeter-Gemächern sein Hab und Gut verstauen, wenn überall nur Platz für Deko-Elemente war?

»Sie leben hier nicht allein, oder?«, sagte Paulina, nachdem wir uns alle gesetzt hatten. Einen Moment befürchtete ich, mit meinem grauen Straßenanzug die weiße Sitzlandschaft zu beschmutzen.

»Meine Freundin Larissa wohnt mit mir hier. Sie studiert in Erlangen Medizin und wird nach der Promotion noch den Facharzt machen und dann die Internistenpraxis ihres Vaters im Hain übernehmen. Über Larissa kam übrigens auch der Kontakt zu Emilio. Wir haben uns ursprünglich gar nicht über die Musik kennengelernt.«

»Sondern?«, fragte Paulina.

»Larissa Benkert ist die Cousine von Marianne Meier.«

»Der Fagottspielerin? Die ebenfalls ermordet wurde?«, hakte ich nach.

Behrens nickte. Hatten wir die fehlende Verbindung zwischen beiden Verbrechen entdeckt? Ich merkte, wie sich mein Pulsschlag erhöhte.

»Moment mal«, sagte Paulina. »Das heißt, Sie haben die Bamberger Hörnla erst gegründet, als sich Emilio Velasco, Marianne Meier und Sie schon kannten?«

»So ist es. Ist das interessant für Sie?«

»Vielleicht«, sagte ich. »Interessant ist für uns vor allem der Grund, warum sich das Trio getrennt hat. In der Presse ist von einem Streit die Rede gewesen.«

Behrens blickte einen Moment still in seine Kaffeetasse. Dann schaute er zwischen uns hindurch über seine Dachterrasse auf das Bamberger Stadtpanorama. »Die Chemie hat nicht mehr gepasst. Es ging einfach nicht mehr.«

»Das heißt?«, hakte Paulina nach.

»Na ja, das kann man oft nicht an einem Punkt festmachen. Kennen Sie das nicht, wenn Sie mit einem langjährigen Freund auf einmal keinen Gesprächsstoff mehr haben? Wenn Sie plötzlich merken, dass eine Ihnen einst vertraute Person nicht mehr auf demselben Planeten lebt wie Sie? Das ist bei Ehepaaren nicht anders als bei Freunden oder Musikern.«

»Das mag ja sein«, sagte Paulina. »Aber Sie waren ein höchst erfolgreiches Trio, haben Preise abgeräumt, CDs aufgenommen, sind im Fernsehen aufgetreten und hatten noch eine große Zukunft vor sich. Man muss doch nicht eng befreundet sein, um so eine Karriere fortzuführen.«

Behrens zwirbelte mit seinem Finger in seinem Bart und schien unseren Blicken auszuweichen.

»Was ist aus dem Dritten im Bunde geworden?«, fragte ich.

»Hagen Römer? Von dem haben wir seitdem nichts mehr gehört. Er lebt jetzt in São Paolo bei einem jungen Brasilianer, den er auf einer Südamerikatour kennengelernt hat. Er war danach nicht mehr in Deutschland.«

»Wie war das Verhältnis zwischen Marianne Meier und Emilio Velasco?«, startete ich einen Versuchsballon.

»Da war nichts«, kam die Antwort wie aus der Pistole geschossen. »Also, wenn Sie ein Liebesverhältnis oder etwas in der Richtung meinen. Kann ich Ihnen noch irgendwie weiterhelfen?«

Seine Unsicherheit war deutlich zu spüren.

»Was verschweigen Sie uns, Herr Behrens?«, fuhr ich ihn an. »Irgendetwas ist doch vorgefallen! Erzählen Sie uns keine Märchen von sich verlierenden Freundschaften!«

Behrens stand auf und ging zur Fensterfront. Man konnte die vier Domtürme sehen, deren Spitzen sich im Sonnenlicht spiegelten.

»Also gut«, sagte er und atmete tief durch. »Vielleicht haben Sie recht. Ich zeige Ihnen etwas.« Er nahm das Zuckertütchen von seiner Untertasse und wies uns den Weg zurück zum Eingangsbereich der Penthouse-Wohnung. Dort öffnete er eine Tür in einen kleinen Raum, in dessen Mitte ein Notenständer stand.

»Das ist mein Musikzimmer«, erläuterte er und schüttelte das Zuckerpäckchen zwischen Daumen und Zeigefinger hin und her.

Ich fragte mich, was er uns hier demonstrieren wollte.

»Und das ist mein Horn.« Er griff zu seinem Instrument, das auf dem Fußboden auf einem Ständer stand.

»Möchten Sie uns ein Ständchen spielen?«, fragte Paulina. »Oder den Marsch blasen?«

»Keineswegs«, antwortete er. »Ich zeige Ihnen, wie Velasco mit seinem Horn mehr Geld verdienen konnte, als es mit den bestbezahlten Gagen als Musiker möglich war.«

Mit der Geste eines Zauberers nahm er das Horn in die Hand. »Schauen Sie her!«

Was er uns vorführte, hatte nichts mit Musik zu tun.

***

»Und nun?«, fragte Paulina, als wir wieder in unseren Dienstwagen einstiegen, der zum Glück tatsächlich von der Parkraumüberwachung verschont worden war.

»Jetzt haben wir eine Handvoll Verdächtiger. Wir können aus dem Vollen schöpfen«, antwortete ich, während ich mich vorschriftsmäßig angurtete.

»Ja, lauter mögliche Täter, die ein Motiv haben. Und Zugang zu Zyankali.«

»Die Apothekerstochter Lea Tossner, die im Orchester die Solo-Stelle von Marianne Meier einnehmen will«, begann ich die Aufzählung. »Dann die betrogene Ehefrau des Chefdirigenten, Marieke de Boer, die von den amourösen Gastspielen ihres Gatten vielleicht genug hatte …«

»… und die keinen Hehl daraus macht, dass sie als Chemikerin ohne Probleme an die giftigen Substanzen käme.«

»Biologin«, verbesserte ich und stimmte zu. »Und dann wäre da noch Franjo Behrens mit einer angehenden Ärztin als Lebensgefährtin.«

»Was er uns heute demonstriert hat, könnte eine verdammt heiße Spur sein«, sagte Paulina.

»Ein wahres Wort gelassen ausgesprochen«, konstatierte ich.

»Oh, eine Ihrer Lieblingsfloskeln, die Sie schon lange nicht mehr zum Besten gegeben haben. Wissen Sie, was Sie auch schon lange nicht mehr gesagt haben?«

»Sie führen Buch über meine Floskeln?« Ich schaute sie ungläubig an. »Das kann nicht Ihr Ernst sein.«

Sie lachte. »Dazu muss man nicht Buch führen. Man muss Ihnen nur zuhören.«

»Also, sagen Sie schon! Was habe ich lange nicht mehr gesagt?«

»Das Leben ist eines der härtesten.«

»Und endet meistens tödlich«, vervollständigte ich korrekt. »Sage ich das wirklich so häufig? Sie übertreiben, Paulina.«

»Ist ja auch egal, aber das nächste Mal sag ich Bescheid, okay?«

»Jetzt fahren Sie los!«

»Ach ja, da fällt mir noch was ein«, sagte Paulina, als wir über die Schweinfurter Straße wieder Richtung Innenstadt fuhren. »Was haben Sie eigentlich mit der Konzertmeisterin zu schaffen?«

»Nora Bloch? Warum?«

»Weil sie im Büro angerufen und nach Ihnen gefragt hat. Mit mir wollte sie nicht reden.« Sie räusperte sich demonstrativ und fügte hinzu: »Weil es privat sei.«

»Ach so, ja.« Ich zupfte verlegen an meinem Ohrläppchen. Übersprunghandlung. »Ich hab vergessen, Ihnen was zu erzählen. Aber es hat nichts mit unserem Fall zu tun.«

»Ich höre.« Paulina klang streng und fordernd, als wollte sie mir in einer Vernehmung ein Geständnis abringen.

»Es ist reiner Zufall. Ich habe sie kennengelernt beim Kleingartenverein ›An der Schwarzen Brücke‹. Wir haben uns beide um eine freie Parzelle beworben und mussten uns der Vereinsversammlung vorstellen. Das ist alles.«

Paulina prustete laut los, sodass ich mir ernsthafte Sorgen um unsere Verkehrssicherheit machte.

»Sie wollen Schrebergärtner werden?«, rief sie lachend und war kaum zu verstehen.

»Was dagegen?«, gab ich mich leicht pikiert.

»Entschuldigung!« Sie lachte immer noch und beruhigte sich nur langsam. »Aber das ist wie aus dem Bilderbuch des deutschen Spießers. Ich kann mir hervorragend vorstellen, wie Sie mit Socken und Sandalen im karierten Kurzarmhemd Unkraut jäten. Horst Müller als Laubenpieper, einfach köstlich. Sie werden noch zu Ihrer eigenen Karikatur.«

»Jetzt kriegen Sie sich mal wieder ein. Wie ich gelesen habe, ist der Schrebergarten gerade bei so jungen Hipstern wie Ihnen voll im Trend. Öko-Gemüse, zurück zu den Petersilienwurzeln. Nicht wahr? An dieser Nora Bloch können Sie doch beispielhaft sehen, dass Kleingärtnerei nicht nur was für Spießbürger ist. Hat sie gesagt, was sie wollte?«

»Sie sollen sie anrufen. Es geht um ein Frühlingsfest, wenn ich das richtig verstanden habe. Ihre Mobilnummer hab ich notiert.«

Das wird das Frühlingsfest des Kleingartenvereins sein, dachte ich, sagte aber nur »Danke«, weil ich das Thema beenden wollte.

»Jetzt fahren wir erst mal zurück ins Büro. Ich bin sicher, die Stadel wird sich sehr dafür interessieren, wofür Emilio Velasco sein Horn noch gebraucht hat, außer zum Musizieren.«

NEUNZEHN

»Sagen Sie das noch mal!« Veronica Stadel schob ihr Kinn vor und legte den Kopf quer. »Ist das Ihr Ernst?«

Wir saßen im kleinen Besprechungsraum unserer Dienststelle, fernab aller Kaffeevollautomaten. Dafür gab es hier immer eine gefüllte Kanne aus einer Industriekaffeemaschine, die eine Flüssigkeit enthielt, die so schmeckte, wie man sich den Genuss von Heizöl vorstellen musste. Dies war eine der wenigen Situationen, in denen ich auf Filterkaffee verzichten konnte und stattdessen zu einer der Halbliterflaschen mit Bad Kissinger Mineralwasser griff, die in der Mitte des Besprechungstisches platziert waren. Der Raum war so gemütlich wie die Kühlkammer der Gerichtsmedizin, aber weil auch Polizeidirektor Goos an der Besprechung teilnahm, wäre das Büro der Stadel zu klein gewesen.

»Sie wollen also sagen, dass der ermordete Hornist Velasco in seinem Instrument Betäubungsmittel geschmuggelt hat?«, fragte Dr. Goos und blickte erst mich und dann Paulina an.

Wir nickten. »So hat es der Zeuge Franjo Behrens ausgesagt«, sagte ich.

»Und er hat vor unseren Augen demonstriert, wie es funktioniert«, fügte Paulina hinzu. »Er hat ein Tütchen Zucker in eines der Ventile seines Instruments gesteckt, und danach konnte er trotzdem die Bayernhymne darauf spielen.«

»Das wird nämlich am Flughafen bei der Sicherheitskontrolle regelmäßig verlangt, um zu zeigen, dass in dem Instrument keine Bombe oder Schmuggelware versteckt ist«, erläuterte ich. »Also nicht die Bayernhymne, sondern irgendetwas. So wie man oft seinen Laptop einschalten muss, um zu zeigen, dass die Elektronik nicht durch einen Sprengsatz ausgetauscht wurde.«

»Aha«, sagte die Stadel. »Aber wieso konnte er die Bayernhymne spielen, wenn eins der Ventile mit einem Zuckerpäckchen verstopft war?«

»Weil man jedes Musikstück spielen kann, ohne den Stimmzug des dritten F-Horn-Ventils zu benutzen«, wiederholte ich die

Erklärung von Behrens. »Auf diese Weise hat Velasco jahrelang Kokain, Heroin und synthetische Drogen von seinen Konzertreisen nach Deutschland geschmuggelt. Durch Zufall entdeckte Behrens bei einer Probe in Velascos Horn ein Drogentütchen, als sie in der Garderobe die Instrumente verwechselt hatten. Velasco habe bis zuletzt bestritten, mit dem Schmuggel etwas zu tun zu haben. Er habe nicht gewusst, wie das Zeug in sein Horn gelangt sei. Das haben die anderen beiden ihm nicht geglaubt, das Vertrauen war zerrüttet, und das Trio trennte sich im Streit.«

»Dieser Behrens wusste also von der Schmuggelei?«, fragte Stadel.

»Eine dieser Auseinandersetzungen, so berichtet Behrens, hat übrigens dessen Freundin, Larissa Benkert, mitbekommen. Und was spannend ist: Sie ist die Cousine von Marianne Meier.«

»Wie bitte?«, rief Dr. Goos. »Jetzt wird's mir zu kompliziert. Eine Zeichnung bitte!«

»Gerne!« Paulina stand auf, ging zu einem Flipchart und nahm einen roten und einen blauen Filzschreiber in die Hand. Auf die Mitte des Blattes schrieb sie in Blau die Namen der Toten: Marianne Meier und Emilio Velasco. Von Marianne Meier führte zu Larissa Benkert eine gestrichelte rote Linie mit dem Wort »Cousine«. Eine Linie mit einem Herz führte zum Chefdirigenten Henning de Boer, von dem wiederum ein Doppelring als Ehesymbol zu seiner Frau Marieke führte. Larissa Benkert wurde mit Franjo Behrens verbunden durch eine Linie und ein Herz. Neben Behrens schrieb sie die Namen der zwei weiteren Trio-Mitglieder. Als einziger Name ohne direkte Verbindung zu einer anderen Person stand in der Mitte Lea Tossner. Von hier malte sie einen Pfeil zu Marianne Meier und den Worten »Bewerbung um Solo-Stelle«.

Paulina steckte die Deckel wieder auf die Stifte und fragte in die Runde: »Alles klar?«

»Was ist jetzt mit den Empfängern der geköpften Zwerge?«, fragte Dr. Goos. »Es muss doch einen Zusammenhang geben. Glauben Sie, dass die übrigen Empfänger noch in Gefahr sind, solange der Mörder frei herumläuft?«

»Welche Rolle die Zwerge spielen, können wir noch nicht abschließend feststellen«, sagte ich vorsichtig. »Wir halten es aber für gut möglich, dass wir es mit einem Trittbrettfahrer zu tun haben. Schließlich stammen die beiden Zwerge, die bei den Mordopfern gefunden wurden, nicht aus derselben Produktion.«

»Möglicherweise wollte uns jemand auf eine falsche Fährte locken«, sprang Paulina mir bei.

»Kommen wir bitte noch mal auf die Hörnla zurück«, sagte Stadel bestimmt.

»Die Untersuchung durch die KTU hat ergeben, dass das Hörnla von Velasco tatsächlich vergiftet war«, sagte ich.

»Ich meinte jetzt nicht das Gebäck, sondern die Musikgruppe. Sie gehen davon aus, dass hier das Motiv zu finden ist?«

»Für mich steht außer Frage, dass die Drogensache etwas mit den Morden zu tun hat«, konstatierte ich energisch.

»Allerdings müssen wir auch einräumen, dass wir für den Drogenschmuggel bisher keinen Beweis haben, bis auf die Aussage von Franjo Behrens.«

»Und wenn es stimmt, was Velasco sagte, dass er nichts davon wusste und jemand ihn mit seinem Horn als Drogenkurier missbraucht hat?«, fragte Stadel.

»Das würde meine Vermutung unterstreichen, dass es einen Komplizen oder Mittäter im Orchester geben muss«, sagte ich nachdenklich.

»Was ist mit de Boer, dem Chefdirigenten?«, sagte Stadel. »Der wirkt manchmal durchaus so, als ob er nicht nur Zigaretten raucht.«

»Dass er sich gelegentlich mit illegalen Substanzen in Stimmung bringt, schließe ich nicht aus«, meinte ich. »Aber dass der große Maestro sich mit so was Niedrigem wie Drogenschmuggel beschäftigt, kann ich mir kaum vorstellen.«

»Ich habe den Eindruck, dass Sie mit Ihren Ermittlungen noch nicht am Ende sind«, sagte Stadel.

»Und mit Ihrem Latein hoffentlich auch noch nicht«, ergänzte Dr. Goos und erhob sich aus seinem Stuhl. Beim Hinausgehen nahm er mich zur Seite und flüsterte: »Sind Sie also wirklich sicher, dass wir nicht mit weiteren Morden rechnen müssen?«

»Wir tun unser Bestes, Herr Polizeidirektor«, sagte ich, ohne zu wissen, ob ihn diese Aussage beruhigen konnte.

Als wir wieder in unserem Büro waren, telefonierte ich zuerst mit Nora Bloch.

***

Die Gartenfreunde schienen einen guten Draht nach oben zu haben, denn über dem Frühlingsfest strahlte die Sonne an fast wolkenlosem Himmel. Ein aromatischer Bratwurstgeruch wies mir den Weg. Mit quer gestellten Bierbänken wurde offenbar der Weg durch die Gartenanlage für nicht willkommenes Laufpublikum versperrt. Je mehr ich mich näherte, desto intensiver wurde der Bratwurstduft, hinzu kam nun auch die Musik. Es hörte sich an, als ob eine launige Schlager-Combo den Platz vor dem »Gärtnerhüttla« beschallte. Die Laune schien bestens. Ich blickte mich um, ob ich Nora Bloch irgendwo entdeckte, doch dies war nicht der Fall. Ein paar Gesichter von der Mitgliederversammlung erkannte ich wieder, doch weil niemand mir einen auffordernden oder einladenden Blick zuwarf, suchte ich mir eine freie Bank, wo für mich und Nora Bloch genug Platz war.

»Ist hier noch frei? Darf ich?«, fragte ich höflicherweise und setzte mich.

Statt einer Antwort zog eine etwa Sechzigjährige mit Damenbart und Brose-Baskets-Käppi ihr Seidla demonstrativ zwanzig Zentimeter näher zu sich. Dann ergriff sie vom Nebentisch ein Metallschild mit der Aufschrift »Reserviert« und schob es in meine Richtung, direkt neben ein kopiertes Faltblatt, in dem die Historie der Kleingartenanlage beschrieben war. Demnach waren die Gärten in den sechziger Jahren für Mitarbeiter der Erba-Baumwollspinnerei entstanden. Nach deren Pleite wurde 1992 der Verein gegründet, um die Schrebergärten zu erhalten. Neben dem Flyer lag ein Werbeexemplar der Verbandszeitschrift »Der Kleingärtner«, das ich jedoch ebenso ignorierte wie das abweisende Verhalten des unsympathischen Basketballfans.

Ich schaute mich weiter um und suchte die Musikkapelle. Doch ich entdeckte nur im offenen Fenster des »Gärtnerhüttla« einen älteren Herrn, der auf einem Holzstuhl hinter einem Keyboard saß und mit regungsloser Miene in ein fest montiertes

Mikrofon sang: »Schau mir in die Augen, Kleine, du bist a ganz a Feine, rock mi heut Nacht. Drah di um, drah di um, bis der Tanzbodn kracht.« Bei näherem Hinsehen bemerkte ich, dass der Musikant an seinem Instrument ein Schild angebracht hatte mit der Aufschrift »www.tasten-theo.de«. Wie er da hinter dem offenen Fenster saß, erinnerte er mich an die käuflichen Damen an der Nürnberger Frauentormauer. Doch die sangen eher selten.

Ich kannte das Lied aus den Sendungen mit Florian Silbereisen oder Carmen Nebel. Dort wurde es aber gewöhnlich von einer Truppe Halbstarker in Lederhosen, Turnschuhen und Muscle-Shirts dargeboten, die auch im Sommer Strickmützen trugen und das Lied mit synchron-epileptischem Gezappel vorführten. Bei diesem Alleinunterhalter, der sich weniger bewegte als ein »Tagesschau«-Sprecher, wirkte die Darbietung irgendwie befremdlich.

Ich fühlte mich trotz der rund hundert Menschen um mich herum einsam und unwohl. Ich nahm die Kleingärtner-Zeitschrift und blätterte sie gelangweilt durch. Ein Ratgeberartikel beantwortete viele Fragen, mit denen sich ein Schreberjünger zu beschäftigen hatte: Wie groß durfte eine Laube sein? (Vierundzwanzig Quadratmeter.) Durfte man in der Laube übernachten? (Ja, aber nicht wohnen.) War Grillen jederzeit erlaubt? (Das regelte die Satzung der Kolonie.) Durfte man bestehende Bäume fällen? (Grundsätzlich ja.)

Gut, wenn es Experten gibt, die auf jede Frage eine Antwort haben, dachte ich. Auf der nächsten Seite begann eine längere Reportage über Weinanbau im Kleingarten. Dies sei nicht nur in Weinbergen möglich, sondern in fast jedem Garten, zum Beispiel mit Weinreben als Kübelpflanzen. Ich hatte gerade begonnen, mir mich als Hobbywinzer im Schrebergarten vorzustellen, als Nora Bloch mich mit den Worten erlöste: »Grüß Gott, Herr Müller, schön Sie zu sehen«, und sich zu mir setzte. Ich schob die Zeitschrift wieder beiseite, und sie bedankte sich für meinen Anruf auf ihrer Mailbox, mit dem ich einen gemeinsamen Besuch beim Gartenfest vorgeschlagen hatte.

»Ich freue mich auch, Sie zu sehen«, sagte ich und reichte ihr die Hand zur Begrüßung. Sie sah wieder hinreißend aus:

die Haare offen, ein ärmelloses pinkfarbenes Shirt, ein kurzer Jeansrock und weiße Turnschuhe ohne Socken.

»Mal was anderes als Beethoven und Mahler«, sagte ich und deutete auf Tasten-Theo, der gerade offenbar ohne jegliche Kenntnisse der französischen Sprache sang: »Kommohssava. Kommssikommssikommsiikommssaa …«

Nora Bloch lachte. »Ja, das zeigt mal wieder: Wofür braucht man ein großes Symphonieorchester, wenn man auch alles aus einer Elektrokiste herausholen kann? Wie geht's Ihnen? Kommen Sie mit Ihren Ermittlungen voran? Es herrscht unter den Musikern immer noch große Unruhe.«

»Das kann ich verstehen. Um ehrlich zu sein: Wir haben den Fall noch nicht gelöst, auch wenn wir ein paar vielversprechende Ansätze verfolgen. Aber lassen Sie uns nicht über die Arbeit reden.«

»Ist es nicht schade, dass wir um die freie Parzelle in der Kolonie konkurrieren?«, fragte sie mich. »Es wäre doch viel schöner, wenn wir beide gemeinsam hier gärtnern könnten, oder?«

Das war tatsächlich ein reizvoller Gedanke. »Wir können uns ja gegenseitig versprechen, dass derjenige, der den Zuschlag bekommt, den anderen gelegentlich zum Kuchenessen auf der eigenen Terrasse einlädt. Einverstanden?«

»Das klingt sehr gut, einverstanden. Und jetzt Bratwurst?« Sie blickte zum Grill neben dem Getränkestand vor dem Vereinsheim, wo eine hungrige Menschenschlange geduldig wartete. »Ich hole. Rot oder weiß?«

»Weiß«, sagte ich. »Aber ich kann auch …«

Doch sie war schon aufgesprungen und unterwegs zum Wurststand.

»Tühnekomproriealamuh. Restelanirestetuschur«, sang Theo und haute dabei in die Tasten, während sein Publikum im Takt zu schunkeln begann. Um zu vermeiden, dass die Dame mit dem Brose-Käppi in die Verlegenheit kommen könnte, sich bei mir einhaken zu müssen, ergriff ich die Kleingärtner-Zeitung wie einen rettenden Strohhalm vor dem Ertrinken und steckte wieder meine Nase rein. Der Artikel über die Weinreben im eigenen Garten interessierte mich wirklich. Ich las, dass man Weinreben seiner Lieblingssorten bestellen und sich zuschicken lassen konnte und dass getopfte Reben am besten zwischen April und Juni gepflanzt wurden. In einem Infokasten waren wissenswerte Tipps und Tricks zusammengefasst.

Was ich dort las, verschlug mir die Sprache. Hatte ich den fehlenden Hinweis gefunden, der für die Aufklärung des Falles noch fehlte? Innerhalb weniger Augenblicke entwickelte ich einen Plan für das weitere Vorgehen. Nora Bloch sollte mir dabei behilflich sein.

***

Als sie mit zwei herzhaft duftenden Bratwürsten mit Senf wiederkam, ließ ich mir zunächst nichts anmerken. Wir plauderten über dies und das. Doch meine Gedanken drehten sich um die Toten Marianne Meier und Emilio Velasco. Genüsslich schnitt ich die fränkische Bratwurst in kleine Stücke, von denen ich jedes einzelne in den Senf tunkte. Dabei musste mir unbemerkt ein kleines Missgeschick passiert sein.

»Frau Bloch, ich brauche Ihre Hilfe«, sagte ich mit gewichtiger Stimme.

»Sie meinen wegen des Senfflecks?«, fragte sie lachend und blickte auf meinen Hemdsärmel.

»Oh, das ist mir peinlich«, erwiderte ich und versuchte, mit einer Serviette den Fleck notdürftig zu beseitigen, was ihn jedoch nur noch vergrößerte. »Nein, nein. Es geht um die Morde. Sie können mir helfen. Sie müssten nur eine E-Mail schreiben.«

Sie schaute mich ratlos an. »Wie sollte ich Ihnen helfen? Und wem soll ich eine E-Mail schreiben?«

»Wie setzen sich die Mail-Adressen der Orchestermitglieder zusammen? Vorname Punkt Nachname … dann dieser Klammeraffe?«

»Ät Bamberger Minus Symphoniker Punkt DE. Ganz einfach. Vom Pförtner bis zum Intendanten.«

»Sehr gut, dann hätten wir das schon mal geklärt.« Ich nahm einen Bierdeckel und zückte einen Kugelschreiber aus der Innentasche meines Sakkos und notierte eine E-Mail-Adresse. »Dann bitte ich Sie, hierhin eine Mail zu schreiben.« Ich schob ihr den Bierdeckel hinüber.

Sie erschrak. »Aber das ist ja … Was soll ich ihm schreiben?«

»Warten Sie«, sagte ich. »Ich schreibe Ihnen den Text auf. Ich nehme an, Sie haben noch nie einen Erpresserbrief verfasst. Sie sollen ihm schreiben, dass Sie beobachtet haben, wie er Zyankali in den Becher gegossen hat, mit dem Marianne Meier das Mundstück ihres Fagotts befeuchtet hat. Sie verlangen ein Schweigegeld von, sagen wir, hunderttausend Euro, in kleinen nicht nummerierten Scheinen. Das übliche Blabla aus Erpresserbriefen, das kennen Sie ja aus den Fernsehkrimis. Okay? Haben Sie eine Idee für die Geldübergabe?«

»Moment mal, das soll ich unter meinem echten Absender schreiben? Aber was ist, wenn er gar nicht der Mörder ist und er mit der Mail zur Polizei geht?«

»Wir sollten uns eher fragen, was ist, wenn er der Mörder ist und Sie als Zeugin aus dem Weg schaffen will«, dachte ich laut nach und ärgerte mich sofort, meine Gedanken ausgesprochen zu haben, denn sie schienen Nora Bloch sichtlich zu beunruhigen.

»Ich glaube, dieses Spiel ist mir zu gefährlich, lieber Herr Kommissar.«

»Ich passe auf Sie auf und werde veranlassen, dass Sie ein Kollege von der Schutzpolizei nicht aus den Augen lässt. Verlangen Sie die Geldübergabe morgen Abend nach Sonnenuntergang an der Regnitzbrücke vor der Konzerthalle. Ich werde bei Ihnen sein.«

Wenn der Mörder wirklich kommen und für Nora Blochs Schweigen bezahlen würde, dann wäre er als Täter überführt. Über jede andere Möglichkeit wollte ich zu diesem Zeitpunkt nicht nachdenken. Auf einem Stück Papier formulierte ich den ersten Erpresserbrief meines Lebens. Wenn meine Vermutung richtig war, dann hatte der Täter vor Kurzem schon mal einen bekommen. Der Absender war aber inzwischen tot. Mein fester Vorsatz war es, zu vermeiden, dass Nora Bloch ein ähnliches Schicksal drohte.

ZWANZIG

Meine Tochter Andrea holte mich in meiner Wohnung ab. Eierlikörkuchen hatte sie diesmal nicht dabei, dafür hatten wir verabredet, dass wir im »Café Kunstpause« den legendär besten Käsekuchen Bambergs verspeisen würden. Doch den mussten wir uns zuerst verdienen. Das Schmuddelwetter war nicht sehr einladend, und ich konnte mir viele schönere Unternehmungen vorstellen, als jetzt auf dem Maxplatz der Eröffnung einer Kunstaktion beizuwohnen. Wir schlenderten die Kleberstraße entlang und erreichten über einen Fußgängerdurchgang gegenüber dem italienischen Restaurant »Tivoli« bald den Platz zwischen Karstadt und Rathaus, auf dem wie bei den Public-Viewing-Veranstaltungen während der WM oder den Meisterfeiern der Brose Baskets eine große Bühne aufgebaut war. Doch die Zuschauerzahl war diesmal deutlich überschaubarer. Etwa zwei Dutzend unerschrockene Kunstinteressierte waren gekommen und hatten sich von den aufziehenden Gewitterwolken nicht abschrecken lassen.

Andrea wurde schon erwartet. Ein junger Mann, der auffallend gepflegt und gut gekleidet wirkte, begrüßte sie. Um den Hals trug er eine professionell aussehende Spiegelreflexkamera. Vermutlich machte er die Bilder für die Schülerzeitung. Andrea kam nicht mehr dazu, mir ihren Kollegen vorzustellen, denn auf der Bühne ertönte im selben Moment ein ohrenbetäubender Lärm, der von einem bemüht lustigen Moderator als Ausdruckstanz der Formation »Brunzverreck« angekündigt wurde, die eine selbst entwickelte Choreografie mit dem sinnfreien Titel »Rondo al dente« vorführte. Erst Wochen später las ich zufällig in einem Artikel in der »Zwiebel«, dass »Brunzverreck« die erfolgreichste fränkische Tanzgruppe war und sogar an der deutschen Meisterschaft teilnahm.

Der junge Fotograf machte geschätzte fünfhundert Bilder von dem kleinen Tanzspektakel. Als dies beendet war, betraten drei Männer die überdachte Bühnenkonstruktion. Oberbürgermeister

Marienberg stand in der Mitte und hielt ein Mikrofon in der Hand, umrahmt wurde er von Kulturdezernent Dr. Sonnenberg und dem Künstler Melchior Widanje. Sie standen neben einem verhüllten Etwas, bei dem es sich nur um den ersten Riesenzwerg handeln konnte, der heute feierlich der Öffentlichkeit übergeben werden sollte.

Ich beneidete Andrea nicht, die einen Notizblock gezückt hatte, während ihr Fotograf sich direkt vor der Bühne neben dem Profiknipser des FT positionierte.

»Warum schreibt ihr in eurer Schülerzeitung eigentlich über diesen Quatsch?«, fragte ich meine Tochter. »Das hat doch nichts mit eurer Schule zu tun.«

»Nein, aber die Bosch ist Hauptsponsor von dieser Aktion«, antwortete sie. Das war auch nicht zu übersehen, denn das rote Logo war geschätzt zwanzigmal auf der Showbühne platziert, und alle Kinder, die sich zufällig in der Nähe befanden, wurden von rot gekleideten Bosch-Mitarbeitern mit roten Luftballons zwangsbeglückt.

»Ja und?«, fragte ich Andrea. »Was hat die Bosch mit dem Ehrenbürg-Gymnasium zu tun?«

»Die sind unser Hauptanzeigenkunde. Die haben für ein ganzes Jahr die Doppelseite in der Mitte und die Umschlagrückseite gebucht. Vierfarbig. Und im Voraus bezahlt. Ohne die Bosch könnten wir unsere Zeitung nicht länger kostenlos und unabhängig von Lehrerzensur verteilen.«

»Aha«, sagte ich. »Ihr macht euch unabhängig von der Schule und unterwerft euch dem Diktat der Anzeigenkunden, die von euch verlangen, über diesen Schwachsinn –«

»Niemand verlangt von uns etwas«, antwortete Andrea. »Aber die Pressestelle von der Bosch hat unserer Redaktion eine persönliche Einladung zu diesem Event geschickt, mit der handschriftlichen Ergänzung, dass man sich angesichts der hervorragenden Zusammenarbeit sehr freuen würde … Blablablub.«

»Verstehe.« Ich musste schmunzeln. »So früh geht's also schon los.« Ich hatte wenig Hoffnung für die Zukunft der freien Presse in unserem Land. Ich stellte auch nicht die Frage, warum eine Firma wie die Bosch in einer Schülerzeitung warb.

»Sehr verehrte Damen und Herren«, begann der OB seine Ansprache. »Es ist mir eine außerordentliche Ehre, heute in Anwesenheit des international renommierten Künstlers Melchior Widanje die ›Zwergenrepublik‹ offiziell zu eröffnen. Hier auf dem Maxplatz werden wir Zeugen eines kunsthistorischen Ereignisses …«

»Jetzt übertreibt er aber«, murmelte ich, und im selben Moment öffnete der Himmel seine Schleusen, und ein Wolkenbruch ging über uns herab. Ich griff blitzschnell in die rechte Innentasche meines Mantels: Während sich unter meiner linken Schulter meine Dienstwaffe befand, hatte ich rechts unter dem Arm stets einen Mini-Knirps parat. Wie oft hatte Andrea mich schon dafür verspottet, dass ich nie ohne Schirm das Haus verließ, egal wie sonnig das Wetter auch war. Diese Angewohnheit sei Ausdruck eines unverbesserlichen Pessimismus, sagte sie dann immer, und ich musste sie stets aufklären, dass der notorische Schirmträger eher ein Realist als ein Pessimist war, der nie die Tatsache vergaß, dass auf Regen immer Sonnenschein folgte – und umgekehrt. Doch nun nahm sie meinen väterlichen Schutz und Schirm gerne in Anspruch. Und ich fühlte mich gestärkt in der Überzeugung, dass die Erfindung des Regenschirms neben der Stehlampe und dem Vakuumsauger für Bartstoppeln zu den genialsten Innovationen der Menschheitsgeschichte gehörte, übrigens urkundlich erstmals erwähnt im Jahr 802, als Abt Alcuin von Tours dem Salzburger Bischof Arno ein Schutzdach sandte, damit es den Regen von seinem verehrungswürdigen Haupte abhalte.

Dummerweise übertönte das Geprassel der Regentropfen auf unserem Schirm die sicherlich sehr klugen Worte des Oberbürgermeisters, der nun das Mikrofon an Dr. Sonnenberg übergab. Der wiederholte sinngemäß, was er bei unserem Besuch in seiner Amtsstube schon von sich gegeben hatte. Und als schließlich auch der Künstler höchstselbst über seine Beweggründe sprach, sein außergewöhnliches Projekt ausgerechnet in Bamberg, dem fränkischen Rom, der Kaiser- und Bischofsstadt, zu starten, fiel mir auf, dass mit keiner Silbe erwähnt wurde, dass die zwei der Eröffnung vorausgegangenen Morde in irgendeinem Zusammenhang mit der »Zwergenrepublik« stehen mussten. Das Ausblenden von Problemen schien eine besondere Spezialität der kommunalen Redenschreiber zu sein.

»Kommen wir nun zum Höhepunkt dieser Eröffnung der ›Zwergenrepublik‹«, sprach das Stadtoberhaupt feierlich. Marienberg, Widanje und Sonnenberg stellten sich um die Figur und nahmen jeweils das Ende einer Schnur in die Hand, um gleichzeitig daran zu ziehen und den Riesenzwerg zu enthüllen. Was nun geschah, hatte zweifellos Slapstickformat.

Tatsächlich glitt der Stoff langsam an der Zwergengestalt hinunter, zum Vorschein kam eine grässliche Fratze mit Zipfelmütze und einem breiten Grinsen. Doch noch bevor die Verhüllung ganz den Boden der Bühne erreicht hatte, geriet die Figur ins Wanken. Reflexartig streckte Sonnenberg seine Hand hervor, um den Zwerg festzuhalten. Dabei machte er eine ungeschickte Handbewegung, die das Wanken nur noch verstärkte. Nun wollte auch Marienberg rettend eingreifen, dabei rutschte er jedoch auf dem regennassen Boden der Bühnenkonstruktion aus und ergriff instinktiv die ausgestreckte Hand des hässlichen Gnoms. Beide, OB und Zwerg, fielen zu Boden. Widanje machte erschrocken einen Schritt zur Seite und schlug die Hände vor sein Gesicht. Wie in Zeitlupe krachte die Skulptur auf die Kante des Podiums, wobei sich der Zwergenkopf vom Rumpf löste und wie von der Guillotine geköpft auf den Boden des Maxplatzes rollte. Eine Schrecksekunde lang herrschte Totenstille. Nur das leise Klackern des Auslösers der Fotografen war zu hören. Dann setzte sich wohl bei den Anwesenden die Vermutung durch, auch dieses Missgeschick gehörte zur Inszenierung. Ein vorsichtiger Applaus brandete auf. Widanje war der Erste, der die Fassung wiedergewann und in das Mikrofon sprach.

»Die Ausstellung ist hiermit eröffnet. Zeitgleich werden an allen anderen Plätzen der Stadt die Figuren enthüllt.« Dann stieg der Künstler von der Bühne hinunter, hob den Zwergenkopf auf und sagte: »Jetzt brauche ich eine Heißklebepistole.«

Nun applaudierten alle Anwesenden. Dann traten »Brunzverreck« noch einmal auf.

»Was war das denn?«, fragte Andrea entgeistert.

»Ist das Kunst, oder kann das weg?«, lautete meine Gegenfrage.

Andreas Antwort kam sofort: »Ich glaube, das kann weg.«

»Und jetzt Käsekuchen?«, schlug ich vor.

»Ja, gerne«, antwortete Andrea und winkte ihren gut aussehenden Fotografen herbei. »Darf Holger mitkommen?«

In dem Moment, als sie den Namen Holger aussprach, sah ich an seinem schwarzen Jackett den grünen Legalize-Button und erinnerte mich an Andreas haarsträubende Erzählungen zum Thema illegale Betäubungsmittel.

Holger streckte mir sofort seine Hand entgegen und sagte betont freundlich: »Freut mich sehr, Sie kennenzulernen, Herr Kriminalhauptkommissar. Ihre Tochter hat schon viel von Ihnen erzählt.«

Das konnte ich mir vorstellen. Ich zögerte kurz, dann gab ich ihm die Hand. Ich war irritiert, denn Holger entsprach in keiner Weise dem Bild, das ich von Drogenkonsumenten hatte. Im Gegenteil, er wirkte außerordentlich sympathisch.

»Ich habe auch schon von Ihnen gehört«, sagte ich. »Und ich möchte nicht, dass Sie meine Tochter mit irgendwelchen illegalen Substanzen in Berührung bringen. Alles klärchen?«

»Alles klar, Herr Kommissar. Wo denken Sie hin?« Er lächelte verbindlich. »Aber im Gegenzug verzichten Sie darauf, mich zu durchsuchen oder gar vorläufig festzunehmen, okay? Ich kann Ihnen versichern, dass ich nur kleinste Mengen zum Selbstverbrauch besitze. Und das ist ja bekanntlich straffrei.«

»Jetzt kommt erst mal mit«, sagte Andrea und deutete in Richtung Fußgängerzone. »Der Käsekuchen im ›Café Kunstpause‹ ist eh besser als jede Droge.«

***

Anderthalb Tage waren inzwischen vergangen, seitdem Nora Bloch die nach meinen Anweisungen verfasste E-Mail an die Adresse des Verdächtigen geschickt hatte. Die Geldübergabe hatte sie für die bevorstehende Nacht zum Sonntag gefordert. Bislang jedoch war keine Reaktion eingetroffen, nicht einmal ein empörtes »Was soll der Quatsch?«. Langsam befürchtete ich, meine Idee könnte in die Hose gehen oder der fingierte Erpresserbrief im Spamfilter des Mörders gelandet sein. Es würde kein Vergnügen sein, mich vor Goos und Stadel für die verschwendeten Personalressourcen zum Personenschutz von Nora Block verantworten zu müssen.

Ich blätterte an meinem Küchentisch die Samstagsausgabe des FT durch und blieb bei der Ankündigung eines Auftritts von Pierre Lavendel hängen, einem ehemals erfolgreichen Comedy-Star, der seit der Einstellung seiner Show im Privatfernsehen jetzt über Provinzbühnen tingelte und seine Witze von vorgestern zum Besten gab. Das gute alte politische Kabarett war ja seit dem Tod von Dieter Hildebrandt ausgestorben. Wenige Restkarten seien noch an der Abendkasse erhältlich, hieß es in dem Artikel. Ein sicherer Hinweis darauf, dass der selbst ernannte Kultkomiker fürchten musste, in einer leeren Konzerthalle auftreten zu müssen.

Ich setzte eine weitere Kanne Kaffee auf und schaute wieder auf mein Handy, ob ich eine Nachricht von Nora Bloch erhalten hatte. Fehlanzeige. Dann beschloss ich, die Gunst des freien Tages für einen kleinen Mittagsschlaf zu nutzen, auch wenn dies heutzutage meist als Power Napping bezeichnet wurde. Im Büro war eine Siesta zur Mittagszeit ja leider nicht möglich, obwohl wissenschaftlich längst erwiesen war, dass damit die Leistungsfähigkeit erhöht wurde. Eine meiner Lieblingsstatistiken bezog sich auf eine Untersuchung mit dreiundzwanzigtausend Probanden in Griechenland mit dem erstaunlichen Ergebnis: Wer mindestens dreimal pro Woche eine halbe Stunde oder länger Mittagsschläfchen hielt, verringerte das Risiko, an Herzinfarkt zu sterben, um siebenunddreißig Prozent. Es gab vermutlich zwei Gründe, warum mein Vorschlag einer offiziellen Polizei-Siesta beim Innenministerium immer wieder auf Ablehnung stieß. Vermutlich wirkten sich die siebenunddreißig Prozent Herzinfarkte kostensparend bei der staatlichen Pensionskasse aus. Außerdem wollte man wohl vermeiden, dass wir zu lebendigen Witzfiguren wurden: Treffen sich zwei Beamte auf dem Flur, sagt der eine: »Kannst du auch nicht schlafen?«

Damit der erholende Mittagsschlaf nicht zu lange dauerte – Experten empfahlen maximal zwanzig Minuten –, nahm ich einen Schlüsselbund in die Hand, der auf einen Teller fiel, wenn die Tiefschlafphase eintrat.

Ich setzte mich in meinen Fernsehsessel, nachdem ich meine Lieblings-CD von Helene Fischer eingelegt hatte. Dazu schlief ich am allerbesten.

Noch ehe der Refrain von »Atemlos durch die Nacht« verklungen war, war ich friedlich eingeschlummert.

Geweckt wurde ich allerdings schon nach wenigen Minuten. Nicht durch den planmäßig klirrenden Schlüsselbund, sondern durch den elektrischen Nokia-Ton meines Handys. Ich schrak aus meinem traumlosen Nickerchen auf und griff zu dem Mobiltelefon auf dem Couchtisch, dessen Plastikbildschirm gelb leuchtete und einen unbekannten Anrufer anzeigte.

»Müller«, meldete ich mich in der Hoffnung, Nora Bloch wäre am Apparat.

»Grüß Gott«, sagte eine Frauenstimme, die ich jedoch etwa dreimal so alt schätzte wie die der Musikerin. »Gut, dass ich Sie noch erreiche. Es ist ein Notfall«, sprach die Dame weiter, und ich fragte mich, seit wann Notrufe auf meiner Privatnummer landeten.

»Ich brauche bis heute Abend sechs Pfund Schweineschulter.«

»Wie bitte?«, fragte ich.

»Schwei! Ne! Schul! Ter!«, wiederholte sie langsam. »Ich bekomme Besuch von meinen Nichten und Neffen. Ich mache immer Schäuferla, wenn sie kommen.«

»Moment mal«, unterbrach ich sie. »Kann es sein, dass Sie sich verwählt haben? Hier ist Müller. Horst Müller.«

»Ja, genau. Ihre Nummer habe ich bei der Auskunft erfragt. Wurst-Müller.«

»Ach, so ist das«, antwortete ich. »Tut mir schrecklich leid, bei uns ist die Schweinepest ausgebrochen. Alle Tiere tot. Schönes Wochenende!«

Ich legte auf und bemerkte, dass ich während des Telefonats eine SMS empfangen hatte.

Der Inhalt lautete: »E-Mail Antwort erhalten. Geldübergabe

heute um Mitternacht an der Regnitzbrücke vor der Konzerthalle. N. Bloch.«

Mein Herz raste. Sollte der Mörder wirklich in die Falle tappen? Es war wohl langsam an der Zeit, meine Kollegin Paulina einzuweihen.

EINUNDZWANZIG

Sich zwei der vermeintlichen Restkarten für die Comedy-Show von Pierre Lavendel in der Konzerthalle zu besorgen, stellte sich hinterher als Schnapsidee heraus. Die Zahl der gelungenen Pointen pendelte nach zweistündigem Programm im unteren einstelligen Bereich.

»Ich muss mich für diesen Abend entschuldigen, Frau Bloch«, sagte ich, als wir nach der letzten unvermeidlichen Zugabe endlich die Halle verließen. »Ich hatte gehofft, das Programm könnte uns das Warten auf Mitternacht verkürzen. Aber vielleicht war es auch etwas geschmacklos von mir, Sie in eine solche Witzparade zu schleifen, nachdem Sie an gleicher Stelle erst vor kurzer Zeit Zeugin eines Verbrechens geworden sind. Wir Polizisten sind manchmal wenig sensibel.«

»Ach was, Herr Kommissar. Ich bin wirklich dankbar für etwas Zerstreuung. Es ist sehr nett, dass Sie mich eingeladen haben.«

Ich hatte mich an diesem Comedy-Abend für den mittelgrauen Anzug entschieden und die Krawatte weggelassen. Nora Bloch trug eine enge Jeans, die an einigen Stellen Löcher aufwies. Ich hatte mir von meiner Tochter kürzlich erläutern lassen, dass solche Hosen nicht aus der Altkleidertonne kamen, sondern sehr modern waren und »Used Style« genannt wurden. Außerdem hatte sie ein ärmelloses weißes Shirt an, das mir erstmals freien Blick auf eine tätowierte Rose auf ihrem linken Oberarm ließ.

Die Menschen strömten aus der Konzerthalle und verteilten sich in die umliegenden Straßen. Ich hielt Ausschau nach meiner Kollegin, die ich hierherbestellt hatte. Ich wollte mir nicht vorwerfen lassen, den Mörder im Alleingang überführt zu haben.

»Da ist sie«, rief ich. »Hallo, Paulina. Wir sind hier!«

Auch sie trug eine löchrige Fetzenjeans, dazu weiße Turnschuhe und eine lilafarbene Bluse. Unter einer eleganten Lederjacke glaubte ich, das Pistolenhalfter ihrer Dienstwaffe zu erkennen. Sie hatte meine Nachricht also richtig verstanden. Es konnte ernst werden heute Abend.

»Die Damen kennen sich«, sagte ich, als Paulina vor uns stand. Die beiden gaben sich freundlich die Hand.

»So, und jetzt verraten Sie endlich mal, was Sie vorhaben«, sagte Paulina energisch. »Ich hoffe wirklich, Sie haben triftige Gründe, mal wieder meinen Samstagabend zu torpedieren. Und welche Rolle spielen Sie in dieser Inszenierung, Frau Bloch?«

»Also, ich –«, begann sie.

»Es ist so«, unterbrach ich sie. »Ich habe Frau Bloch als Lockvogel engagiert. Sie wird uns helfen, den Täter hinter Gitter zu bringen. In einer E-Mail hat sie behauptet, dass sie beobachtet hat, wie er das Gift in Marianne Meiers Becher mit dem Wasser für das Fagott-Mundstück geträufelt hat. Ich glaube, dass Velasco und sie sterben mussten, weil sie als Mitwisser beseitigt werden sollten.«

»Sie meinen, als Mitwisser des Drogenschmuggels?«

Ich nickte.

»Aber das würde ja bedeuten, dass Velasco selbst gar nicht geschmuggelt hat, sondern …«

»Exakt! Sein Horn wurde sozusagen missbraucht, ohne dass er davon wusste. Frau Meier hat vermutlich als Erste eine verdächtige Beobachtung gemacht und Velasco damit konfrontiert.«

»Vielleicht haben beide, oder nur einer von beiden, versucht, den Schmuggler zu erpressen.«

»Wir sollten die E-Mail-Accounts aller Orchestermitglieder überprüfen lassen.«

»Und dann wurden die Erpresser aus dem Weg geschafft. Aber wer soll es denn nun gewesen sein?«

Ich zuckte übertrieben mit den Schultern und zog die Augenbrauen hoch. »Lassen Sie sich überraschen!«

»Einer unserer Verdächtigen mit Zugriff auf Zyankali?«

»Der Täter hatte Zugriff auf Zyankali, keine Frage«, ließ ich sie über meine Vermutung im Ungewissen.

»Apropos Zugriff. Was passiert hier jetzt eigentlich?«, fragte Paulina. »Haben Sie ein SEK angefordert, oder wollen Sie das hier als kleine Ego-Show abziehen? Als After-Show-Party für Monsieur Lavendel sozusagen?«

»SEK? Das ist Verschwendung von Steuergeldern«, wehrte ich ab.

»Aber wenn Sie recht haben, dann haben wir es mit einem Mörder zu tun.« Ihre Stimme klang erregt.

»Mit einem Doppelmörder, um genau zu sein«, präzisierte ich. »Aber was unser Vorteil ist: Der Killer mordet mit Gift, das er uns wohl kaum mit Löffeln verabreichen wird.«

»Also, ich weiß nicht«, sagte Nora Bloch, die unseren Dialog bisher schweigend verfolgt hatte. »Wenn das alles zu gefährlich wird, dann möchte ich lieber nicht …«

»Papperlapapp«, versuchte ich, sie zu beruhigen. »Wir passen doch auf Sie auf. Frau Kowalska und ich sind in der Nähe und haben unsere Waffen in der Hand, wenn es so weit ist. Und für alle Fälle nehmen Sie noch das hier.« Ich reichte ihr eine Panzerschutzweste, die sie unter ihrem Mantel tragen sollte.

»Und das«, sagte Paulina und gab ihr ein Pfefferspray.

»Das ist ja alles sehr beruhigend«, sagte Nora Bloch skeptisch. »Ehrlich gesagt machen Sie nicht gerade den Eindruck, als wären Sie ein begnadeter Schütze.«

Ich schaute auf meine Uhr. »Wir sollten uns langsam zurückziehen. Paulina, Sie verstecken sich auf der anderen Seite der Brücke. Ich warte hier unter den Stufen.«

Nach einer Weile war es totenstill auf dem Platz vor der Konzerthalle. Die Uhr zeigte fünfzehn Minuten vor Mitternacht.

***

Zwölfmal schlugen die Glocken des Doms, und nichts geschah. Oder waren es die Glocken der Michaelskirche, deren beleuchtete Fassade über den Heinrich-Bosch-Steg an der Konzerthalle malerisch zu sehen war? Nora Bloch stand auf der von Stahlseilen getragenen Brücke, die sich in der Mitte nach oben wölbte, und ging langsam auf und ab. Es war kühl geworden. Die Dunkelheit erschwerte es mir, Blickkontakt mit Paulina aufzunehmen. Wir hatten vereinbart, bis mindestens Viertel nach zwölf zu warten. Auch ein Mörder konnte sich schließlich verspäten.

Wenn das hier alles gut geht, dachte ich, muss ich mir für Nora Bloch etwas Besonderes einfallen lassen, um ihr meine Dankbarkeit zu zeigen.

Dann rührte sich etwas.

Ich hielt den Atem an und kniff die Augen zusammen, um in der Dunkelheit möglichst viel zu erkennen. Doch ich sah nur einen Schatten, der sich vom Regnitzufer an der linken Seite der Konzerthalle her der Brücke näherte. Als die Gestalt in das Licht einer Laterne trat, sah ich, dass das Gesicht mit einer Kapuze und einem hochgeschlagenen Mantelkragen verhüllt war. Doch ich hatte keinen Zweifel, mit wem wir es zu tun hatten. Die rechte Hand verbarg der Mann in seiner Manteltasche, als er die steinernen Stufen emporstieg, die auf die Brücke führten. Mein Puls raste.

Er schaute sich noch einmal in alle Richtungen um, dann erblickte er Nora Bloch. Auch sie hatte die rechte Hand in einer Jackentasche verborgen, wo sie das Pfefferspray bereithielt. Der Mann erhöhte sein Tempo und ging auf Nora Bloch zu. Beide wechselten einige Worte, aber ich konnte nicht hören, was gesprochen wurde.

Und dann geschah alles sehr schnell.

Der Mann zog seine Hand aus der Manteltasche und hielt plötzlich ein Messer vor Nora Blochs Gesicht. Ich war nah genug dran, um jede Sekunde eingreifen zu können und sie zu retten. Doch anstatt zurückzuweichen, machte sie einen Schritt auf ihn zu und drückte ruckartig ihre flache Hand in sein Gesicht. Mit der anderen Hand fasste sie seinen Arm am Handgelenk und drehte ihn mit aller Kraft nach oben. Sie rangelten nur wenige Augenblicke, bis ich aus meinem Versteck hervorsprang und mit gezogener Waffe rief: »Stehen bleiben, Polizei!« Auch Paulina kam von der anderen Seite mit der Waffe im Anschlag.

Für Sekundenbruchteile sah es aus, als würde er die Hand öffnen und das Messer auf den Boden fallen lassen. Doch dann konnte er sich mit einem Ruck aus der Umklammerung lösen und Nora Bloch zu Boden reißen. Sie schrie kurz auf, dann hatte er sie überwältigt und sein Knie auf ihre Brust gedrückt. Ich hörte sie schwer atmen. Mit der einen Hand hielt er sie fest, mit der anderen presste er das Messer an ihre Kehle.

»Lassen Sie die Frau los!«, rief ich und versuchte, das Zittern in meiner Stimme zu unterdrücken. Langsam ging ich auf ihn zu. »Sie haben keine Chance!«

Immer noch war sein Gesicht von der schwarzen Kapuze verdeckt.

»Bleiben Sie stehen!«, schrie er mich an. »Keinen Schritt weiter! Oder die Schlampe ist tot.«

Ich hatte keinen Zweifel, seine Stimme zu erkennen. Er wirkte konzentriert und bei Sinnen. Er wusste genau, was er tat. Und er wusste auch, dass wir aus dieser Entfernung niemals auf ihn schießen würden, um seine Geisel nicht zu gefährden.

»Lassen Sie Frau Bloch gehen!«, rief ich und schaute an ihm vorbei. Am anderen Ende der Brücke schlich Paulina langsam Schritt für Schritt auf ihn zu. Er schien sie bislang nicht bemerkt zu haben.

Ich suchte den Blickkontakt mit Nora Bloch, die sich regungslos verhielt und der die Angst ins Gesicht geschrieben schien. Verständlicherweise.

»Bleiben Sie stehen!«, wiederholte er seine Forderung, der ich Folge leistete.

»Legen Sie Ihre Waffe auf den Boden!«, verlangte er.

Mein Ziel war es jetzt, wertvolle Sekunden zu gewinnen. So langsam wie möglich bewegte ich meine Hand mit der Pistole nach unten. Währenddessen näherte sich Paulina unbemerkt von hinten. Doch dann ließ mich ein ohrenbetäubendes Scheppern zusammenfahren. Paulina hatte an eine Bierdose getreten, die auf der Brücke lag. Oder war es ein Energydrink? Egal. Erschrocken riss er das Messer hoch, im gleichen Moment nutzte Nora Bloch den Überraschungseffekt und trat ihrem Peiniger mit aller Wucht in den Unterleib. Der schrie laut auf vor Schmerz und ließ das Messer fallen, um sich mit beiden Händen zwischen die Beine zu fassen.

»Jetzt!«, rief ich lauthals.

Im gleichen Moment waren wir bei ihm. Paulina zückte ihre Handschellen und legte sie ihm blitzschnell um.

Noch bevor sie ihm die Kapuze vom Kopf zog, sagte ich langsam und deutlich: »Sie sind vorläufig festgenommen, Herr Dellinger.«

Wenn man in der Mitte auf der Brücke stand und in Richtung Altstadt blickte, schaute man bei Tageslicht genau auf die gelb gestrichene Fassade des Gefängnisses in Klein-Venedig. Wenn das mal nicht passend war.

ZWEIUNDZWANZIG

Die Zeit bis zum nächsten Morgen verbrachte Dellinger in Gewahrsam. Der Stadel und Polizeidirektor Goos sprach ich die Nachricht von der Festnahme auf die Mailbox. Sich um einen Sonntagstermin beim Haftrichter zu kümmern, war Chefsache. Nach einer kurzen Nacht mit wenig Schlaf nahm ich mir mit Paulina am nächsten Morgen als Erstes Dellingers Büro in der Konzerthalle vor.

»Hier sieht's ja aus wie …«, sagte Paulina, und offenbar fiel ihr kein passender Vergleich ein.

»Wie bei Hempels unterm Sofa«, half ich ihr. Ich hatte keine Probleme mit abgedroschenen Phrasen.

»Eher wie bei Amtmann Hempel in der Bürostube«, meinte Paulina und hielt sich die Nase zu. »Wie lange ist hier nicht mehr gelüftet worden?«

Es erleichterte mich, dass es auch für Paulina eine Form von Büro-Unordnung gab, die das Maß des Zumutbaren überstieg. Während die Kollegen von der Dienststelle die Wohnung Dellingers in der Wunderburg auseinandernahmen, stülpten wir uns Einweghandschuhe über und untersuchten sein Büro.

Auf seinem Schreibtisch lag ein Papierstapel aus Zeitschriften, Lieferscheinen und Rechnungskopien, darauf stand ein Aschenbecher mit zahlreichen Kippen. In Dutzenden Regalfächern an der Wand waren die Notenblätter für die verschiedenen Musiker und Instrumente sortiert.

»Was suchen wir eigentlich?«, fragte Paulina, während sie an einem Rollcontainer eine Schublade nach der anderen öffnete und neben Briefumschlägen, Klebebandabrollern, Kugelschreibern und alten Kalendern nichts Auffälliges entdeckte.

Ich wühlte in einem Schrank, in dem sich vor allem Aktenordner und alte Bücher befanden.

»Vielleicht das hier!«, rief ich und holte ein gelbes DHL-Paket hervor, das dieselbe Größe hatte wie die, in denen die Zwerge verschickt worden waren.

»Zeigen Sie mal!«, sagte Paulina. »Das ist ja interessant.«

»Interessant ist vor allem die Anschrift«, stellte ich fest und las den Empfänger laut vor: »Bamberger Symphoniker. Herrn Chefdirigent Henning de Boer.«

»Das gibt's doch nicht. Das erklärt einiges«, murmelte Paulina.

»Ja, Dellinger hat wohl die Post an de Boer entgegengenommen, ihm das Paket aber nie übergeben.«

»Weil er aufgrund des Zeitungsartikels über die Todesangst der Empfänger und des Absenders W. Ichtel den Inhalt kannte.«

»Er hat das Paket abgefangen und den Zwerg bei seinem ersten Mordopfer deponiert.«

»Um eine falsche Spur zu legen«, vervollständigte sie meinen Gedankengang.

»Und den Zwerg für den zweiten Mord hat er einfach importiert. Das heißt also, dieser ganze Zwergenaufstand hatte überhaupt nichts mit den beiden Morden zu tun.«

»Da wird nicht nur unser Polizeidirektor aufatmen«, sagte ich und packte den leeren Karton in eine Plastikhülle, um ihn den Spezialisten von der Spurensicherung zu übergeben.

Als Nächstes machte Paulina eine Entdeckung.

»Schauen Sie mal hier, Horst, das ist ein Lieferschein.« Sie zeigte mir ein Blatt Papier mit dem Briefkopf von www.chemikalien-shop.de. Ich las, welche Bestellung mit diesem Zettel bestätigt wurde: ein Kilo Kaliumhexacyanoferrat.

»Das überrascht mich nicht«, sagte ich. »Das bestätigt sogar meine Vermutung, die mich auf Dellinger als Täter gebracht hat.«

»Aber Sie wollen doch nicht sagen, dass man ein Kilo tödliches Gift einfach so im Internet bestellen kann?« Paulina schaute mich ungläubig an.

»Nicht ›einfach so‹«, belehrte ich sie. »Sie erinnern sich an die Weinflasche, die Dellinger mir mitgegeben hat? Er ist Nebenerwerbswinzer auf dem Michaelsberg für die Bürgerspitalstiftung. Wenn man im Weinbau tätig ist, kann man ein besonderes Interesse an dieser Substanz nachweisen. Kaliumhexacyanoferrat wird auch gelbes Blutlaugensalz genannt und in der Lebensmittelindustrie als Trennmittel oder Stabilisator verwendet. Außerdem kommt es im Weinbau zur Anwendung, und zwar bei der sogenannten Blauschönung.«

»Blauschönung?« Paulinas Gesicht war ein einziges Fragezeichen.

»Ja, der Stoff bindet Eisen und andere Metalle und bewirkt, dass der Wein reifer und weicher wird und nicht so schnell altert.«

»Und woher wissen Sie das alles, wenn ich fragen darf? Bereiten Sie sich auf eine mündliche Aufnahmeprüfung für den Kleingartenverein vor, von der ich noch nichts weiß?« Sie lachte.

»Sie liegen gar nicht so falsch. Ich habe das in der Fachzeitschrift ›Der Kleingärtner‹ gelesen. Ein großes Special über Weinbau im eigenen Garten. Das werde ich auf jeden Fall versuchen.«

»Aber nur Süßweine, oder?«

»Natürlich nur Süßweine.«

»Mir ist allerdings noch nicht ganz klar, wie aus diesem Kaliumhexadingsbums, was man offenbar als Winzer kiloweise bestellen kann, Zyankali wird.«

»Sie sind doch so fit mit der Google-Maschine.« Ich lächelte überlegen. »Sie müssen einfach nur die Begriffe ›Kaliumhexacyanoferrat‹ und ›Zyankali‹ eingeben, dann bekommen Sie im Internet ganz detaillierte Anleitungen. Es gibt sogar ein YouTube-Video, in dem haarklein gezeigt wird, wie die Synthese von Kaliumcyanid funktioniert. Unterlegt von Heavy-Metal-Musik. Alles, was man braucht, ist gelbes Blutlaugensalz und Kaliumcarbonat sowie destilliertes Wasser. Außerdem Mörser, Reagenzglas, Petrischale, Zange, Brenner, Trichter, Filter. Was man so im handelsüblichen Chemiekasten findet.«

»Im Ernst?« Paulina schüttelte ungläubig den Kopf.

»Natürlich steht auch der Hinweis dabei, dass man eine Gasmaske aufsetzen soll und schon drei Milligramm pro Kilogramm Körpergewicht tödlich wirken. Und einer schreibt, dass man in den Sekunden vor dem Ableben den wohl heftigsten Rausch erlebt, den man sich vorstellen kann. Auch wenn die tote Geigerin auf der Bühne nicht gerade einen berauschten Eindruck machte, als sie zusammenbrach.«

»Und auf den Zusammenhang zwischen Hobby-Weinbau und Giftmischerei sind Sie durch diese Kleingarten-Zeitung gekommen?« Paulina nickte anerkennend und murmelte: »Respekt.« Wieder mal war ich mir nicht sicher, ob sie sich über mich lustig machte.

»Wenn mich das auf die richtige Idee gebracht hat, dann hat sich die Sache mit der Kleingärtnerbewerbung ja schon gelohnt.«

»Aber nicht, dass Sie noch auf die Idee kommen, Ihren Mitgliedsbeitrag als Spesen einzureichen oder in der Steuererklärung geltend zu machen«, ermahnte sie mich lachend.

Das überhörte ich. »Ich bin sicher, wir werden schnell den Beweis finden, dass Dellinger das Diensthorn von Emilio Velasco bei Konzertreisen ins Ausland benutzt hat, um darin Drogen zu verstecken. So wie Behrens es uns demonstriert hat.«

Paulina strich sich eine Haarsträhne aus dem Gesicht. »Dann haben die Hörnla ihn zu Unrecht beschuldigt.«

Ich nickte. »Ja. Mit seinem Instrument wurden zwar Drogen geschmuggelt, aber er war es nicht selbst, sondern der Orchesterwart hat die Dienstinstrumente verwendet. Beim Horn hat das besonders gut funktioniert.«

»Wäre interessant, ob sich herausstellen wird, dass auch andere Instrumente zu musikalischen Drogenbehältern wurden. Und was machen wir jetzt, Horst?«

Ich schaute auf meine Armbanduhr. »Ich denke, wir haben bis zum Termin beim Haftrichter noch ein wenig Zeit. Kommen Sie mit in die Stadt? Da soll eine sehr interessante Ausstellung laufen. Mit lustigen Zwergenskulpturen.«

Paulina verdrehte die Augen. »Sie haben echt Nerven, Horst. Nein, vielen Dank. Bei Zwergen bekomme ich langsam Alpträume. Aber vielleicht mag ja Ihre neue Freundin, mit der Sie neuerdings sogar gemeinsam Fälle lösen …«

Hörte ich da etwa so was wie Eifersucht? Doch im Grunde hatte Paulina recht. Bei Nora Bloch musste ich mich noch bedanken. Sie hatte viel riskiert und war zum Glück mit einem harmlosen Kratzer davongekommen.

DREIUNDZWANZIG

In den nächsten Wochen hatte sich der durchwachsene Frühling verabschiedet und einem sonnigen Frühsommer Platz gemacht. Die schönen Tage musste Dellinger leider ohne Tageslicht hinter Gittern im »Café Sandbad« verbringen, wie das Gefängnis am Regnitzufer im Kern der historischen Altstadt genannt wurde. Es war anzunehmen, dass Dellinger bis zur Sandkerwa im August hier im Knast in Bestlage verbringen dürfte. Zwar planten Stadt und Land inzwischen einen Gefängnisneubau außerhalb des Zentrums, aber dies würde wohl noch viele Jahre dauern. So lange würde Dellinger in den Genuss der Solidarität der Anwohner vom Bürgerverein kommen, mit denen die Insassen gemeinsam grillen durften, damit ihnen der Geschmack der Kerwa nicht verwehrt blieb.

Paulina und ich hatten sämtliche Ermittlungsergebnisse und Vernehmungsprotokolle zusammengetragen, damit die Stadel alles der Staatsanwaltschaft übergeben konnte. Damit war der Fall für uns Ermittler erst mal erledigt. Wenn es zur Anklage kam, würden wir wieder vor Gericht als Zeugen aussagen müssen. Auch Nora Bloch würde damit rechnen müssen, beim Mordprozess vorgeladen zu werden. Doch heute hatte ich sie eingeladen. Zum Mittagessen ins »Café Müller«. Mit dessen Betreiber war ich übrigens weder verwandt noch verschwägert, aber natürlich verband mich aufgrund des Namens eine gewisse Grundsympathie mit dem gemütlichen Lokal in der Austraße. Ich bestellte mein Lieblingsgericht: Spiegelei mit Spinat und Bratkartoffeln.

»Was trinken Sie? Ein Zwergla?« Nora Bloch lachte.

Ich bestellte lieber eine Apfelschorle. Sie wählte einen Salat mit Putenstreifen und ein Mineralwasser. Sie sah wieder hinreißend aus.

»Wie war es in Mailand?«, fragte ich.

»Es war großartig«, antwortete sie. »Fernab der Heimat konnten wir einigermaßen unbeschwert musizieren, ohne ständig an die schrecklichen Ereignisse denken zu müssen. Wenn auch organisatorisch nicht alles ganz einfach war. Dem Vertreter des Orchesterwarts fehlte jede Routine. Wir haben nun erst richtig gemerkt, wie zuverlässig Dellinger im Hintergrund gearbeitet hat. Keiner von uns hätte gedacht, dass er zu einem Verbrechen in der Lage sein könnte.«

»Den meisten Mördern sieht man es nicht an«, erwiderte ich mit einer oft ausgesprochenen Plattitüde.

»Sonst wäre Ihre Arbeit ja auch zu einfach.« Sie steckte sich lachend einen Putenstreifen in den Mund, der durch dezenten Lippenstift eine liebliche Aufwertung gefunden hatte. »Dass hier in Bamberg in großem Stil mit Drogen gedealt wird, das hätte ich auch nicht gedacht. Weiß man, wie viel Rauschgift Dellinger geschmuggelt hat?«

»Das müssen die weiteren Ermittlungen noch ergeben. Aber sicher ist, dass er vor allem auf Orchesterreisen nach Asien und Südamerika fast alle Blechblasinstrumente, für die er verantwortlich war, entsprechend präpariert hat. Dieser Nebenjob dürfte für ihn weitaus lukrativer gewesen sein als die Tätigkeit als Nebenerwerbswinzer auf dem Michaelsberg.«

»Und seine Abnehmer?«

»Er behauptet, den Stoff gegen Festpreise an einen italienischen Geschäftsmann aus Hallstadt abgegeben zu haben. Der hat sich jedoch offenbar bereits nach dem ersten Mord ins Ausland abgesetzt. Wir suchen ihn mit internationalem Haftbefehl.«

»Drogen sind bei Ihnen im Orchester kein Thema?«, fragte ich. Als ich ihr Zögern bemerkte, fügte ich eilig hinzu: »Ich frage nur so aus Interesse. Nicht als Polizist, keine Sorge.«

»Die meisten von uns werden schon mal gekifft haben«, sagte sie in einem Tonfall, als gehe es um Parken im eingeschränkten Halteverbot. »Kann schon sein, dass der eine oder andere gelegentlich eine Linie zieht. Was aber ein größeres Thema bei uns ist, das sind Betablocker.«

»Ach?« Ich schaute sie fragend an.

»Ja, wir müssen uns nicht aufputschen oder berauschen. Sie glauben gar nicht, wie berauschend es wirkt, eine Symphonie zu spielen. Die Anspannung ist enorm, Adrenalin pur. Und es gibt Kollegen, das sage ich jetzt ganz unter uns, die sind nicht in der Lage, ein Konzert zu spielen, ohne sich mit Medikamenten ruhigzustellen. Ich glaube, der Hersteller von Metoprolol könnte bei uns Großabnehmerrabatt berechnen.«

Ich erinnerte mich daran, diesen Namen auf der Tablettenschachtel der aufgedonnerten Kandidatin beim Probespiel gelesen zu haben.

»Und das geht nur mit Medikamenten?« Ich schaute sie ungläubig an. »Das kann ich mir fast nicht vorstellen. Wird das Zeug auch beim Probespiel genommen?«

»Ja, vor allem dort. Wir müssen auf den Punkt Hochleistung bringen und entsprechend fit sein. Das ist wie Hochleistungssport. Es gibt auch Kollegen, die kriegen das anders hin. Mit Yoga zum Beispiel. Viele treiben Sport, fahren Rennrad.«

»Und Sie? Wenn ich so direkt fragen darf.«

»Ob ich auch Tabletten schlucke?« Sie schüttelte den Kopf. »Nein. Mein Rezept heißt Alexander-Technik.«

»Wie bitte? Was soll das sein?«

»Eine pädagogische Methode, die auf der Überzeugung basiert, dass alle seelischen und körperlichen Prozesse untrennbar miteinander verbunden sind. Man beschäftigt sich vor allem mit dem Erkennen und Ändern von Gewohnheiten, besonders von körperlichen Fehlhaltungen, die Verspannungen und Schmerzen auslösen. Viele Musiker, Tänzer, Schauspieler und Sportler schwören darauf.«

»Aha«, sagte ich, ohne weiter nachzufragen, wer denn dieser schlaue Alexander gewesen sein mochte, der diese Technik erfunden hatte.

»Was ist jetzt eigentlich mit de Boer und seiner zu Recht eifersüchtigen Gattin?«, fragte ich.

»So wie ich gehört habe«, antwortete sie, »haben sie sich ausgesprochen und sich einvernehmlich getrennt. Seitdem ist er wie aufgeblüht. Charmant und freundlich, kaum zu glauben. Von dem Ekelpaket, das er zuweilen war, keine Spur mehr. Sagen Sie mal, hat Dellinger eigentlich alles gestanden?«

»Sein Anwalt hat ihm geraten, keine Aussagen zu machen. Aber die Spurenlage ist recht eindeutig. Mit seinem Generalschlüssel hatte er Zugriff auf alle Spinde. So konnte er das Gläschen von Marianne Meier und das Hörnla von Velasco vergiften. In seinem Keller haben wir ein kleines Chemielabor gefunden, wo er das Gift hergestellt hat. Ich bin sicher, dass er auch in einem Indizienprozess keine Chance hat, seiner gerechten Strafe zu entkommen.«

»Hoffentlich kehrt jetzt bald wieder Ruhe ins Orchester ein«, sagte sie. »Wir sind sehr beruhigt, dass der Irre jetzt weggesperrt ist. Man konnte ja seines Lebens nicht mehr sicher sein.«

Ich nickte mit vollem Mund und betupfte mit einer Serviette meine Lippen. »Und auch vor Gartenzwergen müssen wir uns nicht mehr fürchten, nicht wahr?« Ich bewunderte mich selbst für diese geschickte Überleitung.

»Na ja, schon, aber …«, sie nahm einen Schluck Cola light, »ich mache mir keine Hoffnungen mehr auf den Schrebergarten. Die vom Verein hätten wenigstens eine Absage schicken können. Haben Sie auch nichts gehört?«

Ich genoss triumphierend die nächsten Augenblicke und schaute sie schweigend an. Dann holte ich einen Umschlag aus der Innentasche meines Cordsakkos, das ich auch im Sommer selten ablegte.

»Das war heute in der Post.« Ich holte den Brief hervor und entfaltete ihn. »Sehr geehrter Herr Müller«, las ich vor. »Wir freuen uns, Ihnen mitteilen zu können, dass der Kleingartenverein ›An der Schwarzen Brücke‹ Sie zum 1. August als ordentliches Mitglied mit allen Rechten und Pflichten gemäß dem Deutschen Kleingartengesetz aufzunehmen gedenkt. Bitte teilen Sie uns innerhalb von vierzehn Tagen mit, ob Sie der Aufnahme zustimmen und die beiliegende Vereinssatzung zu akzeptieren gewillt sind. Bamberg, den … und so weiter.«

»Oh, gratuliere«, sagte Nora Bloch. »Das heißt für mich dann wohl weiter Balkonpflanzen gießen.«

»Moment mal.« Ich lächelte sie an, während ich den Brief vor ihren Augen zuerst faltete und dann in vier Einzelteile zerriss. »Ich bin nicht gewillt, der Aufnahme zuzustimmen.«

»Wie bitte?«

»Und ich werde den Vereinsvorstand bitten, Ihnen an meiner Stelle den Zuschlag zu geben.«

»Aber, das kann nicht … das kann ich doch nicht annehmen!«

»Doch, Sie können. Erstens bin ich Ihnen das schuldig. Und zweitens bin ich zu der Überzeugung gekommen, dass ein Kleingarten vielleicht doch nicht das Richtige für mich ist.«

»Ach, nein? Warum?«

»Wissen Sie, ich bin doch eher ein Theoretiker, der mit dem Kopf bessere Ergebnisse erzielt als mit den Händen. Ich erfreue mich zwar an den Blumen und den Pflanzen, aber die ganze Arbeit, die davor liegt …« Ich lachte. »So ein Balkon macht schon Arbeit genug, wenn man berufstätig ist.«

»Haha, ich verstehe. Sie wollen sich nicht die Hände schmutzig machen? Also, wenn Sie das wirklich ernst meinen …«

»Mein voller Ernst!«, versicherte ich.

»Dann würde ich das Angebot tatsächlich annehmen. Unter einer Bedingung.«

»Die wäre?«

»Ich darf Sie ab und zu auf der Terrasse begrüßen.«

»Mit Filterkaffee?«

»Mit Filterkaffee! Und Ihre reizende Kollegin dürfen Sie natürlich auch mitbringen.«

»Das ist wirklich sehr freundlich, Frau Bloch. Aber ich habe auch eine Bedingung.«

»Ja?«

»Keine Gartenzwerge!«

Anmerkungen des Autors

Horst Müller ist ein Spießer, wie er im Buche steht – um genau zu sein: in meinem Sachbuch »Wie spießig ist das denn?«. Wer mehr erfahren möchte über die Vorzüge von Eierlikör, Filterkaffee, Kurzarmhemden, Mittagsschlaf, Stofftaschentüchern, Regenschirmen et cetera, dem sei dieses Lexikon der uncoolen Dinge, erschienen im Verlag Blanvalet, sehr ans Herz gelegt.

Natürlich ist in dem vorliegenden Roman alles erfunden, und jede Ähnlichkeit mit lebenden und verstorbenen Personen wäre zufällig. Die Bäckereikette Pagel ist meiner Phantasie entsprungen. Ich habe keinen Zweifel, dass in ganz Bamberg nur hochwertige Hörnla mit echter Butter hergestellt werden.

Es gibt aber auch eine Reihe von Details, die nicht erfunden sind. Die zitierten »Derrick«-Dialoge etwa sind weitgehend authentisch, ebenso die fragwürdige Parkraumregelung auf der Erba-Insel und der Kleingartenverein »An der Schwarzen Brücke«, dessen Mitglieder, die ich kennengelernt habe, in Wirklichkeit durchweg sympathisch und freundlich sind.

Die geschwurbelten Formulierungen aus dem Zeitungsartikel über Emilio Velasco entstammen nicht meiner Phantasie, sondern aus einem Artikel über den real existierenden Hornisten Saar Berger aus der »Frankfurter Rundschau«.

Auch das Solostück »Bamberger Hörnchen« von Jörn Arnecke ist real und hörenswert.

Die Statistiken über die Bamberger Parkraumüberwachung habe ich dem lesenswerten Buch »Bamberg mit Leib und Seele« von Heike Mallad entnommen. (In diesem Buch schildert die Autorin übrigens eine Begegnung mit dem Bamberger Erzbischof, wo sie beschreibt, dass er im Flugzeug meinen Vatikan-Krimi »Absolution« liest.)

Der polnische Skulpturenhersteller in Gryfów Śląski existiert wirklich, auch wenn zu seinem Sortiment bislang keine Gartenzwerge gehören. Ich empfehle den Besuch der tatsächlich deutschsprachigen Homepage www.sandstein.pl.

Andreas Rezept für den Eierlikörkuchen gelingt immer. Ich empfehle es ebenfalls zum Ausprobieren, im Gegensatz zu dem wirklich bestehenden YouTube-Video mit der Anleitung zur Herstellung von Zyankali, das ich aus Sicherheitsgründen hier lieber nicht verlinke.

Wer alle Hintergründe über den Bamberger Hörnla-Krieg wissen möchte, der lese in der »Zeit« vom 15. Juli 1977 den Artikel »Bei den Hörnchen alles in Butter?« von Winfried Schleyer, online unter http://www.zeit.de/1977/16/bei-den-hoernchen-alles-in-butter.

Dass es bei den Bamberger Symphonikern einen Notenwart gibt, der denselben Nachnamen trägt wie ich, ist reiner Zufall.

Zu guter Letzt sei an dieser Stelle allen gedankt, die auf unterschiedlichste Weise zum Erscheinen und Gelingen dieses Buches beigetragen haben:

Kai Gathemann, Carlos Westerkamp, Dr. Christel Steinmetz, Dr. Nina Benkert, Jürgen Eckert, Thomas Grimmer, Fritz Löhr und Siegfried Prell sowie allen, die lieber nicht genannt werden wollen. Hendrik Steffens fotografierte das Titelfoto auf dem berühmten Spezial-Keller, wo es den schönsten Blick über Bamberg gibt.

Vor allem aber danke ich meiner zauberhaften Frau Nadine, dass sie immer für mich da ist.

Bamberg, im Frühjahr 2015
H.L.

Harry Luck
LACHEN UND SCHIESSEN
Broschur, 192 Seiten
ISBN 978-3-89705-794-4

»Harry Luck spielt mit Klischees, übertreibt es aber nicht. Er nimmt alles aufs Korn.« Buchjournal

»Ein intelligenter und witziger Kriminalroman. Die Lektüre ist ein informativer und humoristischer Hochgenuss!« Lesart